MULHERES
QUE VIRAM
MÃES

MULHERES
QUE VIRAM
MÃES

LIGIA MOREIRAS SENA

PAPIRUS 7 MARES

Capa	Fernando Cornacchia
Foto de capa	Rennato Testa
Ilustração de capa	Karen Elis
Coordenação	Ana Carolina Freitas
Copidesque	Mônica Saddy Martins
Diagramação	DPG Editora
Revisão	Edimara Lisboa, Isabel Petronilha Costa e Julio Cesar Camillo Dias Filho

Dados Internacionais de Catalogação na Publicação (CIP)
(Câmara Brasileira do Livro, SP, Brasil)

Sena, Ligia Moreiras
   Mulheres que viram mães/Ligia Moreiras Sena. – Campinas, SP: Papirus 7 Mares, 2016.

ISBN 978-85-61773-90-8

1. Crônicas brasileiras 2. Educação doméstica 3. Mães - Psicologia 4. Mães e filhos 5. Maternidade I. Título.

16-03840   CDD-869.8

Índice para catálogo sistemático:

1. Crônicas: Literatura brasileira   869.8

1ª Edição – 2016

A grafia deste livro está atualizada segundo o Acordo Ortográfico da Língua Portuguesa adotado no Brasil a partir de 2009.	Proibida a reprodução total ou parcial da obra de acordo com a lei 9.610/98. Editora afiliada à Associação Brasileira dos Direitos Reprográficos (ABDR). DIREITOS RESERVADOS PARA A LÍNGUA PORTUGUESA: © M.R. Cornacchia Livraria e Editora Ltda. – Papirus 7 Mares R. Dr. Gabriel Penteado, 253 – CEP 13041-305 – Vila João Jorge Fone/fax: (19) 3790-1300 – Campinas – São Paulo – Brasil E-mail: editora@papirus.com.br – www.papirus.com.br

SUMÁRIO

1. GESTAR, PARIR, NASCER

Prefácio: Raquel Marques 11

Maternidade ativa: Mães para um mundo melhor 15
Cura ou cuidado? 19
O parto da princesa 26
Parece mentira, mas não é 30
As brasileiras preferem o parto normal 36
O circo do nascimento 42
10 dicas (aterrorizantes) para escolher a maternidade 46
A marcha do parto em casa: Como tudo começou 52
A força do exemplo: Uma carta para minha filha Clara 56
Gata, eu quero ver você parindo! 62
Violência obstétrica: A voz das brasileiras 66
O Dia Internacional da Mulher e a violência obstétrica ... 72
Quando o comum não é normal 77
Sexo, machismo, indústria, política:
Como nascem os brasileiros hoje 79

2. AMAMENTAR E ALIMENTAR

Prefácio: Ana Basaglia e Fabiola Cassab 91

Um relato de menosprezo, superação e muito leite 93
Mamoplastia redutora e amamentação:
Sim, é possível amamentar 98
Uma história feliz de 2 anos, 3 meses e 17 dias
de amamentação 104
O pai e a amamentação: Em busca da
paternidade ativa 114
Reflexões sobre amamentação continuada
e desmames precoces 122
O que as crianças de 2 a 5 anos estão comendo? 127
Se somos o que comemos, quem nossos filhos são? 133
Alimentação saudável: O que mães e pais
pensam sobre isso? 140

3. CRIAR E AMAR

Prefácio: Andréia C.K. Mortensen 147

Criação com apego: Mais amor, menos preconceito 149
12 pontos importantes sobre criação com apego
que você sempre quis saber, mas não tinha coragem
(ou paciência) de perguntar 157
Abrace... 169
Treinamento de crianças, superadestradoras
de famílias e livros que não propõem reflexão 173
Somos o que defendemos 178

Da paternidade à paternagem: Um caminho
a ser percorrido 183
Como o preconceito e a ignorância me
pegaram na esquina 188
Cama compartilhada: Proteção, amor e saúde 192
Cama compartilhada: Por que é boa e segura?. 195
A menina, o amor e a conquista do espaço 200
Final feliz para meus carnavais 206
Sobre coisas que aprendemos quando nos
tornamos mães 213
Uma filha de três anos, um amor de muito mais 219
O berreiro não está liberado, não! 223
Por que deixar chorar até que durma realmente
funciona? Ou "Céus, pari o Darth Vader!" 226
Um conto feliz de Natal 234
Devagar: Crianças 238
Quando não planejei meu caminho, eu o encontrei 243
Criação com apego: Nos faz crescer e nos cura 246
A criação com apego e a neurociência 249
Somos todas mães alheias 255
Desligue a câmera e acolha o outro 257
A arte e a ciência de aprender a caminhar............. 260

4. EDUCAR COM AFETO
Prefácio: Andréia C.K. Mortensen......................... 267

Uma história cotidiana de angústia, desencontro,
amor e reencontro 269
Não se combate a violência olhando somente
para a vítima 276

Dos direitos radicais das crianças 279
Bullying: Invisível, naturalizado e faz sofrer 282
Palmada ensina, sim 288
Vamos falar da Suécia? Vamos, depois de falar do Brasil!. 291
Filhos saudáveis não brotam no jardim. 297
Por que as pessoas batem nos filhos? 301
Como se cria um atirador? Reflexões sobre tiroteios
em escolas 305
Os "bem-criados" e as "Amábiles". 311
Violência contra a criança: Não há meio-termo 316

1. GESTAR, PARIR, NASCER

Prefácio: Raquel Marques*

Demorei muito para perceber minha condição de mulher. Durante quase três décadas expliquei cada comportamento feminino meu como uma opção e, malcriadamente, desafiei muitas expectativas sociais justamente para reafirmar que sim, mulheres são livres. E, com toda crença nessa autodeterminação absoluta do destino por meio da vontade, conduzi minha vida sem prestar atenção às portas que nunca se abriram ou as apenas virtualmente abertas pelo fato de eu ser mulher. Nada disso importava: eu estava convicta de que tudo podia e de que tinha o mundo debaixo dos meus pés.

Mas a gravidez e o parto colocaram-me frente a frente com meu "destino biológico" e trouxeram-me a pausa e o distanciamento necessários para que eu refletisse sobre a minha história, a de minhas ancestrais e a de outras mulheres. E foram tantos pontos coincidentes, foram tantos sentimentos comuns, foram tantas solidões compartilhadas que eu passei a desconfiar se havia, realmente, alguma autonomia em minhas decisões.

Gerar uma nova vida para muitas de nós é isso, um "Epa! Alto lá!". Quando ficamos menstruadas, os comerciais de TV nos apresentam soluções que dizem manter nossa vida absolutamente normal como se nada tivesse acontecido; ignoramos nossos ciclos e nossas diferenças corporais são tratadas como adereços eróticos;

---

* Mãe do Gabriel e do Bruno, sanitarista e cofundadora da Associação Artemis.

se algo nos sobra, que grita ou incomoda, um remediozinho nos liberta. Mas com a gravidez, não. Seja no corpo, na sociedade, na psique, no relacionamento ou na profissão, poucos ousam dizer que tudo realmente será como antes.

E essa é a chance! Uma chance riquíssima de, ao entrar nesse espaço de estranhamento, refletirmos sobre quem somos, quem nos tornamos e o que queremos, afinal. A gravidez me proporcionou a chance de me relacionar de maneira diferente com o tempo: menos pressa e menos desperdício. O parto foi o momento de viver a sexualidade de maneira profunda, solitária e sem relação com ninguém. A lactação me fez pensar sobre a potência do corpo. A convivência com meus filhos me fez pensar sobre como as relações são construídas, desde o momento zero, onde não sentimos nada por aquele ser tão demandante, até o total apaixonamento após muitas e muitas noites em claro.

Dez anos depois do nascimento do primeiro menino, tenho a impressão de que compreendo muito melhor o que é ser mulher. Tudo isso, junto e misturado com a reforma de todos os meus papéis no mundo, por conta da condição de mãe, fez de mim alguém muito mais politizado e consciente. Porque esse "destino biológico" desvela razões e intenções comuns à maior parte das mulheres e então passamos, verdadeiramente, a compreender as motivações, os medos e os problemas que nos unem. Seja por uma essência feminina ou por uma construção social, tornamo-nos enredadas pela consciência que a maternidade nos traz e pelo poder, também.

E é dessa consciência e desse poder que precisamos falar. Da consciência que surge quando conhecemos as histórias e intimidades de outras várias mulheres e do poder que se estabelece quando nos encontramos e passamos a apoiar, por absoluta sororidade, e auxiliar umas às outras a ultrapassar os percalços destinados às mães neste mundo nada amigável a elas.

Nesse sentido, ideias como as que a Ligia semeia são fundamentais: compartilhar histórias e, no momento seguinte, refletir sobre elas de uma maneira mais profunda, removendo aspectos circunstanciais e aproximando-se das continuidades e rupturas históricas. Percebemos com isso mecanismos comuns ou mesmo armadilhas sociais que limitam o potencial das mulheres e dificultam muito o acesso das poderosas mães a tudo que possa influenciar os rumos do mundo: o dinheiro, o conhecimento, a voz e a participação política.

    E é este convite que faço a você ao iniciar a leitura do tema "Gestar, parir, nascer": enrede-se. Localize experiências comuns, reflita sobre a sua, compartilhe com o mundo suas análises e ofereça tímidas soluções para que nós, mulheres, não sejamos excluídas por sermos mães. Precisamos tornar esse momento de vida algo criativo, seguro e prazeroso. Que cada uma de nós se sinta chamada a usar essa consciência e esse poder para a construção de uma sociedade acolhedora e amigável a quem esteja se dedicando a uma das mais belas e fundamentais tarefas humanas: preparar um novo ser humano. Toda e qualquer transformação passa por nós, que gestamos, parimos e criamos esse futuro. Sejamos, então, cuidadoras de nós mesmas.

MATERNIDADE ATIVA:
MÃES PARA UM MUNDO MELHOR

Era uma vez uma mulher que vivia sua vida de sempre, quando, de repente, aconteceu: ficou grávida. Nessa história hipotética, pode ser que a gravidez tenha sido muito esperada e planejada ou pode ser que tenha acontecido sem qualquer planejamento. Surpresas ou planejamentos à parte, uma coisa é certa: essa mulher está se transformando. Uma transformação que vai além do físico e que é complexa e duradoura. Estamos falando de uma mudança de consciência, de atitude perante a vida, de postura, de mentalidade, de como nos vemos no mundo. Ter filhos é um convite irrecusável que a vida nos faz para aprendermos coisas que nunca aprenderíamos de outra maneira e para revermos nossos conceitos e posturas. Infelizmente, não são todas as mulheres mães que aproveitam essa chance mágica de aprendizado, seja por falta de oportunidade, de estímulo, de informação, de fortalecimento, seja por outros tantos motivos, deixando escorrer por entre os dedos oportunidades insubstituíveis de autoconhecimento. Mas isso não é assim tão condenável, afinal, embora sejamos mulheres, nenhuma de nós nasceu sabendo ser mãe... Ser mãe é algo que aprendemos enquanto somos.

Quando uma mulher descobre que está grávida, ela pode passar os nove meses da gestação e grande parte de sua experiência como mãe apenas reproduzindo o que ouviu do senso comum – da mãe, da avó, da vizinha, da amiga, da sogra, dos jornais, da televisão, da novela ou de qualquer outra fonte de informação – ou pode buscar ativamente conhecimentos sobre como viver sua gravidez, como trazer seu filho ao mundo, como cuidar de uma nova vida, como ser mãe, como ser uma mulher mãe e, dessa nova perspectiva, inserir os elementos do senso comum que se mostrem proveitosos para seus próprios anseios e valores. Mães, avós, amigas, sogras, vizinhas e outras presenças constantes em nossas vidas têm dicas ótimas e preciosas, que podem nos ajudar muito como mães, mas são orientações geradas de experiências individuais e, portanto, não podem ser generalizadas ou tomadas como universais. Não é porque um comportamento deu certo para uma dupla mãe-filho que dará para outra. Ainda assim, muitas insistem em apenas reproduzir comportamentos, ignorando uma incrível oportunidade de aprender coisas novas e – muitas vezes – positivas e transformadoras.

Quando nos descobrimos mães, um mundo de questões e dúvidas nos é apresentado: O que fazer quando se está grávida? Como encarar a gravidez? Como se preparar para o nascimento de um filho? Como quero trazer meu filho ao mundo? Quais são os tipos de parto que existem e quais são os benefícios ou prejuízos de cada um, tanto para meu filho quanto para mim? O que fazer após o nascimento? Como agir com o bebê? Como saber se estamos fazendo a coisa certa? Esses são alguns dos questionamentos que se iniciam ao sabermos que estamos esperando um bebê e que, dali por diante, estarão sempre presentes na vida de uma mãe. A mãe da historinha lá do início pode simplesmente deixar a coisa rolar, replicando comportamentos rotineiros, comuns e frequentes, que são derivados mais do automatismo e da repetição que da real reflexão sobre o assunto. A mãe compra uma infinidade de coisas para o enxoval do seu bebê, muitas das quais não sabe nem se realmente vai utilizar, porque, afinal, "todo mundo faz isso e todo mundo diz que precisa". Mas a mãe da historinha também pode começar a se questionar sobre todas essas escolhas. Pode aproveitar os meses de gestação para ler bastante, para se informar sobre quais opções e possibilidades existem nesse vasto mundo de receber um filho e seguir com ele vida afora, pode questionar os profissionais que a atendem, se perceber que não compartilham de seus valores. Nesse caminho de novas e infinitas descobertas, ela passará a fazer perguntas que, de outra maneira, não poderia fazer. Será mesmo necessário comprar tanta coisa assim? Será que é disso que meu filho realmente precisa? É mesmo necessário ficar imóvel e passiva durante o meu parto? Preciso mesmo marcar data para que meu bebê nasça? Ela passará a questionar cada decisão, da material à psicológica. Por que fazer assim? Por que fazer assado? Quem disse que assim é melhor? Por que essa pessoa acha que assim é melhor? Qual a consequência deste ou daquele modo de agir para a saúde emocional e física do meu filho? Qual a consequência desse modo de agir para mim e minha família? Que tipo de filho quero criar? Que tipo de mãe, afinal, eu quero ser? Essas são perguntas que só quem tem consciência do que realmente representa se tornar mãe ou pai consegue fazer. Questionar-se e questionar os outros sobre as possibilidades que existem é ter consciência de que, se somos tão diferentes como pessoas, também devemos ter formas diferentes de viver, de criar nossos filhos, formas que nos tornem mais felizes, completas e realizadas como mulheres mães.

Essa é a forma de maternar que se pretende para um mundo novo. Uma maternidade em que as mães sejam as responsáveis por suas escolhas, em que vivam aquilo que escolheram por refletir a respeito, e não somente as escolhas de outras pessoas, em que sejam respeitadas, valorizadas e protagonistas. O que hoje buscamos é uma forma de ser mãe que liberte e fortaleça a mulher, que lhe dê autonomia, coragem e autoestima, colocando-a como peça de mudança ativa no mundo. E que essa mulher, assim liberta, corajosa, autônoma e com a autoestima em dia, tenha condições de criar filhos com base em respeito, afeto e amor, sem violência, qualquer que seja ela.

Vivemos numa época de resgate da consciência ecológica, por termos chegado a um ponto crítico no que diz respeito ao meio ambiente. Pelo mesmo motivo, vivemos um resgate da maternidade ativa, consciente, conectada, intuitiva, porque chegamos a um ponto humano também muito delicado. Se queremos um mundo melhor para nossos filhos, também queremos filhos melhores para nosso mundo, e isso passa, diretamente, por nossas escolhas como mães. E passa diretamente pela valorização que toda a sociedade dedica às mulheres que viram mães. Não é possível um mundo novo sem uma nova forma de ser mãe. Não é possível um mundo novo sem que ele valorize, proteja e fortaleça a mulher que vira mãe.

CURA OU CUIDADO?

Agora, então, quer dizer que tenho que ficar cuidando de cada paciente que adentra a instituição todos os dias, e cuidando, e lambendo, como se fosse um amigo com quem joguei bola ou jantei na semana passada? Ah, pelo amor de Deus, onde vive esse povo, na Suíça? Se o cara foi lá, é porque ele quer uma coisa só: ser curado, ponto-final. O cara tem um problema e precisa que alguém resolva, fato, fim. A vizinha dele não pode fazer, a amiga dele não pode fazer, a enfermeira não pode fazer. Quem cura é o médico. Ponto. Então, esse pessoal aí tem que cair na real e entender: médico cura. Médico resolve um problema, às vezes, bem grave, salva vidas. Antes de ficar metendo o pau em médico, tem que lembrar disso: a gente salva vidas. Quem cuida é... sei lá. Quem cuida é a avó, a namorada, que faz massagem, traz chazinho. Curar e cuidar é muito diferente, não dá pra gente ficar fazendo as duas coisas.

Vamos analisar friamente o depoimento acima? O desabafo desse médico, desse profissional educado e treinado para praticar a medicina, é um absurdo? É irreal? É um contrassenso? Não é. Deixe sua emoção de lado. Não é um absurdo. Muita coisa nisso faz sentido mesmo, mas apenas quando trazemos à análise uma série de fatores que esquecemos, na ânsia de defender aquilo que buscamos, queremos e por que lutamos. Não é um absurdo, não é inventado e faz sentido. Onde e como faz sentido? Vamos lá, vamos pensar em algumas coisas.

Médicos não nascem médicos. Eles se formam em medicina. E se tornam verdadeiramente médicos (pelo menos é o que se espera...) no decorrer do tempo, em razão da sua prática, como em todas as demais profissões. Todo aquele que acha que "tirou o diploma, é médico" não sabe nada sobre formação continuada, atualização constante, dedicação e contínuo aprimoramento. Isso tudo não se aprende na universidade, é uma questão de motivação pessoal e do que se busca na vida. Por serem formados em medicina, esses profissionais, como todos os outros, aprendem com outras pessoas. E não aprendem apenas bioquímica celular, patologia, fisiologia 1, 2 e 3 e todas as demais disciplinas e teorias. A eles também são passados conceitos implícitos (ou explícitos) sobre postura, comportamento e sobre seu papel no mundo, de forma que se inserem em um determinado paradigma que, por uma questão de lógica, é o paradigma dominante do momento em que foi ensinado, um paradigma médico hegemônico. Nós sabemos (ou deveríamos saber) que grande parte das instituições de ensino médico, grande parte dos docentes de instituições de ensino médico, realmente pensam tal e qual o profissional do depoimento. Como é possível, então, exigir de uma geração de médicos uma prática embasada em conceitos de cuidado, respeito e empatia quando cuidado, respeito e empatia são coisas que já faltaram em sua própria educação, por já faltarem na formação de seus formadores?

Obviamente, por uma questão ética, não há aqui qualquer tipo de generalização. Existem grandes docentes e profissionais humanistas, que vêm se dedicando a modificar o paradigma da cura como excludente ao cuidado. Mas é fato já sabido também que eles ainda são muito poucos, são exceções em seu meio, e são frequentemente combatidos, perseguidos e difamados por seus pares tradicionalistas. Muitos, até, não suportam a pressão e deixam os estabelecimentos de ensino, o que agrava ainda mais a questão da formação em humanidades. Quem trabalha dentro de instituições de ensino médico vê isso acontecer diariamente.

Então, a questão da formação deficitária é o primeiro ponto que ajuda a analisar o depoimento que abre esta seção. Como podemos dar aquilo que não nos foi oferecido? Não é impossível, e muitos, ainda assim, dão, mas isso exige uma dose extra de dedicação e vontade que, sabemos, não é todo mundo que está disposto a dar.

Continuemos nossa análise.

Por quais outros motivos esse discurso faz sentido? Faz sentido quando consideramos a banalização da violência institucional. Agora, falo da violência institucional que esse profissional sofre – porque ele também sofre. Ou você pensa que o policial que ataca professores não é também um massacrado do sistema? Eles não sabem que sofrem e se sentem donos supremos de seu próprio comportamento, têm a falsa sensação de poder e a empáfia iludida dos oprimidos a quem foi dado um pouco de poder apenas para lhes adoçar o bico e, assim, domesticá-los. Em resumo, sofrem duas vezes: pela opressão que vivem e por ignorá-la.

Então, esse profissional, também violentado pelo atual sistema médico corporativista, pela medicina de esteira de fábrica, que vê corpos como mercadorias e cura como bem de consumo, não é valorizado pelo cuidado que dedica, mas pela porcentagem de cura que alcança – seja lá como ela for conseguida. É um típico caso de fins que justificam os meios. Assim, imerso e cego, sem condições de fazer a crítica, ele foi moldado para dissociar a cura do cuidado e, vivendo em um sistema que estimula o primeiro, mas não o segundo, cresceu achando que essa era a verdade, e passou a replicar o modelo ensinado. Ele cura. E cura mesmo. Tem à sua disposição e ao seu lado a ciência médica de ponta, altamente iatrogênica,[1] porém, produzindo números cada vez maiores. E números interessam mais que cuidado na concepção mercantil de saúde.

Por qual outro caminho esse discurso passa a fazer sentido? Pela concepção que a sociedade – consumidora de medicina – tem do que

---

1. Iatrogênese: processo de produção de efeitos prejudiciais sobre a saúde em razão de uma ação médica. É quando a prática médica, malconduzida, adoece e produz morbimortalidade ou, em termos populares, quando a ação médica e o uso de suas técnicas "fazem mais mal do que bem".

é ser tratado. Para muitos, ser tratado é receber nomes complexos para aquilo que (acha que) tem e sair com uma guia de exames ou uma prescrição farmacológica. Quantas pessoas conhecemos que, em algum momento, disseram: "Não gostei desse [médico]. Nem deu atenção, nem ligou. Eu dizendo que estava com problema de sono, que não conseguia dormir, e ele querendo saber se eu estava com alguma angústia, com alguma dessas coisas emocionais. Não me passou nem um remédio nem um exame. Não serve, não presta. Vou no ciclano, que me pede uma bateria de exames, ele é que é bom".

Então, não só, mas também por isso, o profissional se habituou a – e recebe incentivo para – prescrever freneticamente, solicitar exames (que aumentam números) ou propor intervenções absolutamente desnecessárias. Também por pressão social. Não se esquive, não: todos temos uma pequena porção de terra nesse latifúndio devastado e empobrecido.

O depoimento também faz sentido quando levamos em consideração o distanciamento do *outro*. Quando levamos em consideração o fato de que a sociedade em que vivemos (nós!) desvaloriza o outro, o desconhecido, o "sem laços" e o trata como um oponente. Aos nossos amigos, todo respeito, cuidado e lambidas. Ao *outro*, esse cara safado, a técnica – e agradeça por ela! Isso fica bastante evidente no depoimento, quando o autor diz: "... e cuidando, e lambendo, como se fosse um amigo com quem joguei bola ou jantei na semana passada". Aqui, contribuo com uma vivência pessoal. Há alguns meses, senti um grande mal-estar, uma forte dor na nuca, com enrijecimento muscular, acompanhado de febre e intensa dor de cabeça. Procurei uma unidade de pronto atendimento (UPA) próxima à minha casa e, para minha imensa surpresa, fui atendida por um colega de doutorado, alguém que eu conhecia, com quem convivia em algumas disciplinas, mas com quem não tinha maior proximidade. Ele me acolheu e atendeu com todo desvelo possível. Examinou e levantou hipóteses. Prescreveu que eu recebesse uma dose endovenosa de analgésico, dizendo que, caso a dor não cedesse, eu seria encaminhada para um hospital da cidade, para fazer uma punção e verificar a hipótese de meningite. E completou: "Mas, veja, eu só estou explicando tudo isso porque, de certa forma, somos colegas. Se fosse um paciente habitual, eu nem entraria em detalhes, daria o analgésico e, depois, encaminharia, sem mais delonga. Estou dando um tratamento VIP!", brincou. Ele estava dedicando a mim aquilo que considerava de melhor em seu próprio tratamento e, por isso, fui e sou muito grata (e não, não estava com meningite). Percebem a diferenciação que foi feita? Por que eu não mereceria maiores explicações sobre meu próprio estado de saúde, sobre meu corpo e as intervenções que nele poderiam ser feitas (e uma punção não é coisa simples de ser feita) se não fosse sua colega? O que faz de mim diferente do trabalhador que adentrou a sala após minha saída? É um saber-poder? Ou é porque eu não era o *outro*, eu era, de certa forma, um *mesmo*? Esse tipo de valor é algo presente na sociedade toda que também encontra eco na prática médica, apenas porque a prática médica, como toda prática, é reflexo da sociedade em que se encontra. O que se diz de violento e agressivo para uma gestante em trabalho de parto institucional não é algo criado ali, é a reprodução do que a sociedade diz.

O depoimento também deixa de ser absurdo quando consideramos o paradigma cartesiano de bem-estar, saúde e doença no qual todos vivemos, em que a cura só é vista como produto da técnica, não do cuidado, em que o amparo humano e emocional é preterido pela frieza e pela esterilidade do saber-fazer presente nos protocolos e manuais. Quando deixamos de pensar assim e passamos a ver a cura e o sucesso terapêutico como produto de múltiplas variáveis, em que o cuidado, o amor e a entrega desempenham papel tão importante quanto o fármaco ou o eletrodo, então, conseguimos ver que "ser curado" também passa, fundamentalmente, por "ser cuidado". E ser cuidado é algo para o que não precisamos de um médico. Realmente, o cuidado pode vir da vizinha, do amigo, da namorada, da avó. Deve ser realmente difícil, para aquele que vê a si e a sua prática como semidivindades, saber e reconhecer que aquilo que ele precisa oferecer também pode ser oferecido por qualquer um. Ele não percebe que poderia aproveitar o cuidado para aprimorar sua técnica de cura. Ele vê as coisas como excludentes, estimulado pelo meio em que foi formado e onde exerce sua prática cotidiana.

Sim, médicos curam. Mães curam. Avós curam. Amores curam. Mas os médicos curam principalmente quando as outras formas de cura não mostraram resultados. Médicos salvam vidas, mas as colocam em risco também. Médicos fazem com que pessoas sobrevivam. A única coisa que não se pode perder de vista é que, para uma infinidade de pessoas, sobreviver não é um fim que justifique todos os meios. Não. Não buscamos sobreviver, buscamos viver e, na complexa acepção do "viver", incluem-se o cuidado, o amparo, a empatia, o reconhecimento do humano, o esforço para superar limitações, para dar até mesmo aquilo que não nos foi ensinado.

Médicos foram educados e treinados para curar principalmente aquilo para o que não temos outras formas de manejo. Médicos curam doenças que antes pensávamos ser invariavelmente mortais. Médicos estão, nos dias de hoje, essencial e fundamentalmente atrelados ao conceito de doença. Precisamos deles para essas condições, e precisamos cada vez mais, e de mais médicos.

Mas... e para aquilo que não é doença? Não seria, então, preferível ter alguém treinado e preparado, ainda que teoricamente, para cuidar? E se o médico de hoje não está preparado ou treinado para cuidar, seria ele o profissional mais adequado para essas situações?

Deixo três perguntas sobre as quais podemos refletir, se quisermos.

Por que ocupar os médicos com aquilo que não é doença, quando eles são tão importantes onde precisa haver a cura? Por que enxergar o natural como doença e, assim, privar o natural daquilo que faz dele natural, que é o cuidado? O que você busca para si e para o outro quando não está doente, cura ou cuidado?

Por fim, quero dizer que, para nós, que estudamos a humanização e o cuidado na assistência à saúde e, principalmente, a falta disso, ouvir ou ler um depoimento como o que inicia esta seção realmente gera desconforto, indignação e revolta. Pode ser que nossa primeira reação, apaixonada (porque somos apaixonados, sobretudo pelo humano) seja de escárnio ou ironia. Compreensível. Porém, passada a indignação e baixada a adrenalina, é possível ver claramente: não sabem o quanto são usados por um sistema cruel.

Para os que querem ver: informação.

Para os que não querem: confronto social.

É escolha de todos nós a maneira como queremos aprender.

O PARTO DA PRINCESA

Já estamos cansadas de saber que nasceu o filho da Kate, lá na Inglaterra. Ela é duquesa, mas, para mim, é princesa mesmo, porque não entendo nada de títulos de nobreza nem pretendo pesquisar para saber qual a diferença oficial. Os únicos títulos dos quais entendo são o de eleitor, o bancário (daqueles que não vencemos pagar), o de especialista, mestre, doutor, e olhe lá. Nasceu um garoto. E nasceu de parto normal, com o pai ao lado, lá no Reino Unido.

Muita gente compartilhou essa notícia – principalmente as pessoas que estão, de alguma forma, envolvidas com a luta pela humanização do parto aqui no Brasil. O compartilhamento foi em tom de vitória, de lição, de "Viu? Lá, é assim. Aqui, é na faca".

Sim, aqui, é faca na caveira – na caveira, na costureira, na cabeleireira, na manicure, na advogada, na médica, na atendente, na artesã, na administradora, na bióloga, na tia, na prima, na vizinha, na atriz. É faca geral. É por isso que alcançamos, como brasileiros, o nível pornográfico de 52% de cesarianas, quando o que as organizações internacionais que se preocupam com a saúde recomendam é apenas 15%.

Já sabemos também os motivos desses 52% (se não sabemos, assistamos ao filme *O renascimento do parto* que vamos ficar sabendo): falta de informação das mulheres, falta de empoderamento, certeza de que é assim mesmo, confiança cega nos médicos, comodidade médica, formação médica deficitária, interesse econômico, interesse corporativo, e tantos outros fatores.

Cada mulher faz o que quer? Não. Não é bem assim. Por exemplo, se a mulher quiser fazer um aborto com respaldo médico, não pode fazer. Cada mulher sabe o que é melhor para si? Seria ótimo se soubesse, mas isso passa por uma questão de empoderamento feminino, que, infelizmente, ainda não temos em nossa grande maioria – embora estejamos lutando muito para chegar lá – e eu poderia dar aqui muitos exemplos mostrando o quanto nos falta de empoderamento como mulheres, mas é melhor deixar para outro momento, para não perder o foco.

Bom, quero falar sobre o compartilhamento em massa de notícias sobre o nascimento do príncipe. Houve uma quantidade impressionante de compartilhamentos! E acho ótimo! Acho mesmo. Claro, fica meio monotemático, às vezes; o mesmo *link* se repete 200 vezes, mas é ótimo! É valorização do parto natural! É a ressignificação do parto também. Ah, ficamos de mau humor por ver o pessoal falando tanto sobre o assunto? Ficamos com preguiça? Então, deixemos a preguiça de lado. Isso faz parte do renascimento do parto. Sim, faz parte.

Se temos 52% de nascimentos por cirurgia cesariana no Brasil, será que não está claro que não é todo mundo que sabe de tudo o que falamos por aqui em nossas incansáveis linhas de nossos incansáveis *blogs*, em nossos frenéticos perfis? Será que não está claro que não é todo mundo que tem a informação de que dispomos, de que, em outros países, o parto é parto mesmo – normal, via vaginal – e que é só aqui no Brasil que acontece essa apropriação indébita do parto alheio? Para quem estamos falando? Estamos falando para nós mesmas, sempre, em um círculo fechado, buscando apenas reforço para nossas próprias palavras ou estamos falando para fora, para outros espaços, para outras mulheres que estejam em busca, que ainda puderam encontrar o parto, que possam parar para pensar sobre isso e enxergar que, sim, perderam seus partos... sim, foram enganadas... sim, podem tentar de novo e mudar o fim da história... sim, podem ser elementos de multiplicação.

É aí que entra a boa vontade, a disposição, o doar-se, o parar e explicar – como vi bastante gente fazendo *timelines* afora – por que estamos falando sobre o nascimento do menino, filho da Kate, que não é um deslumbramento monárquico, porque, afinal de contas, nós nem entendemos de títulos de nobreza. O que estamos fazendo é mostrar: "Veja, companheira. É assim em outros países, o trabalho de parto é incentivado, o pai está junto, a mulher vive um parto, não uma cirurgia. Viu, como é uma cultura diferente? Nós também temos o direito de viver isso". Quem sabe, assim também, as pessoas percebam, por meio do contraste, como anda tudo errado aqui na *terra brasilis*, onde mulheres desfilam nuas em todos os carnavais, mas têm pudores de parir, cultuando uma cultura machista que insiste em nos objetificar. Quem sabe, vendo que lá, na terra do chá das cinco e da tradicional pontualidade, onde vive uma rainha de expressão facial séria, as mulheres se entregam ao parto vaginal, ao parto normal, quiçá até natural.

Ativismo pró-humanização não combina muito com mau humor. É preciso disponibilidade. É claro que tem hora que enche a paciência, que dá nos nervos, que blá-blá-blá e mi-mi-mi. Também tenho meus momentos de querer um botão "Suma" no lugar do "Curtir". Já até o apertei algumas vezes. Mas, nessas horas, é importante lembrar que o que deve tirar o nosso bom humor não é o compartilhamento em massa de coisas boas, mas, sim, do senso comum. Nosso mau humor precisa ser direcionado para fora, não para dentro. Para o cesarianista; para o corporativo; para a médica que dá declaração dizendo que fez cesariana na mulher, porque "Oh, desgraça biológica, o bebê era grande! Oh, perigo celestial, tinha cordão no pescoço!"; para o hospital, que não permite acompanhante; para o ator que bateu na atriz e vai passar impune – é para esse tipo de alvo que nosso mau humor precisa estar afiado. Não para quem está se empoderando agora e toma um corte desnecessário (em todos os sentidos). Vi, na minha *timeline*, um exemplo disso. A colega (moça bacana, recém-chegada ao movimento de humanização, aprendendo agora o porquê do "parto é parto e cesárea é cesárea", e começando a entender que não existe parto cesáreo, começando a ler sobre o assunto, começando a ser agente de multiplicação, compartilhando informação útil com as amigas que não se interessam por isso, fazendo seu papel de formiguinha) compartilhou um dos muitos *links* sobre o filho da Kate, dizendo algo como "Veja que bom, foi parto normal". Aí, vai lá a ativista empoderada e diz: "Você esperava que fosse o quê? Cesárea? Alôôô!". A moça não comenta nada. Logo mais, posta uma frase falando sobre delicadeza.

Calma, gente, não criemos pânico. Deixemos o povo compartilhar em paz. Não é medieval. Medieval é chegar com seu machado, lança ou sabe-se lá o que e ir golpeando todo mundo. Tem de compartilhar, sim. Tem de compartilhar mais ainda. Tem de falar muito mesmo, até que todo mundo esteja cansado de saber, até que a criançada esteja cansada de ouvir a mãe falando para a tia que o filho da princesa nasceu pela pepeca, pela patota, pela pombinha, pela pomba, ou seja lá o nome que se dê à vagina – já que "vagina" parece ser *persona non grata* (para o nascer, quero dizer). Tem de tornar o parto normal senso comum, e não o contrário. As meninas de hoje ouvem tanto falar que princesa é isso, que princesa é aquilo, que princesa senta de perna fechada, que princesa não corre com os moleques, que princesa tem de ser quietinha e tanta coisa boba, sexista e atrasada. Deixem que ouçam falar que a princesa também tem filho pela vagina! Deixem que a avó leia na *timeline* que a princesa deu à luz! Deixem a tia da vizinha da prima saber disso, porque, afinal, ela é quem vai nos encher quando estivermos com 40 semanas de gestação. O renascimento do parto também passa por isso.

PARECE MENTIRA, MAS NÃO É

Luís Henrique, 46 anos, piloto de avião há 20 anos, comandava um voo que se preparava para cruzar o Atlântico, partindo de São Paulo, quando notou um grave problema técnico na aeronave. Imediatamente, entrou em contato com o aeroporto mais próximo, informou o problema e a necessidade de um pouso de emergência. Levou um susto ao ouvir dos controladores locais que, apesar de a companhia aérea na qual trabalha funcionar regularmente, ele não poderia pousar. Para usar o aeroporto, a companhia de Luís Henrique deveria ter agendado previamente o pouso de emergência. O comandante entrou em desespero: "Como agendar um pouso de emergência? Como prever quando vamos precisar?". Luís Henrique escolhera aquele aeroporto justamente por ser reconhecido e fiscalizado pela Anac. Essa dificuldade para realizar pousos de emergência em alguns aeroportos aconteceu não só com Luís Henrique. O comandante Mendonça, que trabalha para outra companhia, ouviu o mesmo dos controladores de outro aeroporto. Muitos outros comandantes têm passado pela mesma experiência assustadora em diferentes aeroportos brasileiros. Eles são informados que os aeroportos recebem instruções para priorizar pousos que não podem esperar, mas, quando os procuram, descobrem que ali só têm direito a pousos emergenciais agendados, o que os obrigaria a serem profetas ou médiuns.

Maria da Glória, 38 anos, andava de bicicleta com o filho de 9 anos em um parque do Rio de Janeiro quando o garoto sofreu um acidente sério e fraturou uma perna. Imediatamente, Maria da Glória levou o filho ao hospital mais próximo onde seu plano de saúde era aceito. O garoto foi atendido pelo médico de plantão, que constatou a necessidade de intervenção cirúrgica de emergência para colocação de pinos e placas. Ao dar início aos procedimentos burocráticos da internação, Maria da Glória levou um susto. Ouviu de atendentes que, apesar de seu plano cobrir o atendimento de urgência, se ela quisesse internar o filho e realizar a cirurgia, teria de pagar. Para usar o convênio, deveria ter agendado a cirurgia emergencial do filho. "Chorei muito. Como agendar uma cirurgia de urgência?", disse Maria da Glória, que escolhera o plano pela cobertura ampla que oferecia, incluindo emergências cirúrgicas infantis. A dificuldade para realizar cirurgias infantis emergenciais em alguns hospitais aconteceu não só com Maria da Glória. Antônio de Deus, pai de uma menina de 12 anos e de um menino de 8, ouviu o mesmo de outras instituições de saúde quando solicitou internação de emergência para o filho após um acidente grave. Os pais são informados de que o plano cobre determinado hospital para emergências infantis, mas, quando procuram o hospital, descobrem que ali só têm direito a emergências infantis agendadas.

Se ficamos indignados com os casos relatados, se os consideramos esquisitos, se pensamos que parecem mentira, podemos nos acalmar. São mentira mesmo. Não existiram. Eu inventei. Inventei para que percebamos o absurdo das situações. Relaxemos. Acalmemo-nos. Que bom que entendemos que é mentira e nos tranquilizamos, porque o que vem a seguir *não é* mentira.

Gabriela Arruda, 31 anos, levou um susto ao chegar, em trabalho de parto, a uma unidade do hospital São Luiz, na zona oeste de São Paulo, onde planejava dar à luz. Ouviu de atendentes que, apesar de seu plano Amil cobrir o atendimento na maternidade, se ela quisesse fazer um parto normal teria de pagar. Para usar o convênio, deveria ter agendado o nascimento do filho previamente. "Chorei muito. Como agendar um parto normal?", disse Gabriela, que escolhera o plano só por causa do São Luiz, que permite parto na banheira.

A dificuldade para realizar partos normais em algumas maternidades não foi enfrentada apenas por Gabriela. Carla (nome fictício), que tem o plano Medial, maior operadora do país, com mais de 3,5 milhões de usuários, passou pela mesma situação. As gestantes são informadas de que o plano cobre determinada maternidade, mas, quando procuram o hospital, descobrem que ali só têm direito a partos agendados, o que as obriga a fazer cesarianas.

A Amil diz que isso ocorre, porque, em algumas maternidades, certos planos só dão direito à internação eletiva (agendada). Isso significa, explica o hospital São Luiz, que, quando a gestante chega ao pronto-socorro em trabalho de parto, não pode utilizar o convênio.

A *Folha de S.Paulo* noticiou o assunto no domingo de Páscoa de 2013. Em um país onde mais de 50% dos nascimentos estão acontecendo por cirurgia cesariana, muitas delas eletivas, quando o bebê ainda não está pronto para nascer, a rede privada de hospitais é a maior responsável, com mais de 80% de cesáreas. Isso torna o Brasil uma vergonha mundial na assistência ao parto, com 25% das mulheres que vivem partos normais violentadas física ou psicologicamente durante o nascimento de seus filhos. Neste país em que vivemos, as operadoras de planos de saúde estão dando uma de pombo enxadrista e defecando (para não agredir a sua leitura utilizando verbo similar) sobre a saúde materno-infantil, sobre o movimento de humanização do parto, sobre as diretrizes do Ministério da Saúde, sobre as orientações da Organização Mundial de Saúde, sobre os direitos do consumidor, sobre os 80% de cesáreas na saúde suplementar, em prol do enriquecimento às custas da saúde de centenas de mulheres e de seus bebês.

Quando contatada pela equipe de reportagem da *Folha*, a Amil respondeu que "o atendimento de urgência obstétrica é realizado pela rede credenciada habilitada para atendimento de pronto-socorro obstétrico". Entendeu? Ela está dizendo que parto normal é coisa de pronto-socorro. Para ter bebê na maternidade, só agendando, ou seja, cesárea nelas ou o dinheiro aqui na minha mão!

Agora, sim, é hora de indignação total!

Onde está o respeito à mulher, à criança, à saúde, às vidas humanas que estão sendo tratadas como mercadorias baratas, em situação de vulnerabilidade, em um momento crucial de suas vidas? Que mundo é este, onde a conveniência, a comodidade, o oportunismo – *financeiro*! – são superiores à vida das pessoas, à sua saúde? Onde estão as autoridades de fiscalização das operadoras de planos de saúde, que não estão agindo nesse caso de extremo, claro e indiscutível desrespeito não somente aos consumidores, mas aos seres humanos, às suas experiências de vida?

Para responder a essa pergunta, a equipe de reportagem foi procurar a Agência Nacional de Saúde Suplementar (ANS), que regula (?) os planos de saúde no Brasil. Sabem o que foi dito? Que a agência ainda não havia recebido nenhuma reclamação de casos como os citados na reportagem. A reclamação seria necessária para que a ANS pudesse analisar o contrato entre a operadora e os hospitais e avaliar se há irregularidade. Ainda foi dito (estou copiando literalmente o que estava na reportagem) que as operadoras podem realizar contratos em que oferecem cobertura apenas de procedimentos agendados em determinados hospitais, mas que soava estranho que isso estivesse acontecendo na área obstétrica.

Se a ANS, que é a ANS, "estranhou", imagine o que sente a mãe em trabalho de parto a quem se nega atendimento no momento de maior vulnerabilidade, em uma das horas mais especiais de sua vida. Não é preciso pensar muito para vislumbrar as consequências dessa prática (sacana, calhorda, absurda). Muitas mulheres estão fugindo para a cesárea, por medo de serem violentadas no parto. Teremos mais um motivo de fuga: o medo do não atendimento.

A mim, parece óbvio que, se precisamos de uma força-tarefa para reduzir os índices inaceitáveis de cesariana, não será forçando uma mulher a marcar a sua cesariana que vamos alcançar nosso objetivo, não é? Sinceramente, se a equipe de reportagem conseguiu acesso a essa informação, é sério mesmo que a ANS não sabia, que estranha, apenas? Não cabem investigação e intervenção compulsórias?

Sinto-me desanimada – como também devem se sentir muitas de nós, mulheres ativas, ativistas, envolvidas. Atuamos na pesquisa e na ação em saúde materna e infantil, contra a violência no parto, em saúde coletiva, e nos deparamos com esse tipo de situação. Sinto-me um ET, ajudando a orientar mulheres e famílias que buscam partos felizes e recebendo, de dezenas de pessoas (também indignadas), *links* para matérias como essa que relatei. Às vezes, parece que esse trabalho pequeno, constante, dedicado, quase voluntário, que todas fazemos, não vai dar conta, não vai funcionar. Dá vontade de desistir. Dá vontade de dizer: "Quer saber? Estamos desistindo. Quer escrever 'Viva a cesárea!', pode escrever. Quer escrever 'Parto bom é o de bebê vivo', pode escrever. Quer dizer 'Por mim, pode cortar a mulher em quatro, desde que me entregue um bebê bom', está liberado". Sim, vamos desistir. Vamos jogar a toalha, esquecer tudo isso, cuidar das nossas vidas, deixar esse tal renascimento para lá, porque, afinal, não vamos dar conta.

Mentira. Primeiro de abril!

Na nossa busca pelo respeito à autonomia, não nos deixemos enganar. Nunca! Nem quando for primeiro de abril. Lembremo-nos de que existe muita gente envolvida que pode nos auxiliar. Já não somos tão poucas. Também não somos quietas. E, ainda que vejamos o mundo com bons olhos, não nos enganamos facilmente. Não estamos nos organizando, já estamos organizadas. E a mentira não está em nosso rol de evidências. Não tentem nos enganar.

Revoltadas com o que consideram prejuízo ao parto normal, "mães militantes" discutem em grupos da internet formas para "driblar" a proibição.

Uma delas é recorrer a um truque com a "cumplicidade" do obstetra. As gestantes pedem ao médico uma guia de internação solicitando ao convênio o agendamento de uma cesárea com data posterior à prevista para o bebê nascer.

Assim, chegam ao hospital em trabalho de parto, antes do dia marcado, conseguem ser admitidas e fazer o parto normal. É que, com a guia, elas não entram por meio do pronto-socorro.

Essa foi a saída adotada por uma analista ambiental, que pede para não ser identificada por temer que o médico seja punido. "Temo agora que descubram e me mandem a conta da maternidade. Aí, vou recorrer à Justiça", afirma.

A via judicial é uma alternativa. O advogado de Joana Imparato, 31, disse para ela entrar com uma liminar e obrigar o plano a dar cobertura.

"Há jurisprudências que consideram a conduta abusiva. O plano não informa antes a situação para a grávida, há falha de informação", diz a advogada Renata Vilhena. (*Folha de S.Paulo*, seção "Cotidiano", 31/3/2013.)

AS BRASILEIRAS PREFEREM O PARTO NORMAL

A maioria das mulheres brasileiras prefere a cesariana ou o parto normal? Qual a relação entre as cesarianas desnecessárias e o aumento dos problemas de saúde materna e neonatal? De que forma as falsas justificativas que os médicos têm utilizado para induzir a uma cesariana desnecessária (cordão enrolado no pescoço, mãe pequena, bebê grande, entre tantas outras) têm contribuído para a perda da autonomia feminina?

Vamos falar sobre isso com a ajuda de um artigo muito importante, publicado em 2013, "Reflexões sobre o excesso de cesarianas no Brasil e a autonomia das mulheres", escrito por pesquisadoras da Universidade de São Paulo.[1] É um artigo muito interessante, que menciona algo extremamente relevante: a importância do que temos feito na internet pela recuperação do direito de trazer nossos filhos ao mundo com respeito.

Esse artigo trata da maneira como o parto se tornou um evento quase que exclusivamente medicalizado, ou seja, dominado pelo saber médico. Os sofrimentos e as dores humanas deixaram de ser vivências humanas e passaram a ser vivências médicas. Antes, quando sofríamos, nosso sofrimento era vivido e administrado no interior das famílias, nos grupos de amigos, em círculos pessoais. Hoje, não. Hoje, os

---

1. M. Rêgo de Castro Leão, M.L. Gonzalez Riesco, C.A. Schneck e M. Angelo (2013). *Ciências da Saúde Coletiva*, v. 18, n. 8, Rio de Janeiro, agosto. Disponível na internet: http://www.scielo.br/scielo.php?pid=S1413-81232013000800024&script=sci_arttext.

sofrimentos são administrados sob um prisma médico, do ponto de vista de "como posso deixar de sofrer o mais rápido possível", ainda que artificialmente. As famílias já não são mobilizadas para lidar com sofrimentos, nem os amigos, e estamos nos distanciando uns dos outros. O parto segue a mesma tendência.

É isso o que as autoras do artigo querem dizer quando afirmam que "a medicalização transforma culturalmente as populações, com um declínio na capacidade de enfrentamento autônomo das dores e adoecimentos". O problema, um dos grandes problemas, é que essa medicalização excessiva contribui para que as mulheres percam a capacidade de lidar com o fenômeno do parto. É por isso que, para muitas mulheres, tornou-se inaceitável não saber o dia em que o filho vai nascer ou conhecer a intensidade da dor do parto. Hoje, queremos ter controle sobre tudo. E que riqueza de vida podemos ter se tentamos controlar todas as variáveis? Se não nos permitimos surpreender pela beleza da vida?

As autoras do artigo a que me refiro mostram alguns dados importantes:

Ribeirão Preto, SP (1994):
- 50,8% de cesarianas;
- 12,5% de prematuridade;
- 10,7% de baixo peso ao nascer.

São Luís, MA (1997-1998):
- 33,7% de cesarianas;
- 12,6% de prematuridade;
- 7,6% de baixo peso ao nascer.

Pelotas, RS (2004):
- 45,4% de cesarianas;
- 15,3% de prematuridade;
- 10% de baixo peso ao nascer.

Dessa observação, surge um questionamento: cesáreas salvam vidas? Sim, é verdade; cesáreas salvam vidas. Sempre? Não. Em determinadas situações, a cesárea deixa de salvar vidas e passa a representar risco de vida, exatamente o contrário do que seria esperado. Parece estranho, mas não é. Em um país como o nosso, em que o atendimento médico oferecido à população, embora ainda não seja o ideal, vem melhorando de qualidade, tem havido redução progressiva da mortalidade materna e neonatal, mas, quando analisamos a relação entre o aumento de cesarianas e o aumento da prematuridade, ou entre o aumento de cesarianas e o aumento do número de bebês nascidos com baixo peso, fica fácil entender que, ao contrário do que o senso comum acredita, a cesariana tem representado mais riscos que benefícios, justamente porque tem sido realizada não como procedimento de necessidade, mas de conveniência.

Então, estamos colocando a saúde dos bebês e das mães em risco por conveniência? Sim, estamos. O artigo ainda cita um grande autor (Ivan Illich), para afirmar que, sim, as instituições de saúde estão produzindo problemas de saúde. Afinal de contas, se a prematuridade do bebê é um problema sério de saúde coletiva, e ela tem sido causada principalmente pelas cesarianas eletivas, então, as instituições de saúde, representadas pelas equipes médicas, são as responsáveis diretas por isso. No entanto, em uma inversão muito cruel e perversa, a prematuridade, o baixo peso ao nascer e outras consequências ruins do nascimento induzido prematuramente não se associam pelo senso comum à equipe médica, mas, sim, a uma falsa "incapacidade da mulher de dar à luz". Não é cruel isso? É muito cruel!

Não, a mulher não está incapaz de dar à luz. Ela está se tornando incapaz de tomar, sozinha, suas próprias decisões, porque deposita na medicina toda a responsabilidade pelo bom funcionamento de seu corpo. E – veja só que disparate! – é justamente essa medicina que tem promovido resultados bastante indesejáveis. Por isso, é importante que as mulheres enxerguem o problema e retomem para si o poder de decisão sobre seus corpos, seus partos e sobre a vida de seus filhos.

Gravidez não é doença. Parto não é problema. Estão se tornando doença e problema por má conduta na assistência médica. Pode haver problemas durante a gravidez e o parto? Claro que sim, mas numa minoria das mulheres. A grande maioria passaria tranquila e feliz por essa rica experiência. Passaria? Nesse tempo verbal? Sim, passaria. Não tem passado em razão de tantas intervenções.

Ainda o mesmo artigo afirma mais uma coisa fundamental para mães que, provavelmente, encontrarão um obstetra louco para lhes vender uma cesárea: as pesquisas estão mostrando o impacto terrível da cesariana eletiva sobre a capacidade respiratória dos bebês. Há evidências de alta incidência de complicações respiratórias e internação neonatal em UTI entre bebês de mulheres que não entraram em trabalho de parto. Isso é sério, muito sério. Se a mãe, gestante, pode escolher, por que escolheria algo assim? Claro que não escolheria, se soubesse. Mães querem o melhor para seus filhos. Por que, então, as mulheres assim o fazem? Porque essa informação não é oferecida nos consultórios e nos pré-natais. Afinal, que obstetra que pense com a lógica da conveniência daria à mulher uma informação que poderia tirar de sua agenda e de sua conta bancária uma cesariana agendada?

O artigo de que estamos tratando cita ainda Simone Diniz, grande pesquisadora de saúde materno-infantil, professora da Universidade de São Paulo. Ela afirma que, em nosso país, convivem dois extremos "o adoecimento e a morte por falta de tecnologia apropriada, e o adoecimento e a morte por excesso de tecnologia inapropriada". De que vale ter lutado tanto, e ainda lutar tanto, pela redução das mortes maternas e neonatais no Brasil se nós, com nossa excessiva tecnologia, estamos elevando novamente esses índices de mortalidade?

O artigo levanta, ainda, três perguntas importantes, das quais destaco uma: as mulheres brasileiras preferem cesariana ou parto normal?

Quando tomamos conhecimento de uma taxa nacional de cesariana superior a 52%, temos o ímpeto de responder: as brasileiras preferem a cesariana! Mas não preferem, não. De acordo com o artigo, estudos sobre preferência da via de parto entre as mulheres no Brasil mostram que *a maioria prefere o parto normal*. Uma revisão sistemática, envolvendo 38 outros estudos, indicou uma taxa de preferência pela cesariana de apenas 15,6%, número que aumenta entre mulheres com cesariana anterior e entre as que moram em países de renda média. Por que *a maioria* prefere parto normal? Dois dos principais motivos são: a recuperação mais rápida e a satisfação muito maior com a experiência de nascimento dos filhos. Ou seja, quando ouvimos o médico dizer "faço, porque elas pedem", saibamos que ele está mentindo. Há mulheres que pedem? Sim, mas o que as evidências mostram é que elas são *minoria*. Então, por que tanta cesárea?

As autoras do artigo afirmam que, de acordo com o Ministério de Saúde, essa quantidade absurda de cesarianas, principalmente nos serviços privados de saúde, tem várias razões. Uma delas é a relação desigual entre médico e paciente, que dificulta a participação das mulheres na decisão do tipo de parto. Por que essa desigualdade? Porque as mulheres acreditam que não têm informação suficiente para decidir por si e que o médico é a autoridade máxima.

Então, saibamos: se há uma autoridade máxima nas questões que envolvem nossos corpos e nossos filhos, essa autoridade somos nós. E, se nos faltou informação, *agora não falta mais*! Corramos para trazer para nossas mãos o domínio sobre nosso corpo.

Como?

Primeiro, com informação. Sabendo tudo o que for possível sobre cesariana, sobre parto normal, sobre direito de escolha, sobre as reais indicações de cesárea, sobre as falsas indicações, sobre como identificar um profissional sem comprometimento verdadeiro com a saúde materno-infantil, sobre as consequências do nascimento antecipado para nossos filhos, sobre os procedimentos do pré-parto, do intraparto e do pós-parto, conversando com outras mulheres também informadas.

Segundo, não nos colocando em posição de passividade perante o profissional de saúde. Ele é um profissional como outro qualquer, formou-se como outro graduado qualquer, e o fato de ser de uma determinada área não confere a ele poderes de divindade. E, estando em um mundo capitalista, que valoriza sobretudo a conveniência – financeira e de tempo, porque *time is money* –, é provável que ele valorize mais a si próprio do que nossa experiência como mulheres capazes de trazer nossos filhos ao mundo.

Mulheres trazem filhos ao mundo. Os profissionais apenas as auxiliam. Assim, a peça-chave, a verdadeira protagonista dessa história é *a mulher*. Desculpem-nos os patriarcalistas, mas essa é a verdade. Se ouvimos argumentos amedrontadores, peçamos segundas, terceiras, quartas, enésimas opiniões. Conversemos com outras mulheres. Busquemos informação, não esperemos que ela venha até nós. Se formos ameaçadas com frases do tipo "se não marcarmos no dia tal, vai ter que arrumar outro médico", arrumemos outro médico. Não, não é fácil, mas por que depositaríamos nossa confiança em alguém que nos ameaça dessa forma e não nos respeita? Isso também não é nada fácil. Pensemos em nós e em nossos filhos. E nos lembremos de que a grande maioria das mulheres prefere um parto normal. Entre as que dizem preferir uma cesárea, estão muitas que foram amedrontadas e diminuídas por uma cultura que reforça o trinômio sangue-dor-morte e a incapacidade feminina de lidar com sua natureza. Foram expostas a dezenas de imagens reais e mentais de um parto que nada tem de normal, embora seja vaginal, a fim de reforçar uma cultura de nascimento violenta, medicalizante, tecnocrática, intervencionista e machista. Mulheres podem. Mulheres conseguem. Mulheres querem. E se, ainda assim, a grande maioria tem acabado na cesárea, algo de muito estranho está acontecendo. Estranho, perverso e cruel. Não nos esqueçamos disso.

O CIRCO DO NASCIMENTO

Quem se interessa pela fisiologia do parto, pelo respeito ao nascimento, quem busca saber mais sobre esse evento pelo qual todos passamos – seja como mulher, dando à luz, seja como filho ou filha que nasceu – com certeza já leu Michel Odent. Considerado um dos precursores internacionais da humanização e do respeito ao parto e ao nascimento, esse obstetra francês instituiu as piscinas ou banheiras no ambiente de parto e é profundo estudioso da saúde primal.

Em suas palestras e livros, temos a oportunidade de entender por que o parto é um evento que precisa acontecer em local quieto, privativo, pacífico e acolhedor, condições importantes para que a chuva de hormônios inunde a mulher e a conduza com tranquilidade e segurança pela partolândia.

Privacidade, silêncio, intimidade, para que a mulher se conecte com seus instintos e possa parir com o mínimo de intervenções possível. Todo mundo que se interessa pelo tema sabe disso, menos algumas maternidades. Talvez porque se interessem apenas por quanto cobrar por coisas absolutamente desnecessárias e, principalmente, bizarras.

Leiamos isto:

> Um bebê é exibido diante da câmera, segundos depois do nascimento. Em uma sala, no mesmo andar, familiares se emocionam diante da tela de 52 polegadas e, para comemorar, abrem uma garrafa de espumante. Cenas como essa se repetem diariamente numa maternidade de Niterói, na

região metropolitana do Rio, que abriu o "cineparto" há cerca de um ano. Lá, parentes e amigos das gestantes assistem ao vivo à chegada da criança, num auditório com capacidade para 20 pessoas sentadas. Por 200 reais, eles alugam o espaço e acompanham pela televisão o trabalho da equipe médica da maternidade São Francisco, localizada em uma área nobre do município (a 13 km do Rio). As imagens são captadas por uma câmera instalada no alto do centro cirúrgico. Já a gestante pode ver a festa da família numa outra televisão, colocada próxima aos médicos.

(...)

As imagens do parto não são inteiramente transmitidas para os familiares. Eles só acompanham em tempo real o que acontece na sala de cirurgia após o corte ter sido feito na barriga da gestante. Depois disso, a médica, que atua como diretora da filmagem, libera o sinal para o auditório. Mesmo assim, o espectador tem a visão bem limitada, em razão da distância da câmera, posicionada atrás do médico.

"Não entramos no campo cirúrgico. Além de respeitar o profissional, que está trabalhando, preservamos também os familiares. Eles não veem o bisturi, o corte, o sangue. A intenção é mostrar apenas o nascimento da criança", conta Albuquerque, o dono da maternidade. Ele diz que inicialmente enfrentou a resistência dos médicos, mas que atualmente os cerca de cem profissionais que trabalham na clínica aderiram ao serviço.

A obstetra Elizabeth Irene Alves foi uma das que resistiu ao "cineparto": "Estranhei no início, mas essa inovação deixa todos mais relaxados na família e não nos atrapalha", disse, após realizar mais uma sessão diante da câmera.

※

Notemos: respeita-se o profissional; respeitam-se os familiares. Não há qualquer tipo de preocupação em respeitar a protagonista da história, a experiência de nascimento ou o bebê que está chegando. Deixa de ser nascimento, passa a ser uma "sessão" (como disse a obstetra).

É claro que, para que toda a família possa estar presente no horário e no local determinado, isso precisa ser agendado, até para que a equipe de filmagem possa ser acionada. Como se agenda um parto natural? Claro que não se agenda. A única forma de nascimento que se agenda é a cesárea eletiva. Portanto, e isso é bastante óbvio, tal maternidade não incentiva o parto normal nem o parto respeitoso, do contrário, saberia que uma mulher não tem condições de parir em condições ideais estando em uma arena de circo. Mas o pessoal acha legal, acha bacana, acha chique. É desse tipo de falta de consciência crítica que estamos falando. Vamos discutir sobre escolhas? Sobre liberdade? Vamos, mas vamos discutir para valer, incluindo todos os elementos que tornam esse tema tão complexo e saindo do senso comum. Vamos deixar o senso comum para obstetras e maternidades, que estão loucos para abocanhar uma parte do orçamento das famílias.

Michel Odent, em seu livro *A cesariana*,[1] fala sobre isso de maneira muito apropriada:

> Ainda que a segurança do procedimento seja o pré-requisito para o amplo uso da cesariana, essa não é a principal razão para o aumento nos índices da intervenção obstétrica. A razão fundamental para o aumento dos índices de intervenção é certamente uma falha universal e quase cultural no entendimento das necessidades básicas das mulheres em trabalho de parto. Depois de milhares de anos de partos culturalmente controlados, um século de industrialização da obstetrícia, uma proliferação de "métodos" de "parto natural" (como se as palavras "método" e "natural" fossem compatíveis) e do advento de uma técnica segura que oferece outra opção além do parto vaginal, pode-se facilmente explicar por que essas necessidades básicas foram esquecidas. Ninguém deve contar com um modelo cultural para redescobrir as necessidades das mulheres em trabalho de parto. Na maioria das sociedades que conhecemos, em geral, o meio cultural interfere nos processos fisiológicos por meio das atendentes de parto, que não só são ativas como invasivas. Por exemplo, em muitas sociedades, há a crença de que a atendente de parto deve estar ali para cortar o cordão imediatamente, que é uma forma de proteger o bebê recém-nascido do "perigoso" colostro ou de outros efeitos "negativos" do contato olho-no-olho e pele-com-pele entre mãe e bebê recém-nascido. Essa é a razão pela qual precisamos da linguagem e da perspectiva de fisiologistas modernos (cientistas que estudam

---

1. M. Odent (2004). *A cesariana*. Trad. Maria de Fátima de Madureira. Florianópolis: Saint Germain.

as funções do corpo) para voltar às nossas raízes, para ver o que é cultural e universal, e portanto redescobrir as necessidades básicas das mulheres em trabalho de parto. Essa perspectiva também pode nos ajudar a compreender as razões comumente dadas para explicar os altos índices atuais de incisões cesarianas – monitoramento fetal eletrônico, medo de processos, falta de parteiras, mudança no papel das parteiras, alto índice de trabalhos de parto induzidos, uso frequente de peridurais e dos diferentes aspectos da industrialização do parto em geral – são basicamente a consequência de uma difundida falta de entendimento da fisiologia do parto. (P. 29)

✂

A cesariana segura, como um bem de consumo, também é recente na história da humanidade. Não há nenhum modelo cultural. Enquanto isso, podemos estudar as principais características das diferentes culturas em relação à forma como os bebês nascem, explorando as bases de dados especializadas. Quanto mais necessidade uma sociedade tem de desenvolver a agressividade e a capacidade de destruir a vida, mais invasivos são os rituais e as crenças culturais no período do nascimento. (P. 64)

✂

O Circo de Moscou que se cuide... a concorrência está acirrada.

10 DICAS (ATERRORIZANTES) PARA ESCOLHER A MATERNIDADE

Um conhecido portal de notícias publicou recentemente uma matéria com dez dicas para escolher a melhor maternidade para dar à luz. Ao começar a leitura da matéria, eu tinha a esperança (juro!) de ler entre as dez sugestões, de preferência entre as primeiras, coisas bastante relevantes, como:

- Verifique as taxas de cesárea da instituição de saúde e não aceite justificativas de qualquer tipo para taxas elevadas.
- Certifique-se de que a instituição valoriza o parto humanizado e o protagonismo da parturiente.
- Certifique-se de que, caso a parturiente assim deseje, a instituição permita a entrada da doula.

Entre outras coisas tão importantes quanto essas, e que andam sendo tão discutidas, tão valorizadas nos dias de hoje, marcados por marchas, movimentos e pelo avanço da "contracultura" do parto (ouvi essa há poucos dias e me senti super *hippie*), que valoriza o protagonismo feminino, o respeito ao parto e ao nascimento, e tudo mais que temos discutido nas ruas, nas mídias sociais, na grande mídia.

Tudo bem. Confesso que tenho tendência a um alto grau de esperança no mundo e, às vezes, jogo o "jogo do contente". Tudo bem. Sei que, considerando que as dicas foram dadas pela diretora administrativa da Federação Brasileira de Ginecologia e Obstetrícia (Febrasgo), Vera Fonseca, que é contra o parto domiciliar e anda por aí apavorando mulheres, não seria uma missão tão fácil. Mas a instituição da qual ela faz parte se posicionou contrariamente às resoluções do Conselho Regional de Medicina do Rio de Janeiro (Cremerj), afirmando, na voz de seu presidente, Etelvino Trindade, não só que a mulher tem o direito de escolher onde e com quem deseja dar à luz como também que o parto domiciliar em gestações de baixo risco é seguro, que deve ser um direito assegurado às mães, se assim desejarem, e que os médicos devem ter o direito de atender esses partos se assim quiserem.

Então, pensemos bem, não era assim tão utópico esperar que coisas realmente importantes estivessem no topo da lista, afinal, contamos com o bom senso das pessoas, mas não foi nada disso, o que mostra claramente que aqueles que se apresentam como "os mais entendidos da área" podem mais prejudicar que auxiliar, dependendo da postura que adotem.

Vejamos quais eram as dez dicas:

1. OUVIR A OPINIÃO DO OBSTETRA.
Aqui, a trilha sonora de *Psicose*, o filme, cairia muito bem. Medo. Por que medo? Porque, se o obstetra for da turma do bisturi, do sorinho, da episiotomia, da aceleração do trabalho de parto, da circular de cordão como malfeitora do bebê e de todas aquelas coisas que já sabemos serem desculpas para coagir uma mulher à cesárea, a escolha da maternidade será, com certeza, feita para permitir suas práticas abusivas e não favorecer e incentivar práticas respeitosas e humanizadas. Portanto, é muito importante escolher bem o obstetra, muito antes de pensar na maternidade, a fim de fugir do obstetra, cheio de "o bebê é grande", "está passando da hora", "tem circular de cordão".

✻

2. AVALIAR SE A MATERNIDADE TEM PLANTONISTA OBSTÉTRICO.
A justificativa para essa dica é baseada unicamente no discurso do risco: "Se a grávida tiver alguma complicação, o ideal é que exista um obstetra no hospital, pronto para atendê-la". Depois desse tópico, esse negócio de dar à luz está me parecendo muito perigoso... Acho que não vou tentar de novo. Vai que eu morro?

✻

3. **Conferir se há UTI para adultos no local.**

"Algumas complicações podem levar à necessidade de tratamento em uma unidade de terapia intensiva". Não sou nenhuma ingênua. Sei que existem casos de gravidez de alto risco, que necessitam de cuidados especiais e de uma equipe muito bem preparada, mas é importante ressaltar que a imensa maioria das gestações é de baixo risco. Então, claro, é importante que uma maternidade possa oferecer segurança às parturientes, mas não seria mais importante enfatizar os recursos dos quais dispõe, de forma que torne aquela experiência saudável, até emocionalmente, em vez de focar no risco, risco, risco, risco? Qual o objetivo disso? Instaurar definitivamente no inconsciente feminino o risco do parto?

4. **Não esquecer da UTI neonatal.**

Este é um dos principais argumentos dos que são contra o parto em casa: "Se acontece alguma coisa com o bebê, não tem uma UTI por perto". Esse medo de que aconteça alguma coisa com o bebê acompanha o imaginário e o não imaginário humano desde que gente é gente. Eu também, obviamente, sou a favor de garantir a segurança do bebê, mas não acho que isso passe exclusivamente pela existência de uma UTI neonatal. Os hospitais campeões em taxas de cesárea (muitos deles com nomes de santos, o que é uma ironia) se orgulham de suas UTIs neonatais. E precisam mesmo se orgulhar, afinal, o número de bebês prematuros que tiram das barrigas saudáveis das mães é imenso, a chance de precisarem de cuidados intensivos é grande, há que se dizer. Não sou contra a UTI neonatal, não tenho por que ser contra. Apenas acho que estamos escolhendo maternidades para mulheres em grande risco, gestantes de bebês também em grande risco, e não para mulheres saudáveis. Enquanto perdurar esse discurso, muita coisa vai continuar a acontecer. Que existam UTIs neonatais, mas que esse não seja um fator mais importante que a possibilidade de a mãe ter um acompanhante ao seu lado (sim, porque estamos na dica de número 4 e não se falou nisso ainda) ou que oferecer um tratamento respeitoso e humanizado ao nascimento (coisa que nem se menciona).

5. **Saber se há banco de sangue e exames complementares.**

"Um banco de sangue no próprio hospital facilita no caso de a mulher ter uma hemorragia no parto." Definitivamente... se a mulher estava avaliando a possibilidade de engravidar, desistiu e foi ver TV. É possível que uma ou duas de nós tenham tido hemorragias no parto e bradem a importância do banco de sangue, mas acho que já deu para entender do que estou falando, não? Vamos encarar a gravidez como um momento inequívoco de vida ou um momento inequívoco de morte? "Tá, mas vai que..." Mas vai que nada. Recuso-me a viver na iminência da desgraça. Não deixa de ser uma opção, e muita gente decide viver assim. Coitado desse filho.

6. Visitar a maternidade antes do parto.

Taí, gostei. Nem devia vir em sexto lugar, devia vir mais lá em cima, antes das dicas amedrontadoras. Visitar a maternidade é importante, se quisermos ter nossos filhos lá. Podemos ver se há alojamento conjunto, se os bebês são retirados da mãe, se há quartos para partos humanizados, se há (ui, credo!) berçários (se houver, é preciso acender o sinal vermelho e fugir para as montanhas), se há apenas um banheiro para 12 mães na enfermaria ou se há condições melhores que essas, se os banheiros estão limpos, se as mães têm acompanhantes naquele momento. Sejamos críticas. Não estamos buscando um hotel, mas o local onde nossos filhos verão pela primeira vez, estamos buscando um lugar onde sejamos respeitadas num momento especial.

7. Verificar a qualidade da equipe.

Em sétimo lugar? Pôxa, Vera... nem vou comentar.

8. Constatar a segurança da maternidade.

"Ainda na visita, a mulher pode prestar atenção à segurança conferida pela maternidade. Além de ter o controle das pessoas que entram e saem do edifício, o diretor técnico deve ter a responsabilidade de avaliar se as pessoas que trabalham na unidade são de confiança." Sou de outro planeta mesmo. Se suponho que meu filho não sairá do meu lado nem sequer por um momento, e que a instituição trabalha com saúde, com mulheres em trabalho de parto (que assim seja!), com famílias e crianças, deve estar implícito que houve uma seleção criteriosa dos funcionários e que não há riscos. Ou não? Diga que sim, para que eu mantenha a fé no mundo. Se eu tivesse lido esse tópico antes da gestação, teria me tornado ativista pelo parto domiciliar antes mesmo de ser mãe, afinal, na casa da gente entra só quem a gente quer, quem a gente ama e aquele em quem a gente confia. Não sei, mas acho que minha fobia de hospital voltou.

✂

9. Listar as maternidades do convênio.
"O parto e os custos de uma maternidade privada podem pesar demais na conta já alta da grávida. Para evitar surpresas, a mulher deve verificar se a maternidade pretendida consta na cobertura do seguro de saúde, incluindo serviços adicionais, como a anestesia. Quem fez o acompanhamento pré-natal pelo SUS deve procurar saber para onde será encaminhada e visitar o local antes." Boa dica, essa. Vejamos, também, se o plano que temos é compatível com o alojamento de que a maternidade pretendida dispõe. Achamos que a maternidade tem o alojamento que o plano cobre, mas não tem e, na hora H, temos de deixar o bebê como pagamento. Não vai ser bacana. Isso, claro, se tivermos um plano de saúde (parece que o texto foi escrito para quem tem, notaram?).

✂

10. Conferir algumas opções adicionais.
Ok. Xinguei, nesse ponto.
"Alguns confortos extras podem ser levados em conta, como o tamanho e a qualidade das instalações do quarto, mas a mulher deve se lembrar de priorizar outros fatores e serviços mais importantes. Um deles é a permissão da presença de um acompanhante na hora do parto, recomendada pela Organização Mundial de Saúde. Está mais que comprovado que o acompanhante da família ajuda o trabalho de parto." Em último lugar vem o acompanhante? E não gostei da ênfase no "da família", que fique registrado. Percebamos que isso exclui a doula.

✂

Como pode ser observado, não há qualquer menção ao hospital ser comprometido com o respeito ao parto como evento fisiológico, ao incentivo à amamentação na primeira hora de vida, ao bebê ficar todo o tempo com a mãe, sem ser afastado dela, à verificação dos procedimentos a que o bebê será submetido, à taxa de cesárea (que já mencionei), à autorização para entrada da doula ou, até mesmo, se o hospital dispõe de uma (alguns já dispõem), ao comprometimento da instituição com a humanização do parto. Essas, sim, são coisas imprescindíveis, que devem ser lembradas em primeiro lugar, se estivermos buscando uma experiência de parto respeitado, bacana, física e emocionalmente saudável. Mas, claro, tudo tem a ver com a forma como encaramos esse evento tão especial.

Eu confio no mundo. Tenho tendência a confiar nas pessoas. Sei que as mães não vão dar bola para essas dicas apavorantes e terão outras prioridades. E não nos atrevamos a dizer que não é assim, não. Deixem que eu tenha fé na vida, fé no homem, fé no que virá.

A MARCHA DO PARTO EM CASA: COMO TUDO COMEÇOU

No dia 17 de junho de 2012, estive na rua, junto com muitas outras pessoas, para dizer o seguinte: chega dessa história de cercear a liberdade das pessoas; chega dessa história de achar que parto em casa é um sonho romântico; chega dessa história de achar que o corpo feminino pertence a outra pessoa que não a dona dele; chega dessa história de achar que parto é coisa de médico, que é coisa de hospital, que é coisa de conselho; chega de perseguir, como numa caça às bruxas, os médicos que apoiam o parto domiciliar.

Entendamos: não estamos lutando contra o parto hospitalar. Lutamos, sim, contra a violência que acontece nele; lutamos para que o parto hospitalar seja de respeito à parturiente; não lutamos contra a instituição hospitalar em si. Queremos ampliar as possibilidades, ao invés de restringi-las. Queremos que, de uma vez por todas, as evidências científicas que mostram a segurança do parto domiciliar planejado sejam levadas em consideração. Queremos um debate cientificamente fundamentado sobre o local de parto.

Como foi que essa marcha aconteceu? Como foi que isso começou?

Em 10 de junho de 2012, o programa de televisão *Fantástico* apresentou uma matéria curta sobre o parto domiciliar. Para a Rede Globo decidir falar sobre o assunto, a coisa deve estar mudando mesmo. Ativistas e não ativistas, de maneira geral, gostaram da matéria, descontando alguns clichês já velhos conhecidos. Gostaram mais do fato de uma emissora como a Globo tocar no assunto de maneira relativamente respeitosa do que da matéria em si, verdade seja dita. Então, na segunda-feira seguinte, o Conselho Regional de Medicina do Rio de Janeiro (Cremerj) se pronunciou, dizendo que estava abrindo denúncia contra o médico Jorge Kuhn, profissional de conduta irretocável, apoiador do parto domiciliar, apenas pelo fato de ele ter dado depoimento a favor do parto em casa. O doutor Kuhn não é médico do Rio de Janeiro, é médico de São Paulo. Mas o Cremerj, numa atitude arbitrária e autoritária, decidiu apresentar denúncia ao Cremesp, o conselho regional de São Paulo.

Bem, todo mundo sabe, há muito tempo, o que vai acontecer no fim da estrada: os conselhos de medicina vão lutar até o fim contra o parto domiciliar, de todas as maneiras possíveis. Então, quando se convencerem de que as evidências científicas não suportam esse discurso fraco de "riscos", "perigo", "não recomendável", vão perceber que estão perdendo um grande filão. E aí? Aí, vão tentar decretar o parto domiciliar como ato médico. Você tem alguma dúvida? Eu não. Lembremo-nos do que aconteceu com a acupuntura.

O doutor Jorge Kuhn é uma pessoa muito querida entre os que defendem o parto domiciliar, optam por ele e trabalham com ele. A denúncia contra o doutor Kuhn acertou em cheio o centro do formigueiro. Em questão de minutos, a notícia se espalhou pela internet, principalmente via Facebook, nos grupos de discussão sobre parto natural, maternidade ativa e afins. Nos muitos diálogos, começou a surgir a mesma ideia, originada da indignação, da exasperação, da não aceitação de mais essa atitude opressora contra mulheres que querem escolher onde dar à luz e contra os médicos que as apoiam. E se... E se nos organizássemos? E se fizéssemos uma passeata? E se fizéssemos uma marcha? Sim, vamos fazer uma marcha! Não é possível que isso continue a acontecer.

Foi algo impressionante. Eu nunca tinha visto nada igual nem participado de nada igual. Como consciente coletivo, fruto de muito tempo de insatisfação, de comedimento, de deixar a poeira baixar, todos os envolvidos na causa se mobilizaram. Em questão de horas, já havia um evento marcado, já havia diferentes eventos em diferentes cidades, já havia organizadoras responsáveis por cada núcleo, já havia imagem de divulgação. Ativistas do parto, essas mulheres implacáveis...

O dia acabou, a noite chegou e o mulherio se mobilizando... A noite correu, o dia raiou e, com ele, a mobilização já organizada: "Marcha do Parto em Casa" em diferentes cidades brasileiras. Não duas, três ou quatro cidades, dezenas, dezenas de cidades, com centenas de mulheres e suas famílias.

Depois, foram só consequências: *release* para a imprensa, preparação de *folders*, pedidos de autorização para os departamentos de planejamento urbano, avisos para todos mobilizarem mais gente. Dezenas de mulheres e homens trabalhando incansavelmente para que, no fim de semana seguinte, outras dezenas de pessoas pudessem sair às ruas e dizer "nós não precisamos do seu *conselho* para que nossos filhos nasçam". Para mim, é uma grande alegria, honra, emoção estar conectada a mulheres tão diferentes – e tão semelhantes – em diversas regiões do Brasil, no Rio, em São Paulo, Belo Horizonte, Porto Alegre, Curitiba, Recife, Brasília e em tantas outras cidades.

A partir de então, a mídia passou a divulgar notas a respeito do assunto. No final deste tópico, listo alguns dos veículos de comunicação que deram publicidade à marcha.

Criei a imagem-símbolo da marcha em questão de minutos, para que pudéssemos aproveitar o calor do momento e mobilizar ainda mais pessoas. Nela, estava a logomarca que o pai da minha filha desenhou, com base em uma ideia minha, para representar minha pesquisa sobre a violência obstétrica. Rapidamente, as mulheres e os homens envolvidos passaram a incorporá-la nas fotos de seus perfis. Nós, aqui em casa, mal acreditávamos no que víamos.

A força dessas pessoas, conectadas por redes que de virtuais só tem o nome, é algo sem adjetivo ainda. É uma pequena revolução. Uma revolução que tem como objetivo mudar a forma como a assistência ao parto vem sendo oferecida no Brasil.

Foi um trabalho árduo, madrugada adentro, para que milhares de pessoas, em diferentes locais do Brasil, pudessem ir às ruas pela liberdade de escolha do local de parto e da equipe de assistência. Milhares de pessoas fazendo parte da história de mudança da assistência ao parto no Brasil.

A FORÇA DO EXEMPLO: UMA CARTA PARA MINHA FILHA CLARA

Minha querida filha Clara,

Isto foi escrito na madrugada de 17 para 18 de junho de 2012, quando a mamãe deveria estar escrevendo o capítulo de um livro. Mas parei tudo nesta semana – hoje, também – para ajudar em uma grande tarefa e fazer parte deste momento, que é histórico. E quero te contar uma linda história, que começou há bastante tempo, com uma semente sendo plantada no meu coração, e que continua a florescer.

Um dia, há muitos anos, quando eu ainda era criança, bem pequena, acordei e encontrei minha mãe, sua avó, no quintal, entre sacos e sacolas cheios de roupas, brinquedos, remédios e cobertores. Não entendi muito bem e perguntei o que era. Ela me respondeu que eram coisas para o pessoal do Rio de Janeiro que havia perdido tudo na enchente – uma enchente terrível que assolou a cidade, deixando centenas de desabrigados e mais um tanto de gente sem ter nem o que vestir. Lembro-me de ter pensado, com minha inocência sobre o mundo: "Como ela vai levar tudo isso?". Nos dias seguintes, os sacos e sacolas, que haviam sido empilhados em três ou quatro camadas, já haviam tomado parte da sala e de um dos quartos. Era muita coisa. Tinha pilhas de coisas quase até o teto! E cada vez chegavam mais. Carros de pessoas que eu nunca tinha visto estacionavam na porta de casa e descarregavam. Gente que eu não conhecia entrava em casa para ajudar sua avó a separar tudo por categoria.

Lembro-me de observar aquilo com espanto e estranhamento e pensar: "Como é que ela vai levar tudo isso, meu Deus?". Em minha inocência, era só esse o problema que eu enxergava, o da logística do transporte. Até que, uma noite, assistindo ao jornal que noticiava a tragédia no Rio, vi uma menininha agarrada a uma boneca de plástico sem roupinha (a boneca, não a menina), chorando, junto com a mãe, porque já não tinham casa, nem roupas, nem documentos, a enchente havia levado tudo. Então, percebi o que a vovó estava fazendo: ela estava ajudando aquelas pessoas, ela estava ligada àquelas pessoas, que ela nem conhecia. Estava destinando tempo dela, do trabalho diário dela, seu esforço, horas de dedicação, para fazer a diferença. Ela conseguiu um caminhão que levou todos os donativos para o Rio. E aquelas cenas nunca mais saíram da minha cabeça... Foi quando a mamãe despertou para uma coisa chamada comprometimento social, para o fato de que, se somos parte de uma sociedade que vive em coletividade, em comunidade, temos responsabilidade também por ela, temos o dever de contribuir da maneira como podemos. A tristeza de um não é a tristeza de um, ela é de todos. Foi vendo aqueles sacos, aquelas tantas coisas e o trabalho incansável da vovó que uma semente encontrou terreno fértil no coração da mamãe e começou a germinar, *pela força arrebatadora do exemplo*.

Filha, durante esta semana muitas mulheres dedicaram seu precioso tempo a tornar possível que uma grande manifestação nacional acontecesse no Brasil. A mamãe entre elas. Não sei ainda ao certo quantas cidades participaram, além do Rio de Janeiro, de São Paulo, Campinas, Salvador, Recife, Porto Alegre, Vitória, Curitiba, Brasília, Belém, Recife, São José dos Campos, Sorocaba, Maceió, Cacoal, Garopaba, Uberlândia, Belo Horizonte, São Carlos e Florianópolis, a cidade onde você nasceu, mas já se contabiliza algo superior a 4 mil pessoas nas ruas. Somente em São Paulo, foram 1.500, estimuladas por mulheres, a partir daqui, de trás das telas dos computadores.

A razão de toda essa manifestação pode ser resumida no seguinte: nós vivemos, filha, num país em que 25% das mulheres são muito desrespeitadas no momento em que seus filhos estão nascendo. Vivemos num país em que médicos tiram das mulheres a oportunidade de trazer filhos ao mundo de uma maneira natural, sem intervenções, sem cortes desnecessários, apenas com seu próprio amor, força e instinto. São mais de 80% de cesáreas, quando a Organização Mundial de Saúde recomenda somente 15%. A grande maioria dessas cirurgias não é feita porque a mulher decidiu assim, mas porque o médico decidiu – muitos médicos até dando motivos fictícios para amedrontar, fragilizar e convencer a mulher de que a decisão deles é a melhor, de uma forma que aquela mulher, muitas vezes, compra a decisão dos médicos como se fosse dela, e tem a falsa sensação de que decidiu autonomamente, por si.

Em nosso país, são poucos os médicos que ajudam as mães a receber seus filhos de maneira, como dizemos, humanizada. Muito poucos. E são menos ainda os que apoiam que as mulheres tenham seus filhos em casa, ainda que tantas evidências científicas hoje já estejam disponíveis, mostrando a segurança do parto domiciliar. Os conselhos de medicina, minha filha, que são instituições que dizem o que os médicos podem ou não fazer, preferem omitir esses dados científicos e desviar o foco de atenção para uma moça lá da Austrália que morreu num parto em casa. Enquanto aqui, em nosso país, as mulheres continuam a ser violentadas pelos médicos desses mesmos conselhos. Sim, é muito contraditório. Sim, chega a ser ridículo. Como é que alguém tem coragem de colocar a cara na televisão e dizer que um médico que defende as mulheres e seus direitos está agindo de maneira antiética? Quando a própria medicina defende o conceito de *primum non nocere*, que significa "antes de tudo, não fazer o mal" ou, ainda, de maneira bem popular "bem ajuda quem não atrapalha". Mesmo sendo muito poucos os médicos que apoiam as mulheres, quando um deles se manifesta a favor desse apoio, ele é coagido, ameaçado e confrontado por seu conselho. O mesmo conselho que deveria ampará-lo em sua missão nobre de apoiar outros seres humanos.

Então, entre ontem e hoje (16 e 17 de junho de 2012), milhares de pessoas foram às ruas para mostrar que as pessoas não precisam de conselhos que regulamentem suas vidas; para mostrar que as mulheres precisam ter seus direitos reprodutivos respeitados; para mostrar que estamos fartas de tanto desrespeito, de tanta humilhação, de tanta opressão, coação, desdém e descaso; para mostrar que o parto é da mulher, que a escolha é da mulher, que é a mulher que tem de ser ouvida, não o médico; para defender os médicos que nos defendem; e, principalmente, para defender o direito de escolha de toda mulher, até mesmo o das que querem ter seus bebês em casa.

Filha, nós estamos atrasados. Na Inglaterra, as pessoas saíram às ruas por motivos semelhantes há 30 anos, pouco antes da história que a mamãe contou no começo da carta. No Canadá, há quase 20 anos. Mas antes tarde do que mais tarde...

Clara, minha filha, a mamãe quer contar que essas milhares de pessoas saíram às ruas. Nós entre elas! Eu, você e seu pai estávamos lá! Você esteve com seu pai, ora no *sling*, ora de cavalinho, enquanto a mamãe ia à frente, segurando uma imensa faixa na qual se lia Marcha do Parto em Casa, junto com mulheres com as quais temos a alegria de conviver: mulheres determinadas, que desafiam o sistema, que não engolem o sapo alheio que não lhes pertence; parteiras, doulas, mães, pesquisadoras, todas segurando a mesma faixa, à frente de 150 pessoas que caminhavam em prol do respeito aos direitos reprodutivos da mulher. Você estava lá com a gente, filha. Você participou desse momento histórico em que milhares de pessoas, cansadas da hegemonia médica opressora, foram às ruas, mostrando que não são idiotas, que idiota é quem tenta subjugar um grupo. Foi um dos momentos mais emocionantes que a mamãe viveu até agora, desde que se tornou ativista pelos direitos reprodutivos. Pode parecer que 4 mil não seja um grande número... Mas pense que, até agora, nenhuma de nós havia conseguido mobilização suficiente para, juntas, ir às ruas, ter voz coletiva, chamando a atenção da mídia tradicional e fazendo valer nossas reivindicações. É assim que se começa.

Mas a emoção não parou por aí. Na maioria das cidades, a marcha aconteceu mesmo no dia 17, domingo. Em Florianópolis, nós antecipamos, em razão da previsão de mau tempo. As pessoas iam postando fotos das marchas em diferentes locais do país e a emoção ia aumentando. São Paulo: 1.500 pessoas. Michel Odent, aquele velhinho bacana com quem já tivemos a alegria de conviver durante um final de semana e que já te deu um colinho, esteve na marcha no Rio. Jorge Kuhn, o grande médico que defendemos, esteve na marcha em São Paulo. Roxana Knobel, aqui com a gente. As ativistas com quem a mamãe vive conversando pelo computador também, estiveram em todas. Bonitas, fortes, corajosas, determinadas. Foi algo que supera qualquer adjetivo que a mamãe possa dar agora.

Por que estou te escrevendo isso, minha filha? Por três motivos. Primeiro, para que você saiba que isso faz parte da sua história, que, junto com suas fotos caseiras, cotidianas, estarão em seu álbum também lindas fotos de luta por um parto digno. Segundo, porque isso faz parte do seu futuro. É para que sua geração também possa desfrutar de liberdade e respeito que estamos fazendo isso. E, terceiro, e mais importante, para plantar em seu coração, como a vovó fez comigo, a semente do comprometimento social e do ativismo, do envolvimento com questões da coletividade, para te ajudar a se tornar uma pessoa problematizadora, questionadora e lutadora pela força do exemplo que vem de dentro da sua casa.

Às milhares de pessoas que estiveram nas ruas, a minha admiração, gratidão, emoção. Às ativistas que tornaram isso possível, incansavelmente, com garra, força e determinação, principalmente a Gisele Leal, Ana Cristina Duarte, Ingrid Lotfi, Flavia Penido,

Jamila Maia, Inês Baylão Morais Monson, Roselene de Araújo, Zilda Pavão, Melania Amorim, Kalu Brum, Raquel Loureiro, Debora Regina Magalhães Diniz, Daniela Leal, Maria José Goulart, Chenia d'Anunciação, Cariny Baleeiro Tadiotto Cielo, Ana Paula Gomes Nardi, Fernanda Andrade Café, Maíra Libertad, Sylvana Karla, Rosário Bezerra, Deborah Trevizan, Isabele Assemen, Roberta Calábria e tantas outras mulheres que compuseram a diretoria da marcha, o meu agradecimento por terem tornado tudo isso possível. Que grandes companheiras!

Continuamos na luta pelo que começamos a buscar de maneira incisiva com a marcha: o respeito à liberdade de escolha, o debate fundamentado cientificamente sobre o local de parto, o reconhecimento do parto domiciliar e a defesa dos médicos que defendem essa causa.

GATA, EU QUERO VER VOCÊ PARINDO!

Então, eu olhei aquela foto, aquela mãe com um bebê saindo de sua vagina, feliz, radiante, olhos arregalados, boca aberta, pai eufórico, parteira amparando, mãe segurando as costas do bebê em nascimento, e pensei: "Tem alguma coisa errada... Por que eu tenho dois filhos e nunca imaginei que isso seria possível? Por que eu não sabia que parto não precisava ser daquele jeito azul, branco, frio?".

> Cheguei na casa da minha vizinha para trazer uns livros que ela tinha me emprestado. A filha dela, de 16 anos, estava assistindo a um parto no YouTube! Um parto, parto mesmo, mulher gemendo, pernas abertas, vagina à mostra. Choquei. Eu nunca tinha visto um parto na vida! Fiquei meio sem jeito... e achei estranho estar sem jeito. Por que eu estava sem jeito de ver uma mulher dando à luz? Eu não tenho filho nem vou ter, mas era só uma vagina, uma mulher em diferentes posições, mas uma vagina. Pedi para a menina se eu podia ver também, ela disse que sim, fiquei por ali. Aí nasceu o bebê... Eu não sei como nem por que, mas fiquei emocionada. Eu nunca tinha visto um bebê sair pela vagina nem a reação de uma mulher num nascimento daquele. Comecei a chorar. Senti uma alegria... Foi aí que comecei a ler sobre parto, caí no seu *blog*, caí na blogosfera partolesca, curto muito. Minha cunhada engravidou e tenho muito orgulho de ter sido eu a orientá-la durante a gestação, porque ninguém na minha família conhecia essas coisas. O bebê nasceu num superparto lindo, com meu irmão e eu do lado. "Parto vaginal", eu sempre conto, porque aprendi a importância disso.

❈

> Foi de tanto ver foto de parto bonito que percebi que tinha sofrido uma violência irreparável.

❈

Minha filha tem 8 anos e adora ver vídeo de parto comigo. A gente faz "óinnn" quando o bebê chega, a gente se abraça, é lindo. Quero mostrar para ela que parto faz parte da vida, é natural, ao contrário do que foi comigo.

❈

Durante a gestação dela, quando a gente contava que eu estaria junto, que iria ver meu filho nascer, que iria ajudá-la no trabalho de parto, todo mundo da família me repreendia, dizendo que era ruim, que eu não veria minha esposa mais da mesma maneira, que as partes íntimas dela estariam diferentes, enfim. Perguntavam como eu tinha coragem, que grande parte dos homens desmaiava ou não aguentava e saía. Realmente, na minha família, quase todos os homens passaram mal no nascimento dos filhos, mas porque ver cesárea deve mesmo ser difícil. E todo mundo teve bebê por cesárea na minha família. Não, minhas avós não, mas o pessoal novo, todo mundo. Imagine! Cortar sete camadas de tecido, músculo, sei lá mais o que, sangue, ponto, deve ser difícil. Mas não era o nosso caso, já que o Igor ia nascer naturalmente, por via vaginal. E eu fiquei, ajudei e tal. Só não ajudei mais porque chorei que nem menino pequeno. O Igor saindo e eu chorando de alegria. Minha esposa contou depois que eu apertei tanto os joelhos dela que ela até se desconcentrou da dor do expulsivo. E vi meu filho sair da vagina da minha mulher. Eu realmente nunca mais a vi como antes... Sempre tive muita admiração por ela. Ter visto meu filho nascer, ali, na dura, na real, me fez olhar com ainda mais admiração, com quase reverência. Ali estava uma coisa que eu não sabia fazer e nunca saberia, e ela fazia como se sempre tivesse feito: deixar meu filho sair. Que mulher, eu pensava. Num segundo, estava dizendo que doía e, no outro, tendo o filho parido no braço, rindo às gargalhadas. Contando, dá até uma coisa...

❈

Infelizmente, por conta do meu trabalho/pesquisa atual, vejo/leio muito mais sobre partos *trash* – repletos de violências terríveis – e sobre cesarianas desnecessárias, em tom de revanche médica – cheias de tecnologia fria e impessoal – do que gostaria. Vejo fotos de mulheres amarradas à maca ou inconscientes no exato momento do nascimento do filho, ou com o bebê no braço e um choro de quem se viu violentada. Tudo isso num momento que era para ser de extrema beleza, alegria, êxtase. Ouço e leio relatos infindáveis da mais genuína dor, de mulheres que foram enganadas, humilhadas, xingadas, ludibriadas, que perderam o parto do próprio filho e que hoje carregam cicatrizes físicas e emocionais que não foram frutos de uma escolha.

Então, quando abro a rede social e dou de cara com uma mulher parindo por via vaginal, sinto uma baita alegria. Quando, nos grupos maternos, alguém posta a foto de um nascimento ou escreve "Eu pari!", é como se eu recebesse uma pequena dose do antídoto necessário para dar conta do tranco de estudar a violência no parto.

Por tudo isso, tenho a exata noção das coisas: sei exatamente qual dessas circunstâncias – parto violento *x* parto vaginal com moça sorrindo – representa a visão do inferno, e não é a segunda alternativa. Nunca pensei na vagina como uma visão do inferno... Por que pensaria isso sobre a minha própria vagina? Gosto dela. Tenho carinho por ela. Somos amigas, puxa vida. Amigas muito íntimas. E entendo a amizade das outras mulheres pelas próprias vaginas. A vagina alheia não é uma inimiga para mim. E seria ótimo se todo mundo vivesse essa *love story* vaginal. Talvez houvesse muito mais respeito por aí. Além, claro, de evitar coisas como isso que aconteceu, de chegarmos ao ponto de alguém publicar, num jornal de grande circulação, aos quatro ventos, o seu ódio pela vagina alheia.

Li o texto de uma moça, escritora quase famosa, publicado em jornal paulista de grande circulação, com um título esdrúxulo, que inclui a palavra "xota" e, depois, vi uma foto dela abraçada a um pênis de pelúcia – escrever "pênis de pelúcia" me dá uma vontade enorme de rir, acho que é a sonoridade da expressão. A primeira coisa que pensei, de cara, foi: "Caramba... Qual será o problema dela com a vagina, gente?". E fui ler o texto de novo. Ela não usa a palavra "vagina" nem uma única vez! Usa *xota, xoxota, xuranha, prexeca sofrida, ximbica* e *xereca*. Zero vagina. Vagina zero. Parece até nome de movimento... Imagine: "Vagina Zero".

Então, escrevi este pequeno texto apenas para fazer um pedido: gatas, quero ver vocês parindo! Sei que não sou ninguém, que não publico em jornal de grande circulação e tal, mas, por favor, gatas, quero ver vocês parindo! Não liguem para a tal moça. Alguma coisa lá não está legal. Compaixão, minha gente... Muita gente está hoje na luta pela humanização do parto – alheio ou próprio, vagina sua ou vagina alheia – justamente por um dia ter visto uma foto de parto, um vídeo de parto em que – *olhe que surpresa!* – havia uma vagina. Como as pessoas dos relatos que abrem este texto.

Não é surpreendente que encontremos vaginas em partos ainda hoje? Muito surpreendente. Principalmente em um país onde os hospitais (aqueles mesmos que a moça escritora mencionou, os que "poderiam estar num guia de hotéis três estrelas de Miami") batem nos 98% de cesarianas, ver um parto vaginal é, mesmo, um evento em extinção. E eu, como bióloga que sou, tenho uma queda por salvar o que está em extinção.

Então, repito: gatas, não escondam seus partos vaginais, postem suas fotos, subam seus vídeos, mostrem seus partos! Marquem o tio Miltinho de Passos de Itu! Deem um *print* na alegria que a vó Carminha de Serra Negra manifestou na *timeline* dela por ver que você deu à luz como ela! Libertem suas vaginas paridas!

E, moça, você que é uma escritora *pop*, por favor: deixe em paz a vagina alheia! Ela não te fez nada...

Ah, sim, antes de finalizar: ver vaginas parindo na rede social, em um país tão moralista quanto o nosso, de mentalidade tão misógina, onde mulheres são constrangidas por amamentar em público, onde dar à luz naturalmente é, ainda, muito infelizmente, um privilégio, é um grande avanço. Mostra que – sim! – estamos no caminho certo. Principalmente quando lembramos que cada foto de vagina parindo que vemos é uma cicatriz a menos.

VIOLÊNCIA OBSTÉTRICA: A VOZ DAS BRASILEIRAS

Em 25 de novembro de 2012, eu e meu grupo de pesquisa e ativismo completamos um ano de ações coletivas nas mídias sociais, sempre com o objetivo de dar mais visibilidade ao tema da violência obstétrica e de desnaturalizar as infrações aos direitos das mulheres, cometidas pelos profissionais de saúde, que muitas vezes passam despercebidas. Foram e são ações coletivas organizadas por usuárias do sistema de saúde, pesquisadoras e profissionais da saúde com o objetivo de promover o debate, sensibilizar, denunciar e ir adiante, até que consigam que políticas públicas efetivas sejam promovidas para erradicar a violação dos direitos humanos das mulheres no parto. Embora estejamos mobilizando centenas de pessoas e falando com cada vez mais frequência sobre o assunto, é importante que as pessoas conheçam o histórico do movimento contra a violência no parto – a violência obstétrica, nome cunhado pelo próprio movimento de mulheres para identificar práticas que as violentam, agridem, ferem e desrespeitam no momento do nascimento de seus filhos. Obviamente, o movimento pela humanização do nascimento no Brasil data de muitas décadas antes, mas o reconhecimento e a quantificação da violência no parto, a denominação "violência obstétrica", assim como a mobilização organizada em prol de sua erradicação, são bastante recentes.

Em agosto de 2010, a Fundação Perseu Abramo, em parceria com o Sesc, realizou a pesquisa "Mulheres brasileiras e gênero nos espaços público e privado",[1] na qual apresentou a evolução do pensamento e do papel das mulheres em nossa sociedade. Foram entrevistados centenas de homens e mulheres em mais de 170 municípios brasileiros. Os resultados sobre o tema da violência contra as mulheres chamaram muito a atenção e, naquele contexto, surgiu um dado alarmante e surpreendente sobre a violência institucional sofrida pelas brasileiras: uma em cada quatro mulheres (25%) relatou ter sofrido algum tipo de violência na hora do parto. Dentre as diversas formas possíveis de abusos e maus-tratos, tiveram destaque: exame de toque feito de maneira dolorosa, recusa no oferecimento de métodos para alívio da dor, falta de explicação sobre os procedimentos adotados, gritos de profissionais ao ser atendida, negativa de atendimento, xingamentos e humilhações. Além disso, 23% das entrevistadas ouviram de algum profissional algo como: "não chora que ano que vem você está aqui de novo"; "na hora de fazer não chorou, não chamou a mamãe"; "se gritar, eu paro e não vou te atender"; "se ficar gritando, vai fazer mal pro neném, vai nascer surdo".

Esses dados chocantes começaram a ganhar repercussão na mídia, com matérias em jornais de grande circulação, publicadas em fevereiro de 2011. Em abril do mesmo ano, a Comissão Permanente de Saúde, Promoção Social, Trabalho, Idoso e Mulher realizou um debate com o tema "Maus-tratos no atendimento em maternidade e no pré-natal", na Câmara Municipal de São Paulo, reunindo cerca de 70 pessoas, entre elas o coordenador da pesquisa realizada pela Fundação Perseu Abramo, o sociólogo e professor da USP Gustavo Venturi; a médica Anke Riedel, coordenadora da Casa Ângela, casa de parto considerada modelo no Brasil; a enfermeira e coordenadora do curso de obstetrícia da USP, Nádia Zanon Narchi; e a representante do Programa Mãe Paulistana, Maria Aparecida Orsini. Tive a grata oportunidade de estar presente nesse evento, participação que contribuiu decisivamente para

---

1. Disponível na internet: http://www.fpabramo.org.br/sites/default/files/pesquisaintegra.pdf.

minha guinada profissional e decisão de tornar a violência obstétrica objeto de estudo de uma nova tese de doutoramento.

Naquele evento, o professor Gustavo Venturi apresentou os dados sobre violência no parto mencionados anteriormente e, em entrevista para a jornalista da Câmara, afirmou: "São três os principais problemas que ocorrem e acabam gerando a violência no parto. O primeiro é a questão da formação dos profissionais; o segundo é a superlotação das instituições; e o terceiro é que as mulheres não são adequadamente preparadas para o momento do parto".

A partir de então, os coletivos femininos e feministas começaram a se mobilizar pela circulação de informação, pela denúncia da situação da assistência obstétrica brasileira, pela reivindicação de direitos e pela discussão sobre o assunto. E as mídias sociais apareceram como fator catalisador crucial para todas as ações que se seguiram.

Em 24 de novembro de 2011, no contexto de uma grande ação das Blogueiras Feministas, realizamos a primeira blogagem coletiva sobre o tema "Violência obstétrica é violência contra a mulher". Dezenas de blogueiras participaram com textos autorais livres, publicados no dia 25 de novembro e, desde então, muitos relatos foram produzidos, mulheres usaram o texto para organizar a experiência vivida – e talvez possam ter sido beneficiadas de alguma forma com tal escrita e beneficiado outras mulheres por meio da leitura. Nesse dia, eu, como pesquisadora, lancei nas mídias sociais o convite à participação em minha pesquisa de doutorado, cujo objetivo foi estudar a violência obstétrica da perspectiva das mulheres que a viveram. Por meio do Facebook, dos *blogs* e do Twitter, centenas de mulheres se inscreveram para serem entrevistadas. Em um esforço de divulgação, foi aproveitado o twittaço com a *hashtag* #FimDaViolenciaContraMulher para contatar pessoas que pudessem ajudar na disseminação do convite à pesquisa.

Em nossa segunda ação de ciberativismo, coordenada para o Dia Internacional da Mulher, em 8 de março de 2012, alcançamos certamente mais de duas mil mulheres, com a força de divulgação coletiva de 75 *blogs*. Foi o Teste da Violência Obstétrica. Promovido pelos *blogs Cientista que virou mãe*, *Parto no Brasil* e *Mamíferas* (os dois últimos atualmente inativos), o instrumento foi idealizado com base no documento original da associação civil argentina Dando à Luz e no Coletivo Maternidade Libertária, disponível em algumas publicações na internet, em *blogs* e *sites*, datados de 2010. Para a divulgação no Brasil, o documento foi revisado e adaptado à proposta de tal blogagem coletiva. As questões abertas foram transformadas em um questionário com múltiplas escolhas, em que incluímos uma importante caracterização sociodemográfica. Contamos com a força de divulgação das mulheres conectadas em suas redes virtuais. Em apenas três dias, compilamos mais de mil resultados. E seguimos com o recebimento de novas respostas durante 38 dias. Ao final do prazo, 1.966 nascimentos haviam sido avaliados pelas próprias mulheres. Conseguimos atingir nosso principal objetivo, que era dar visibilidade a essa questão nas mídias sociais, entre as mães editoras de *blogs* e demais internautas. E os resultados[2] não poderiam deixar de ser surpreendentes. A expressiva participação no Teste da Violência Obstétrica foi apenas um indicativo da força que as mulheres, juntas, têm para denunciar um grave problema de cidadania, de falta de oportunidades, de nenhum direito de escolha.

Então, em 1º de agosto de 2012,[3] um grupo de ativistas mineiras avançou mais um pouco na luta contra a violência obstétrica. Em um marco histórico, essas mulheres conseguiram levar a cabo a audiência pública "Violência no Parto", na Comissão de Direitos Humanos da Assembleia Legislativa de Minas Gerais. Estiveram presentes usuárias do sistema de saúde, obstetrizes, doulas, ativistas, políticos e estudantes, em um evento que acionou entidades médicas do Estado e o Ministério Público, para abrir o debate.

2. Disponível na internet: http://www.cientistaquevirioumae.com.br/blog/textos/teste-da-violencia-obstetrica-dia-internacional-da-mulher-blogagem-coletiva.
3. Disponível na internet: http://www.em.com.br/app/noticia/gerais/2012/07/30/interna_gerais,308823/mineiras-discutem-violencia-no-parto-em-audiencia-publica-na-assembleia-legislativa.shtml.

Em outubro de 2012, uma terceira postagem coletiva reuniu os esforços necessários para que o documentário *Violência obstétrica: A voz das brasileiras* pudesse ser produzido. Em menos de dois meses, fizemos um roteiro para os depoimentos individuais, convidamos as mulheres a nos enviarem suas histórias de parto, com os devidos termos de consentimento livre e esclarecido, para participação. As participantes gravaram vídeos caseiros com seus depoimentos, suas histórias de violência, intolerância, ignorância e racismo, que marcaram seus corpos e suas vidas, e nos enviaram. Em poucos dias, conseguimos editar, com a ajuda do fotógrafo e *videomaker* Armando Rapchan, os vídeos recebidos e mais dezenas de fotografias, em um vídeo final de 52 minutos. Escolhemos manter o caráter de produção caseira dos depoimentos. O documentário foi lançado no dia 17 de novembro de 2012, como parte das comunicações científicas coordenadas do Congresso Brasileiro de Saúde Coletiva, ocorrido em Porto Alegre.

Assim, um ano após o início de nossas ações de ciberativismo, divulgamos o documentário,[4] em 25 de novembro de 2012, Dia Internacional pela Eliminação da Violência contra as Mulheres. Ele representa o trabalho de dezenas de mulheres na luta contra a violência obstétrica. Com a voz de algumas delas, simbolizamos o coro de milhares de brasileiras que vivem desrespeitos aos seus direitos reprodutivos diariamente, em um processo tornado banal e rotineiro. Queremos ser representadas, queremos que nossas vozes sejam ouvidas e que, de alguma forma, impulsionem medidas que visem à erradicação da violenta assistência ao parto no Brasil.

Pela realização do documentário, agradecemos, em primeiro lugar, às mulheres que muito corajosamente se dispuseram a tocar em suas próprias feridas, em suas próprias dores, a fim de problematizar a questão e formar um coro. Agradecemos também às dezenas de mulheres que nos enviaram fotografias dos partos/nascimentos de seus

---

4. Disponível na internet: https://www.youtube.com/watch?v=eg0uvonF25M.

filhos, as quais, por limitação de tempo, não puderam ser utilizadas. Agradecemos a todos que, direta ou indiretamente, ajudaram e incentivaram a produção dessa ação.

A confecção do documentário foi realizada de maneira espontânea e voluntária por:

- Bianca Zorzam, obstetriz, mestre em Saúde Pública pela Universidade de São Paulo;
- Ligia Moreiras Sena, bióloga, mestre e doutora em Ciências, doutoranda do Programa de Pós-graduação em Saúde Coletiva da Universidade Federal de Santa Catarina, autora do *blog Cientista que virou mãe*;
- Ana Carolina Arruda Franzon, jornalista, mestre em Saúde Pública pela Universidade de São Paulo, na época cocditora do *blog Parto no Brasil* e atualmente aluna de doutorado pelo Departamento de Saúde Materno-Infantil da Faculdade de Medicina da Universidade de São Paulo, *campus* Ribeirão Preto;
- Armando Rapchan, fotógrafo e *videomaker*.

Melhorar a qualidade da atenção ao parto e ao nascimento é um desafio complexo, que precisa contar com colaboração multissetorial de vários agentes: profissionais de saúde, gestores, pesquisadores, docentes e, ainda, as mulheres, por meio do controle social.

Assim, agradecemos a cada pessoa envolvida nessa ação e convidamos todas e todos para contribuir com o enfrentamento dessa forma de violência contra as mulheres, com propostas e encaminhamentos inovadores. Pelo respeito aos direitos humanos femininos. Pela redução das mortes maternas. Pela promoção da saúde das gestantes e dos bebês. Por formas inovadoras de organização dos serviços e pela adoção massiva das boas práticas na assistência ao parto normal.

Que nossas vozes sejam ouvidas. Que nossas histórias não sejam ignoradas.

O DIA INTERNACIONAL DA MULHER E A VIOLÊNCIA OBSTÉTRICA

Hoje em dia, as pessoas em geral não entendem muito bem o que é o Dia Internacional da Mulher. Virou uma mistura caricata de Dia dos Namorados com Dia das Mães. Os homens nos parabenizam, nossos filhos também, algumas de nós ganham presentes, flores, bombons e afins. Mas queremos muito mais que isso. Queremos reflexão. Assim, proponho, rapidamente, um momento de reflexão sobre qual a real importância desse dia, com a ajuda de uma breve explanação sobre a história da data.

Sabemos como começou esse negócio de comemorar internacionalmente o dia da mulher? Muita gente acha que foi para homenagear as mulheres que morreram queimadas em uma indústria têxtil nos Estados Unidos. Não foi. Isso é o que se diz para encurtar a história.

O incêndio foi em 1911, quando já se comemorava o dia internacional da mulher, proposto em 1910, por uma mulher de nome Clara Zetkin. Uma grande mulher, de quem hoje se fala muito pouco, ao contrário de seus companheiros de luta Engels, Lênin e Stalin, que muito a admiravam. Amiga de Rosa Luxemburgo, Clara desafiou o nazismo, a polícia e os costumes de sua época, tudo isso dentro de longos vestidos e debaixo de chamativos chapéus. Ela propôs, em 1910, na I Conferência Internacional de Mulheres, que houvesse uma data internacional para discussão da condição de vida das mulheres. Em 1911, então, passou-se a comemorar o Dia Internacional da Mulher, mas não em 8 de março, e sim em 19 de março.

Depois, vem a história do incêndio. Seis dias depois da data, em 25 de março de 1911, a fábrica têxtil Triangle Shirtwaist pegou fogo e 146 mulheres, a grande maioria costureiras, morreram queimadas. O incêndio foi considerado o pior de Nova York até o 11 de setembro. Então, em 8 de março de 1917, seis anos depois, as operárias russas se rebelaram contra as péssimas condições de vida das mulheres, contra a exploração feminina, contra a entrada de seu país na Primeira Guerra Mundial. Foram às ruas e constituíram uma das maiores manifestações já vistas na Rússia e que foi, justamente, o marco inicial da Revolução Russa de 1917.

Hoje, comemoramos o Dia Internacional da Mulher em 8 de março. Então, quando se diz que é uma data de luta, não é papo de ativista, não. É mesmo uma data de luta. Uma data criada por socialistas e comunistas que, hoje, nós, as capitalistas selvagens, usamos para muitas outras coisas que não comemorar as nossas próprias conquistas como mulheres.

A data ficou esquecida por muito tempo e foi recuperada pelo movimento feminista da década de 1960. Ou seja, feminismo, luta em prol de melhores condições de vida, socialismo, comunismo, ativismo e engajamento. Se você acha o Dia Internacional da Mulher importante, não pode negar todos esses movimentos nem desdenhar deles, porque eles são a causa da sua vida relativamente livre.

Por conta disso tudo, desse percurso histórico que engloba muito mais do que apontei aqui, é que hoje a violência contra a mulher é criminalizada: não se pode espancar uma mulher, fazê-la de escrava, ridicularizá-la, humilhá-la, sem que se pague por isso. Seria ótimo se todos tivessem bom senso, mas, para os que não têm, temos leis. A Lei 10.778 de 24/11/2003 orienta que se notifiquem compulsoriamente, em todo o território nacional, casos de violência contra a mulher que for atendida em serviços de saúde públicos e privados, ou seja, o profissional da saúde que atende uma mulher com sinais de violência é obrigado a notificar a polícia. Juntamente com essa lei, temos a Lei

Maria da Penha, que contempla a violência doméstica e familiar contra a mulher. Mas temos um grande problema aí. A Lei 10.778 obriga os profissionais da saúde a notificar casos de violência contra a mulher, quando atendem mulheres agredidas. *E como é que fica quando são esses profissionais os agressores?* Como fica quando mulheres são agredidas e desrespeitadas dentro de instituições de saúde e, especificamente, no momento de seus partos? Como fica no caso de violência obstétrica?

Muita gente não sabe que isso existe. Outros consideram que práticas abusivas observadas em situações de parto e nascimento não constituem violência, porque são "de praxe". Confundem o que é comum com o que é normal. Outros, ainda, fecham os olhos para a situação, diante da complexidade do problema.

Já não dá para fechar os olhos para isso quando centenas de mulheres são desrespeitadas todos os dias em seus partos. Esse é um caminho sem volta. Uma vez que se vê, não dá mais para fingir que não acontece. Quando dizemos que a violência obstétrica é uma realidade, estamos partindo de dados confiáveis, científicos, obtidos por meio de pesquisas sérias. O padrão que se vê na assistência ao parto no Brasil é violento. Essa é a realidade. Quem foge disso é exceção. É violência: a ofensa verbal, o descaso, o tratamento rude, as piadinhas, os gritos, a proibição da manifestação das emoções, as violências físicas de todos os tipos, a obrigatoriedade de uma determinada posição, os apelidinhos, a contenção dos movimentos – como divulgado com cada vez mais frequência entre as mulheres detentas, que precisam parir algemadas –, a humilhação intencional e todo tipo de atitude torpe, que, sim, acontece, e com muita frequência. O professor Gustavo Venturi, da Universidade de São Paulo, coordenou a pesquisa "Mulheres brasileiras e gênero nos espaços público e privado", que mostrou que uma em cada quatro mulheres brasileiras diz ter vivido situações de violência no parto, e isso apenas entre as que viveram parto normal, sem considerar as que passaram por cesarianas e também foram vítimas. Pensemos que, apenas no período de 2008 a 2010, aconteceram quase 6 milhões de partos, apenas nas instituições públicas de saúde, de acordo com o Datasus. Calculemos, então, quantas mulheres podem ter sido maltratadas e desrespeitadas.

Já não dá para dizer que isso não ocorre.

Já não dá para fingir que não se vê.

É importante que o governo disponibilize um canal oficial de denúncia. É importante que, nesse cenário político favorável à problematização das condições de vida feminina, com uma Secretaria de Políticas para as Mulheres que promete ser atuante, a sociedade se organize e mostre sua intenção. É fundamental que cobremos legislação sobre isso, que se possa punir legalmente o agressor.

Se comemoramos o Dia Internacional da Mulher, também estamos dizendo que queremos que as mulheres tenham melhores condições de vida, que possam ser respeitadas e valorizadas. Sempre. Em quaisquer situações. Muitas mulheres precisam ser ouvidas e suas histórias precisam ser conhecidas. Queremos sensibilizar a comunidade para a triste realidade da violência obstétrica, mostrar que está acontecendo muito mais do que se imagina, mobilizar pessoas. A violência no parto deixa marcas profundas, das quais muitas mulheres não conseguem se recuperar. Mexe com a forma como a mulher se vê no mundo, com sua autoestima e sua autoconfiança. Não podemos aceitar flores e bombons enquanto nos mandam calar a boca e nos ofendem, em qualquer situação, até quando estamos dando à luz. Uma mulher que passa por isso é uma mulher mudada para sempre.

Se somos mulheres, parabéns por esse dia. Não nos esqueçamos nunca de quem somos e da força que temos. Queiramos ser sempre bem-tratadas, bem-amadas, respeitadas, ouvidas e consideradas. Olhemo-nos no espelho e vejamos que ali há uma história que não é de anos, é de séculos, de força e de luta na defesa do reconhecimento de que somos seres humanos merecedores de respeito.

Porque somos mulheres e mães, erguemo-nos contra esse crime.

Não pensamos apenas nos corpos dilacerados de nossos próximos, pensamos também no assassinato de almas (...), que ameaça tudo quanto semeamos no espírito de nossos filhos, tudo o que lhes transmitimos e que constitui a herança mais preciosa da cultura da humanidade. É a consciência da solidariedade internacional, da fraternidade dos povos.

Se nós, mulheres e mães, levantamo-nos contra o massacre, não é porque, por egoísmo e fraqueza, não sejamos incapazes de grandes sacrifícios por um grande ideal.

Passamos pela dura escola da vida na sociedade capitalista e, nessa escola, tornamo-nos combatentes.

CLARA ZETKIN (5 DE JULHO DE 1857 – 20 DE JUNHO DE 1933)

QUANDO O COMUM NÃO É NORMAL

Muitas mulheres com quem converso rotineiramente e que sabem sobre a pesquisa do meu segundo doutorado, perguntam-me o que é a violência obstétrica e como pode acontecer violência num momento tão especial e delicado quanto um parto. Antes, eu ficava até contente com essa pergunta, pois, para mim, significava que aquela mulher que perguntava era uma a menos a ter vivenciado isso.

Hoje, já não tenho essa ilusão.

A violência obstétrica muitas vezes acontece disfarçada de "coisa normal", de "praxe". Grande parte das mulheres que adentram as instituições de saúde para dar à luz acaba vivenciando procedimentos "de rotina" que não precisariam, em absoluto, ser rotina. Ou, muitas vezes, interpretam a cascata de comportamentos da equipe de saúde como "decorrente da falta de tempo", "da falta de pessoal", "da superlotação do hospital", "do estresse de quem vive aquilo todos os dias" ou tantas outras possíveis explicações para o que observam. Mas pensemos: para coisas boas, não ficamos procurando justificativas. As coisas boas são facilmente aceitas. As coisas ruins, as desagradáveis é que ficam ecoando em nossas mentes e é para elas que buscamos explicações. "Vai ver eles não estavam num bom dia", "vai ver é assim mesmo, a pessoa trabalha todo dia com isso, acaba banalizando". Mas isso não pode acontecer. Tanto não pode que existem dezenas de profissionais da saúde que prezam pelo bom acolhimento, pelo afeto, pelo carinho, pelo bem receber e atender uma pessoa que chega precisando de amparo. E são esses profissionais que nos deixam marcas positivas e profundas, que duram a vida inteira e, por vezes, mudam nossas vidas.

Para quem não vivenciou uma experiência de parto e me pergunta isso, sempre respondo com detalhes. Mas, para quem passou por um parto, é mais difícil falar... Simplesmente porque aquela mulher pode nunca ter problematizado o que viveu sob esse prisma. Pode sempre ter achado que aquilo que viveu, embora a tenha incomodado, era "o normal", mesmo não sendo. E levantar uma questão dessa é algo muito delicado, pois envolve mexer com sentimentos humanos.

Por isso, quando alguém que já pariu me pergunta "o que é mesmo a violência obstétrica?", "como esses desrespeitos podem acontecer?", geralmente, de forma bem sutil, devolvo a pergunta. E não são poucas as mulheres que, ao tentarem responder, percebem algo estranho e... Opa! O que mais ouço é: "É sério? Achei que isso era o comum!". E se segue uma expressão de quem está pensando...

Estejamos atentas! Existe uma imensa diferença entre o que é "comum" e o que é "normal". Isso não é normal, embora seja comum. E é contra esse "comum" que lutamos. Embora o que seja violência para uma pessoa não o seja obrigatoriamente para outra, uma coisa é certa: quem se sentiu desrespeitado sabe o que sentiu. De alguma forma isso ficou lá dentro.

SEXO, MACHISMO, INDÚSTRIA, POLÍTICA:
COMO NASCEM OS BRASILEIROS HOJE

Nossa sociedade se desenvolveu sobre algumas crenças. "Parirás com dor" é uma delas. Todo homem e toda mulher cresceu, reforçado pela mídia e pela indústria médica, ouvindo: parto é dor, parto é dor, parto é dor. Mas parto não é dor. E dizer isso não significa ignorar ou minimizar o componente doloroso do parto que, sim, existe, e todo mundo sabe que existe. Significa dar a ele seu real significado. Mais do que isso, significa falar sobre a verdadeira dor que muitas mulheres estão vivendo em seus partos atualmente no Brasil.

Não estamos falando de dor física. Brasileiras estão sofrendo dores terríveis que nada têm a ver com a chamada "dor do parto", que têm a ver com a forma como estão sendo tratadas não somente pelo sistema médico-hospitalar, mas por toda a sociedade. E achamos que, por estarmos falando sobre parto, nada temos a ver com isso, erramos. Parto não é algo que "ah! Eu não quero falar sobre parto, porque eu sou jovem, ainda não penso em ter filhos", ou "eu não quero falar sobre parto, porque sou homem, biologicamente não vou parir", ou "eu não quero falar sobre parto, porque sou mulher e escolhi não ter filhos", ou, ainda, "eu não quero falar sobre parto, porque... ah, porque eu não quero falar sobre vagina. Falar sobre 'isso' me constrange".

Esta última justificativa merece até uma discussão maior. Já notamos que as pessoas não gostam de falar *vagina*, não é? Pois não gostam. Falam todo tipo de nome para se referir a ela, de nominhos fofos a nomes grosseiros, passando por nomes de animais, plantas ou países, mas não falam *vagina*. Começando por pepeca, pombinha, passarinha e indo até formas mais enfáticas, fala-se tudo, menos *vagina*.

Seja lá qual for a justificativa utilizada para evitar o assunto, o fato é: parto não é assunto de interesse exclusivo de algumas poucas pessoas. Todos nós nascemos um dia. As mães de todos nós passaram por situação de parto/nascimento. Cem por cento da humanidade tem a ver com esse assunto. Mulheres deram à luz a cada um de nós e continuam dando à luz todos os dias. Como cidadãos críticos, portanto, em busca de um mundo mais justo e menos violento, temos de nos perguntar: como essas mulheres estão dando à luz? O que está sendo feito delas nesse momento?

As pessoas acham que todo nascimento é lindo. Não é. Dizer que todo nascimento é lindo significa ignorar milhares de mulheres que viveram atrocidades em um momento que – sim! – deveria mesmo ser lindo. E não podemos dizer que é lindo algo que não foi! Fazer isso é ignorar, mais uma vez, muitas histórias de violência contra a mulher. E as mulheres, como vítimas de diferentes formas de violência, já foram ignoradas por tempo demais. Não, nem todo nascimento é lindo.

A violência no parto, ao contrário do que muita gente pensa, não é algo que se atribua apenas a uma categoria profissional, os médicos. É um problema complexo e, por ser complexo, tem múltiplas dimensões. Obviamente, grande parte do problema poderia ser minimizado com uma profunda mudança na postura médica, mas outras dimensões também precisam ser modificadas, se quisermos, verdadeiramente, erradicar o parto violento e a epidemia de cesarianas – que muitas vezes são sinônimos. Conheça agora sete fatores que estão contribuindo para que os brasileiros estejam nascendo tão mal e de maneira tão mecânica.

■ A sociedade machista

A violência no parto tem a ver com a sociedade machista, que, desde sempre, pensa que pode legislar sobre o corpo feminino, dizendo à mulher como ela deve se vestir, como ela deve se portar, como ela deve falar, o que deve estudar, o que deve fazer, se deve parir, como deve parir.

Como feminista, defendo o direito da mulher de decidir livremente sobre o que fazer com seu corpo. Em *todos* os sentidos. E eu disse *todos*. Mas, quando uma mulher usa esse argumento para dizer que fez jus ao seu direito de escolha ao optar por uma cesariana eletiva (e muitas que fizeram usam esse argumento), é preciso questionar: É verdade mesmo? Foi você? Ou fizeram você acreditar que a escolha era sua, quando não era? Com base em que você decidiu? Que tipo de influência recebeu? De quem recebeu? Não adianta dizer que decidiu por si quando o que fez foi, apenas e tão somente, reproduzir um discurso que nem seu era, tendo sido reprodução fundamentada em coação, pressão, terrorismo. Afinal de contas, se uma mulher diz que escolheu cesariana porque foi visto no ultrassom que o bebê era grande, ou porque havia volta de cordão no pescoço, ou porque ela é pequena para o tamanho do bebê, ou qualquer outra justificativa que, sabemos (ou deveríamos saber), é falsa, mentirosa e fictícia, então, fica claro que não, ela não escolheu. Escolheram por ela. Mais uma vez, e de maneira bastante sutil, seu corpo foi legislado por terceiros. É por isso que o que eu, como ativista da humanização do parto e feminista, defendo é a escolha informada. Informar-se para escolher.

Quando alguém oferece a uma mulher motivos falsos para ser operada, o que esse alguém está fazendo, na verdade, é se apoderar de um corpo que não é seu, como se fosse. É ver aquele corpo como uma mercadoria, um produto, do qual pode se apropriar. Esse é um pensamento tipicamente machista. O mesmo machismo escancarado expresso na famosa frase, dita a tantas mulheres por tantos profissionais despreparados: "Na hora de fazer não gritou, né? Agora tá chamando a mamãe por quê?". Quem foi que disse que, para fazer, não gritou? Uma mulher não pode gritar no sexo? Não pode se manifestar no sexo? Que falem por si e pelo que veem em sua própria casa, tanto homens quanto mulheres, mas que não transponham a sua realidade e o seu pensamento preconceituoso para a mulher a quem deveriam atender com atenção e cuidado. Isso é machismo – e apenas uma forma dele, entre tantas –, mesmo quando proferido por mulheres.

▪ O tabu do sexo

A violência no parto tem a ver com o tabu do sexo. E parto é sexo. Se sexo é tabu em nossa sociedade moralista, então, parto também passa a ser. Você já parou para pensar que parto seria o desfecho final da maioria do sexo heterossexual praticado se não fizéssemos nossas escolhas de planejamento reprodutivo? Então, sim, parto é sexo e envolve tudo o que o sexo envolve. Envolve os mesmos hormônios (prolactina, ocitocina, endorfina, adrenalina), as mesmas posições (que não se resumem a uma mulher deitada de barriga para cima, de pernas abertas, em posição passiva), a mesma via natural vaginal, os mesmos barulhos, os mesmos cheiros, o mesmo suor, os mesmos gemidos.

Mas a sociedade tem medo do sexo… Tem medo, principalmente, da mulher que lida de maneira tranquila com sua sexualidade. A essas, chama de "vadias". É por isso também que, para nós, feministas, "vadia" não representa uma ofensa, porque se refere à liberdade sexual, à liberdade de escolher o que bem fazer com sua própria sexualidade. Então, "vadia" não tem nada de pejorativo. A sociedade tem medo da mulher que geme, da mulher que se mostra ativa. Isso constrange, isso intimida, embora seja o que tantos desejam – declaradamente ou em segredo –, inclusive ou principalmente, as próprias mulheres. Querem, mas não podem ver, porque se desconstroem. Embora muito se diga sobre a suposta "liberalidade" do brasileiro, sabemos que o brasileiro é um povo moralista. Moralista e hipócrita: não gosta de ver peito de mulher amamentando, mas adora carnaval com peitos de fora, adora filme pornô, mas não pode ver uma mulher lidar de maneira saudável com o trabalho de parto, porque ela geme, sua, fica de quatro, rebola. Portanto, uma coisa fica óbvia: uma sociedade que tem problemas para lidar com o sexo também terá problemas para lidar com o parto. O número de cesarianas está aí para mostrar a realidade.

A indústria do nascimento

A violência no parto tem a ver com o nascimento encarado como uma indústria das mais rentáveis, com mulheres sendo abertas a cada 40 minutos, ainda que o processo natural de nascimento leve horas a fio. Como no filme protagonizado por Charles Chaplin, mas com mulheres no lugar dos parafusos. Tantas mulheres desejando ter experiências individualizadas de parto e nascimento... e dando à luz rigorosamente igual às outras, de maneira mecânica, fria, não protagonizada por elas, cirúrgica, metálica, estéril. Exatamente como precisa ser uma indústria.

O paradigma médico e biomédico atual na sociedade

A violência no parto tem a ver com a sociedade em que vivemos, pautada pelo conhecimento hegemônico médico e biomédico – tecnocrático, como diria Robbie Davis Floyd. E é bom que se saiba: vivemos nesse paradigma médico, cartesiano, reducionista, que divide a vida em sistemas que dão a falsa sensação de que não se conectam e de que podem ser controlados, há muito pouco tempo na história humana. Não se surpreenda ao saber que é uma história casada com o percurso histórico do capitalismo, que vende tudo, inclusive corpos.

Crescemos achando que a palavra médica é soberana, é sábia, é indiscutível e somos diariamente estimulados para que assim acreditemos, via mídia, via indústria farmacêutica, via discurso de riscos. Mas, temos de concordar, se a palavra médica fosse realmente indiscutível, soberana e invariavelmente sábia, não nos depararíamos diariamente, com uma frequência assustadora, com os tais *mitos médicos do parto*, que nos foram inculcados de maneira sutil ou descarada.

Assim, saiba: cordão enrolado no pescoço do bebê não é motivo para cesárea – por que seria? O bebê no útero da mãe nem sequer respira pelas vias áreas superiores, a troca gasosa é feita pelos vasos sanguíneos do cordão; então, por que estar enrolado no pescoço representaria perigo? Idade não é motivo para cesárea. Bacia estreita não é motivo para cesárea. Ser baixinha não é motivo para cesárea. Cesárea anterior não é motivo para uma nova cesárea. Bebê sentado não é motivo para cesárea. E não digo isso porque penso assim, mas porque é o que nos mostram as mais recentes evidências científicas, os estudos sérios, as meta-análises contundentes.

Temos de concordar, se a palavra médica fosse realmente indiscutível, soberana e invariavelmente sábia, o Brasil não teria o vergonhoso índice de 52% de cesarianas entre os partos em geral. E cesarianas feitas por médicos.

▪ Baixa autoestima feminina

A violência no parto tem a ver com a falta de autoestima e de empoderamento das mulheres, que, muitas vezes, buscam seguir um modelo de mulher, um modelo que lhes é imposto, que é irreal, que as torna submissas e vítimas. Nesse modelo, as mulheres não podem se mostrar sem controle da situação. Devem estar bonitas, contidas, recatadas, submissas, penteadas, maquiadas, de unhas feitas. Sem discussão, porque esse é o modelo de mulher que lhes foi vendido. Baixo empoderamento tem a ver com baixa autoestima. Baixo empoderamento é pensarmos que podem decidir por nós, que qualquer pessoa que use um jaleco branco tem mais autonomia sobre nossos corpos do que nós mesmas. É pensar que alguém sabe tanto a ponto de nos isentar da busca ativa por informações a respeito de nós mesmas. É aceitar opiniões de terceiros sem verificar se elas procedem, se são fundamentadas, se fazem sentido, se são coerentes. É deixar que a família, o marido, o médico, o agente do posto, qualquer pessoa, decida por nós e desconsidere nossos desejos. E isso é abrir a porta para que nos violentem. É tornarmo-nos vulneráveis.

Isso não nos tornará culpadas da violência que, porventura, venhamos a viver (espero que não). A violência contra a mulher jamais terá como culpada a própria mulher. Tornar-se empoderada significa reagir a qualquer forma de violência, quando e onde ela surgir. Significa confiar em si a ponto de gritar, de se fazer ouvir, de botar a boca no mundo e fazer valer os direitos de ser humano.

▪ Políticas públicas

No Brasil, nascem por ano cerca de 3 milhões de bebês. As políticas públicas ou a ausência delas têm tudo a ver com o fato de mais de 1 milhão e meio de bebês nascerem de maneira cirúrgica todos os anos. Quem está ganhando com isso? Não são as mulheres. Não são os bebês.

O relatório sobre prematuridade divulgado pela ONU em 2012 diz que o mundo poderia evitar a morte de 250 mil bebês por ano, decorrentes de prematuridade, com algumas medidas simples. Reduzir as taxas de cesarianas eletivas é uma delas. No Brasil, já ultrapassamos 80% de cesarianas no serviço privado de saúde. Já ultrapassamos 40% de cesarianas no SUS, quando o que se recomenda pelas organizações de saúde é um máximo de 15% de cesáreas, cesáreas bem indicadas. Estamos tirando bebês prematuros de dentro de suas mães por motivos que, em sua esmagadora maioria, passam muito além da vontade da mulher. E pior, marcados – mãe e criança – por um processo violento de nascimento.

Quando não cortadas em seus ventres, as mulheres estão sendo cortadas em suas vaginas, em mutilações chamadas de "episiotomia", que estão sendo feitas sem qualquer indicação, ao contrário do que recomendam as pesquisas atuais. Mas preferimos olhar para a infibulação dos outros do que para a nossa própria episiotomia. E a falta de políticas públicas definidas contribui, em muito, para isso.

Vontade política

A violência no parto tem a ver com a falta de vontade política. Acabar com a violência também tem a ver com a vontade política de mudar. Se há, no Brasil, um hospital público que é referência no atendimento humanizado às mulheres que estão parindo, o Hospital Sofia Feldman, em Belo Horizonte, se há, em um instituto de saúde, em Campina Grande, na Paraíba, uma obstetra que atende mulheres de maneira digna, respeitosa, humanizada, exclusivamente pelo SUS, como é o caso da doutora Melania Amorim, que não faz uma única episiotomia há mais de dez anos, se há casas de parto que estão acolhendo mulheres e permitindo que deem à luz com dignidade, como a Casa de Parto de Sapopemba, a Casa Angela, entre outras casas de parto, é porque é possível!

Nós, que lutamos pela humanização do parto, não queremos parto humanizado, digno, respeitoso, para cinco amigas nossas. Nós queremos para nossas cinco amigas e para todas as mulheres com acesso ao SUS. Mas é preciso representantes políticos que sejam verdadeiramente comprometidos com a humanização, com os direitos das mulheres. É preciso que exijamos isso deles, que participemos.

Depois do nascimento da minha filha, meus olhos foram escancarados para essa realidade. A primeira viagem de avião dela foi comigo, aos dez meses de idade, quando fomos a um debate sobre violência obstétrica na Câmara Municipal de São Paulo. Foi lá, ao ver e saber que 25% das brasileiras são violentadas no parto, que senti a mais profunda vontade de ajudar a mudar esse cenário de violência e desrespeito aos direitos das mulheres. Desde que minha filha nasceu, tenho buscado o respeito a esses direitos. Que as mulheres possam escolher, com base em informação coerente e confiável, tudo em suas vidas, e que sejam respeitadas em suas escolhas. Como ativista da humanização do parto, quero isso transposto para um dos momentos mais especiais da vida de uma mulher que escolhe ser mãe: o nascimento de um filho. A humanização do parto não é uma sala sem luz, não é um som tocando no rádio, não é um sorriso por trás de uma máscara. É a ideia "radical" de que a mulher tem direito de parir com respeito, sem abuso, sem intervenções, sem violência, com seu corpo respeitado e não mutilado por um corte na vagina ou na barriga, na presença de quem ela escolher, com uma equipe que a respeite como sujeito.

O direito das mulheres mais violado em todo o mundo é o controle sobre o próprio corpo. Chega da violência que induz a uma falsa escolha! Quero que o parto digno, respeitoso, seja o modelo de assistência quando minha filha for adulta, para o caso de ela escolher ser mãe. Para o caso de ela escolher viver um parto. Que ela viva numa sociedade que a respeite e que respeite todas as demais mulheres em todos os momentos, inclusive no parto. De nada vale querermos melhorar o país com ideias tão inspiradoras e transformadoras se os brasileiros continuarem a nascer de maneira tão violenta.

Se quiser saber mais sobre violência no parto no Brasil, assista ao documentário *Violência obstétrica: A voz das brasileiras*, livremente disponível na internet. Ele foi produzido por pesquisadoras da Universidade de São Paulo e da Universidade Federal de Santa Catarina e ganhou o prêmio de melhor documentário no "Fazendo Gênero 2013", o maior congresso feminista das Américas.

2. AMAMENTAR E ALIMENTAR

Prefácio: Ana Basaglia e Fabiola Cassab*

Recebemos, com muita honra e alegria, o convite para escrever este prefácio; afinal, amamentação é o assunto que vimos trabalhando voluntariamente há dez anos no nosso grupo de apoio, em São Paulo.

Apesar de a amamentação ser um tema pertinente à vida de toda mulher que gera um bebê, percebe-se que, hoje, essa não é uma prática fácil, já que essa mulher está abalada em suas convicções, após décadas de ausência de regras claras para a atuação da indústria de leites artificiais e produtos correlatos. Apenas em 2015 foi regulamentada a lei federal n. 11.265 (Norma Brasileira de Comercialização de Alimentos para Lactentes e Crianças de 1ª Infância, Bicos, Chupetas e Mamadeiras – NBCAL), publicada em 2006, que proíbe qualquer ação promocional (como descontos, brindes, exposições especiais nos mercados) para três categorias de produtos: fórmulas para recém-nascidos de alto risco; fórmulas infantis para bebês de até seis meses e de seguimento para bebês maiores de seis meses; e mamadeiras, bicos e chupetas. A falta dessa regulamentação dificultava a implementação da lei e, consequentemente, qualquer punição concreta aos infratores; gerações de mães e famílias conviveram por décadas com anúncios e mensagens publicitárias exaltando o leite artificial como a maneira "moderna" de alimentar um bebê, usando imagens de criancinhas bochechudas em embalagens entregues gratuitamente

---

* Fundadoras da Matrice: Ação de Apoio à Amamentação.

por profissionais de saúde dentro de consultórios e hospitais, divulgando falsas expectativas a respeito do sono e da digestão dos bebês. Essas ações serviram para enganar, confundir e levar as mães a aceitar mamadeira e chupeta como apetrechos comuns na rotina de qualquer criança; fizeram-nas duvidar da própria capacidade de alimentar os filhos apenas com leite materno – deixando-as inseguras quando o bebê manifesta a vontade de mamar mais uma vez (pensa-se imediatamente: "meu leite deve ser fraco...") –, e acreditar que somente a partir do consumo de bens materiais estariam atendendo adequadamente à necessidade dos filhos.

Estrago feito, agora resta desconstruir esses falsos conceitos. Assim, todo texto relatando uma boa história de amamentação ou alimentação saudável para crianças é oportuno. Todo *site* ou *blog* que dê espaço para que mães (pais, amigos, colegas e, até mesmo, profissionais da área) relatem suas vivências, façam seus questionamentos, esclareçam suas dúvidas, entrem em contato com outras pessoas que estão passando por momentos semelhantes, é necessário. Todo livro que junte relatos, pesquisas, *links*, *insights*, ainda que de caráter pessoal (ou justamente por apresentarem esse caráter pessoal, já que isso tende a aproximar as pessoas) é muitíssimo bem-vindo.

E é isso que este tema – "Amamentar e alimentar" – representa, uma iniciativa bonita de juntar num livro inteligente uma coleção de textos relevantes, provenientes de um *blog* independente, que contribui para colocar a amamentação e a alimentação saudável numa melhor perspectiva, isenta e a favor da mulher e do bebê. Nós, leitores, só temos a ganhar – à leitura, então!

UM RELATO DE MENOSPREZO, SUPERAÇÃO E MUITO LEITE

Quando eu fui ganhar alta do hospital, os dois médicos vieram conversar comigo, o ginecologista e o pediatra. Estava tudo certo, me mandaram pra casa, e o pediatra disse que leite em pó era tão bom quanto leite materno, que eu não precisava me preocupar, porque não ia conseguir amamentar minha filha. Falei pra ele que queria muito amamentar. E ele me disse que, se eu quisesse amamentar, devia ter pensado nisso antes de engravidar e ter feito uma cirurgia plástica, então, eu não podia amamentar. Eu respondi que ia dar um jeito, e ele me disse que não, que era pra eu desistir que não tinha como. Todas as enfermeiras concordaram com ele, não tinha como amamentar. Tudo bem, né? Vou pra casa, então... E me deram alta.

✤

Selecionei esse trecho de um relato enviado espontaneamente por uma mulher que foi vítima de violência obstétrica. Bianca Zorzam, Ana Carolina Franzon e eu trabalhamos por muitos dias nos vídeos que nos foram enviados, a fim de selecionar informações e cenas para compor um vídeo único, o documentário *Violência obstétrica: A voz das brasileiras*, lançado em 2012, no Congresso Brasileiro de Saúde Coletiva, na Universidade Federal do Rio Grande do Sul, em Porto Alegre. O documentário foi disseminado por redes sociais, *blogs* e portais de vídeo, visto por milhares de pessoas e constantemente utilizado como material para sensibilização, debate, educação e denúncia a respeito do grave problema da violência obstétrica institucional no Brasil.

O trecho que transcrevi anteriormente faz parte do vídeo mais longo que recebemos. Precisei parar muitas vezes até terminar de vê-lo, em razão das situações difíceis que a autora viveu no nascimento da primeira filha. É difícil ouvir uma pessoa falar com tanto sentimento sobre um momento tão delicado e não poder abraçá-la. Acabei de assistir ao vídeo e ainda fiquei com os olhos úmidos. Chorei junto com ela, quis abraçá-la, por solidariedade, mas principalmente por admiração. Gostaria de poder dizer a ela, no exato momento em que terminei de assistir, o quanto aquelas palavras eram importantes, como ela havia sido obstinada e persistente, como foi admirável a confiança que demonstrou em si mesma, movida apenas por uma coisa: a mais sincera vontade de amamentar a própria filha.

Uma história de superação, autoconfiança, determinação e vontade de amamentar. A autora, cujo nome é divulgado no vídeo definitivo – com autorização dela –, nutria grande angústia com relação à amamentação por ter mamilos invertidos. Um mamilo plano ou invertido é aquele em que o bico do peito não é projetado para frente; é plano ou, quando pressionado, projeta-se para dentro. Por desinformação, algumas pessoas acreditam que quem tem mamilo invertido não pode amamentar, não consegue amamentar.

Que o senso comum acredite nisso, ainda vá lá, sabemos que as pessoas acreditam em coisas que ouvem falar sem investigar, sem buscar o que é verdadeiro de fato, isso sem falar nos mitos e lendas que surgem por aí, como aquele de que não se pode comer manga com leite. Mas que um profissional da saúde, supostamente preparado para auxiliar mulheres e seus bebês, também creia nisso, desincentivando a amamentação, vai além de desinformação, passa a ser um problema de ética e de falta de comprometimento. Existem diferentes tipos de mamilos invertidos, em diferentes graus, mas apenas em casos bastante raros é que as mulheres não conseguem amamentar, sendo necessária uma correção prévia. Em mais de 90% dos casos, a amamentação é possível.

Dezenas, centenas de mulheres recebem orientações equivocadas daquele que, em um momento tão crucial como o pós-parto, seria o mais indicado a incentivá-la à prática da amamentação: o pediatra. Não só em razão dos benefícios físicos e fisiológicos para mãe e filho, mas também por questões emocionais e de vínculo, é que as principais instituições e organizações de saúde no mundo orientam a amamentação na primeira hora de vida, exclusiva durante seis meses e continuada até dois anos ou mais. Não raro, as mulheres já saem das maternidades com prescrições detalhadas de leite artificial, ignorando-se o fato de que podem ser preparadas e incentivadas a amamentar, em um exemplo típico de mercantilização da saúde e do processo natural de alimentação infantil e de menosprezo pela capacidade feminina como nutriz. Todo mundo conhece casos assim.

O que fazer quando se recebe uma orientação enviesada e equivocada como essa, que incentiva o aleitamento artificial – que é bastante caro – em detrimento do aleitamento materno? Depende do nosso preparo, do nosso empoderamento, da informação a que tivemos acesso e, também, dos nossos anseios, desejos e aspirações.

A história continua assim:

> (...) eu cheguei em casa e pra mim era muito importante amamentar, muito importante. Peguei uma bombinha de sucção, daquela que a mulherada usa pra tirar leite, e tirei o bico do meu peito pra fora. Eu pedi pra minha mãe sair com a Sofia, ir com ela pra sala, e usei a bombinha de sucção pra tirar o bico do meu peito pra fora. Sangrou, doeu, foi terrível, mas saiu. Eu limpei um pouco o sangue, do jeito que deu, e amamentei a Sofia. Foi muito emocionante [chora].
> Mas tive que fazer aquilo sozinha, porque nenhum médico quis me ajudar, nenhum médico quis tentar fazer alguma coisa por mim, e por minha filha principalmente.
> E aí, pra minha grande alegria, contentamento, felicidade e tudo mais, eu comecei a ter muito leite. Era um absurdo a quantidade de leite que eu tinha. Enquanto a Sofia mamava em um peito, o outro peito jorrava. Eu pegava toalha, fralda, aquelas toalhas, fraldas grandes, eu dobrava, dobrava, dobrava, e colocava no peito, pra segurar o leite. À noite, acordava toda molhada de leite. Quando a Sofia tinha uns 20 dias, fui ao banco de leite [faz uma pausa longa e chora novamente] pra me cadastrar como doadora. Naquele dia, quem estava lá de plantão era o médico, o pediatra que havia me dito que eu jamais conseguiria amamentar.

Pra mim, foi uma alegria muito grande, um orgulho muito grande, uma vitória, uma conquista muito grande. Comecei a doar leite pro banco e doei [chora novamente] até minha filha ter nove meses. Doei muito leite, participei de um programa de televisão falando a respeito do leite materno, de como ele era importante, da doação do leite. Enfim, foi tudo muito bom, muito maravilhoso. Eu consegui amamentar a minha filha, consegui ajudar as crianças que precisavam. Hoje a Sofia vai fazer 9 anos e estou grávida de novo.

�֍

Essa foi uma mulher muito corajosa e destemida, que ouviu apenas o próprio desejo e o seu poder de amamentar e nutrir a filha. Sua vontade e sua coragem inabaláveis a fizeram conseguir aquilo para o que fora totalmente desincentivada e desestimulada. Mas as pessoas não são todas iguais... Muitas outras mães podem ter se sentido frágeis e abaladas com orientações danosas e irresponsáveis de equipes de saúde e simplesmente desistiram de tentar. Acontece. É preciso respeitar as dores de cada uma, as limitações de cada uma.

Fiz questão de transcrever esse relato, mediante autorização dessa mãe, para mostrar que nem sempre aquilo que uma equipe de saúde orienta é o melhor a ser feito. Existem interesses por trás das orientações ou mesmo pouco caso, preconceito e desinformação. E para mostrar, também, que a convicção move montanhas – e bicos do peito.

O que a mulher corajosa do relato fez foi o que conseguiu fazer naquele momento, com as informações de que dispunha. Existem alternativas para facilitar a amamentação de quem tem mamilos invertidos. Há coisas muito bacanas sobre isso na rede. Selecionei dois textos sobre o assunto, que dizem a mesma coisa: *sim, é possível amamentar* nessas condições. Um é o texto "Quem tem bico invertido pode amamentar?", do *blog Amigas do peito*,[1] o outro é "Amamentar com mamilos planos ou invertidos é possível?", do *blog Materna Japão*.[2]

---

1. Disponível na internet: https://amigasdopeito.wordpress.com/2006/03/20/quem-tem-bico-invertido-pode-amamentar.
2. Disponível na internet: http://maternajapao.blogspot.com.br/2009/09/amamentar-com-mamilos-planos-ou.html.

Para finalizar, quero apenas agradecer a todas que participaram da ação, enviando seus relatos. Foi mais que uma demonstração de confiança: uma clara demonstração de altruísmo, por tocar em feridas às vezes ainda não cicatrizadas, com o objetivo explícito de alertar, denunciar e, por que não, proteger outras mulheres. Só assim é que vamos conseguir mudar algo, atuando em grupo, coletivamente, respeitando nossas limitações e habilidades, mas sempre agindo.

A você, querida companheira de maternidade que nos enviou esse relato tão forte, sincero e comovente, obrigada! Obrigada pela oportunidade de aprender um pouco mais sobre a vida e a maternidade. Obrigada por inspirar e fortalecer outras mulheres. Que admirável sua força de autorreconstrução. Que história de braveza e autoconfiança. Que sua nova gestação e seu novo parto sejam o reflexo dessa reconstrução que promoveu em si mesma depois de uma experiência difícil.

> Nota escrita três anos depois: O relato que abre este texto foi enviado espontaneamente por Jerusa da Silva Horácio. Quando ele foi publicado inicialmente no *site Cientista que virou mãe*, Jerusa pediu para permanecer anônima, pois ela tinha medo. Eu e Jerusa – porque a vida faz isso com mulheres que viram mães e se encontram pela rede – tornamo-nos amigas. Aquele bebê que ela esperava quando enviou o depoimento já é uma criança pequena. E ela está esperando seu terceiro bebê. Enquanto preparávamos este livro, tive uma grande vontade de perguntar a ela se gostaria de manter seu relato como anônimo. A resposta foi: "Não. Pode dizer quem sou. Hoje tenho coragem". É... Coisas assim acontecem com mulheres que viram mães e que têm sua voz amplificada. Isso se chama *fortalecimento* e *empoderamento*.

MAMOPLASTIA REDUTORA E AMAMENTAÇÃO: SIM, É POSSÍVEL AMAMENTAR

Movidas pelo descontentamento com o próprio corpo, muitas pessoas recorrem a procedimentos cirúrgicos definitivos como as cirurgias plásticas. O aumento do desejo de realizar uma cirurgia plástica ainda na adolescência se deve tanto à pressão estética da cultura de massa atual – que tem o *bullying* como um de seus diletos filhos – quanto ao relativo avanço na facilidade de acesso a tais procedimentos cirúrgicos, com clínicas e profissionais que oferecem planos de parcelamento e outras comodidades financeiras, que tornam mais viável a intervenção.

Muitas jovens, por motivos estéticos ou para evitar problemas posturais graves, têm recorrido à redução das mamas ainda na adolescência ou no início da juventude. Esse procedimento também é chamado de mamoplastia redutora. De acordo com a Sociedade Brasileira de Cirurgia Plástica, a mamoplastia redutora visa remover o excesso de gordura, de tecido glandular e de pele, a fim de atingir um tamanho proporcional e aliviar o desconforto associado aos seios muito grandes. Na página da instituição, há a seguinte orientação: "É um procedimento individualizado e você deve fazê-lo para si mesma, não para satisfazer os desejos de outra pessoa ou para tentar se adaptar a qualquer tipo de imagem ideal". É lá também, no item "Possíveis riscos da cirurgia", que está o alerta: a incapacidade de amamentar após a mamoplastia redutora é uma possibilidade. Mas quantas garotas, em pleno desabrochar da adolescência, estão preocupadas especificamente em amamentar filhos que nem sabem ainda se terão? O interesse pela amamentação vai surgindo conforme surge a vontade de ser mãe, o que não é – e nem deve ser – uma regra.

O fato é que muitas mulheres que viveram mamoplastias redutoras na adolescência ou no início da idade adulta se deparam, de fato, com a angústia de não saber se conseguirão amamentar. Grande parte delas, em razão tanto da pouca informação quanto da má orientação profissional, realmente desiste de tentar ou de persistir na amamentação. Com isso, acaba perdendo a indescritível e insubstituível oportunidade de amamentar um filho, de saber o que é ter um bebê que se alimenta de você, de se saber nutriz. Entre as mulheres que chegam a iniciar a amamentação, um grande número acaba por interrompê-la, geralmente porque recebeu pouco apoio e má orientação.

Em uma revisão sistemática, publicada em 2010, no periódico *Journal of Plastic, Reconstructive & Aesthetic Surgery*, revista oficial da Associação Britânica de Cirurgiões Plásticos, Reconstrutivos e Estéticos, os autores, movidos pela falta de consenso científico em definir a capacidade das mulheres que viveram mamoplastias redutoras de amamentar seus filhos, exclusivamente, para além dos seis meses recomendados pelas organizações internacionais de saúde, recorreram à literatura internacional para estudar a possibilidade de amamentar apenas por seis meses. Para isso, investigaram tudo o que há publicado sobre o tema desde 1950 até 2008. Os resultados dessa vasta pesquisa foram muito animadores: não parece haver nenhuma diferença na capacidade de amamentar após mamoplastia redutora em comparação com mulheres que não viveram tal intervenção, entre a população geral norte-americana, durante o primeiro mês pós-parto. E, o mais importante: a pesquisa mostrou que as dificuldades relacionadas à amamentação nessas condições parecem ser explicadas mais por questões psicossociais relacionadas ao aconselhamento recebido dos profissionais de saúde do que por incapacidade física.

Se toda mulher precisa ser amparada e acolhida em seu processo de amamentação, as que viveram mamoplastias redutoras precisam ainda mais. Principalmente porque – sim! – elas podem amamentar, em sua grande maioria. As técnicas cirúrgicas vêm avançando cada vez mais, a ponto de os cirurgiões conseguirem preservar tecido glandular suficiente para a produção de leite. A crença na total incapacidade de amamentar da mulher que passa por mamoplastia redutora é mito, hoje já se sabe. No entanto, temos muito a avançar no apoio que damos a essas mulheres. Esse é o objetivo deste texto: apoiar, informar e ajudar mulheres que passaram por mamoplastia redutora a amamentar. Aqui estão orientações e dicas de quem trabalha há muito tempo orientando mulheres e as auxiliando no processo de amamentação, além de valiosos depoimentos de quem passou pela cirurgia e amamentou com sucesso.

Ana Basaglia é *designer* gráfica, membro da Rede Internacional em Defesa do Direito de Amamentar (Ibfan), mãe de três crianças e uma das fundadoras da Matrice. Fabíola Cassab é advogada, doula, mãe da Paola e também uma das fundadoras da Matrice. A Matrice – Apoio à Amamentação – é um grupo que acolhe, orienta e divulga informações a respeito da amamentação e de tudo ligado a esse assunto (aporte de nutrientes, dependência física e emocional, peso social, familiar e no ambiente de trabalho). A Matrice promove encontros semanais gratuitos em São Paulo e mantém uma lista de discussão e uma página no Facebook para divulgação e troca de experiências. Sobre amamentação após mamoplastia, Ana e Fabíola têm orientações preciosas a dar.

> Orientações e dicas de quem apoia mulheres
> Ana Basaglia e Fabíola Cassab
> www.matrice.wordpress.com

Amamentação após a cirurgia de redução de mama certamente é possível. Com os avanços nas técnicas cirúrgicas para redução de mama, os cirurgiões são cada vez mais capazes de preservar os tecidos produtores de leite, para que as mulheres sejam capazes de produzir quantidades significativas. A amamentação, então, é uma possibilidade muito concreta se a mulher passou por essa cirurgia, supondo que ela tenha, pelo menos, um peito com mamilo e auréola. Apesar de existir a chance de alguns dutos terem sido cortados durante a cirurgia, ao longo do tempo, muitos desses dutos voltam a "crescer" (e isso pode acontecer em ritmo acelerado sob a influência dos hormônios de uma gravidez) e, de modo geral, em cerca de cinco anos, eles voltam a ter sua funcionalidade praticamente intacta, ou seja, a grande maioria das mães que passaram por essa cirurgia consegue produzir leite suficiente.

Antes do nascimento do bebê, não há nenhuma maneira de saber quanto leite a mulher que fez mamoplastia vai ser capaz de produzir. Após o parto, talvez a melhor coisa que ela possa fazer para maximizar sua amamentação seja algo relativamente simples: remover tanto leite quanto possível nas primeiras duas ou três semanas de vida do bebê. Isso porque a quantidade de leite que as mamas estão programadas para produzir é frequentemente determinada nesse período. Quanto mais leite for retirado nesse tempo, maior capacidade de produção os seios terão. Obviamente, a melhor maneira de fazer isso é na amamentação em livre demanda (LD), mas o uso de uma bomba de leite poderosa também pode ser útil nesse período.

Além da amamentação em LD, outras ações podem ser úteis: procurar os grupos de apoio, procurar compartilhar sua vivência (e seus medos e angústias) com outras mulheres que passaram por experiência semelhante, procurar informação e auxílio nos bancos de leite, acreditar, confiar, ter paciência (os bebês não crescem nem se desenvolvem de maneira igual), pedir ajuda para alguma consultora de amamentação ou doula pós-parto experiente, cercar-se de pessoas pró-amamentação, descansar bastante, alimentar-se e principalmente hidratar-se muito, lembrar (e se fartar, se quiser) dos lactogogos, aceitar as eventuais dificuldades, observar a troca de fraldas para definir se a quantidade de leite tem sido suficiente, não permitir intervalos muito grandes entre as mamadas, amamentar à noite, não introduzir bicos artificiais precocemente. Não existe uma receita pronta: cada mulher pode se servir do que melhor lhe cabe ou faz sentido!

Por fim, vale lembrar que, mesmo se essa mulher não tiver leite suficiente, ela pode ter uma experiência muito gratificante com a amamentação, e há muitas maneiras de aumentar sua produção de leite. A amamentação é mais do que apenas a produção de alimentos para o seu bebê.

▪ Textos de apoio

Andréia C.K. Mortensen, minha amiga, professora, cientista, apoiadora de grupos de maternidade ativa e ativista no combate à violência contra a criança, compilou informações preciosas no texto "O que é relactação com sonda e para que serve?",[1] caso a mulher que passou por mamoplastia precise. Mas nos lembremos de que a relactação não é uma regra entre quem fez a cirurgia. Muitas mulheres conseguiram amamentar sem relactar, como mostram os depoimentos a seguir. É da Andréia também a indicação do *site* Breastfeeding after Breast and nipple Surgeries (BFAR) e do livro *Defining your own success: Breastfeeding after breast reduction surgery*, de Diane West, publicado pela La Leche League International, infelizmente, ainda sem tradução para o português.

Mesmo tendo passado por uma mamoplastia redutora, podemos amamentar! Busquemos apoio, informação, ajuda, compartilhemos nossa angústia e tenhamos bons profissionais ao redor. Quem disser que não podemos, sem avaliar cada caso, não está atualizado ou interessado na amamentação.

---

1. Disponível na internet: https://www.facebook.com/note.php?note_id=168097856575920.

Eu e tantas outras que trabalham para apoiar mulheres que amamentam ou querem amamentar somos ativistas da amamentação. Por quê? Por muitos motivos: porque sabemos da importância da amamentação para as mulheres e principalmente para as crianças; porque conhecemos a força da pressão pelo desmame; porque sabemos que as mulheres não são incentivadas, de maneira geral, a amamentar; porque acreditamos na beleza e na perfeição do corpo feminino.

UMA HISTÓRIA FELIZ DE 2 ANOS, 3 MESES E 17 DIAS DE AMAMENTAÇÃO

Dia: 17 de novembro de 2012. Hora: por volta das 19. Local: Porto Alegre, Universidade Federal do Rio Grande do Sul, em um auditório montado na área externa do Congresso Brasileiro de Saúde Coletiva. O documentário *Violência obstétrica: A voz das brasileiras* acabara de começar, em sua primeira apresentação na íntegra. Luz apagada. No telão, mulheres contavam as histórias dolorosas do nascimento dos filhos, com a esperança de que, contando, pudessem contribuir para a mudança da violenta assistência ao parto no Brasil. Na sala, 40 ou 50 pessoas, em silêncio absoluto, assistiam ao vídeo compenetradas, entre elas minha filha com exatos 2 anos, 3 meses e 17 dias, que andava de um lado para o outro brincando no escuro.

Sentei-me nas fileiras finais da sala, a fim de observar melhor a reação das pessoas ao documentário. Então, minha filha veio correndo, abraçou as minhas pernas e disse cochichando: "Mamãe, quelo mamá". Eu a peguei no colo e a amamentei, enquanto assistia ao documentário que havíamos feito com tanto carinho, com tanta dedicação e respeito, e que sintetizava um ano de atividades voltadas a desnaturalizar a violência no parto, que representava uma parte da minha mudança de vida, impulsionada pela maternidade.

Eu não sabia, mas aquela seria a última vez que eu a amamentaria.

Hoje vejo que todos os momentos decisivos pelos quais passei nessa mudança de vida tiveram a presença marcante da minha filha. Em 6 de abril de 2011, quando ainda fazia pós-doutorado em Farmacologia, ela foi comigo a São Paulo para participar do primeiro debate ocorrido no Brasil sobre violência no parto, promovido pela Câmara Municipal de São Paulo. Foi sua primeira viagem de avião. Foi a primeira vez que vi e ouvi os resultados da pesquisa "Mulheres e gênero nos espaços público e privado brasileiro", apresentados pelo professor Gustavo Venturi. Foi quando ouvi que uma em cada quatro mulheres sofre violência no parto no Brasil. Foi quando senti o coração agoniado com o que ouvia. Começava ali a minha mudança de vida, com minha filha no *sling*. Então, em 8 de junho de 2011, um dia depois de deixar o pós-doutorado, estive no seminário do professor Gustavo Venturi aqui em Florianópolis, quando ele apresentou todos os dados da pesquisa. Foi o mesmo dia em que minha filha engatinhou pela primeira vez.

Em 10 de agosto de 2011, recebi o primeiro convite para viajar a trabalho depois que me tornei mãe. Não precisei me apavorar com a ideia de ter de deixá-la, pois o grupo que me convidou era um grupo do qual me orgulho de ter feito parte, formado por pessoas bacanas, humanistas e conscientes, que me convidaram sabendo que eu tinha bebê pequeno e se disponibilizando a cuidar dela na sala enquanto eu palestrasse. E assim foi minha primeira viagem de trabalho, junto com minha filha. Ela quis dormir no meu colo durante a palestra, eu a amarrei no *sling* e, durante 40 minutos, falei sobre neurobiologia da aprendizagem para uma sala cheia de gente.

Em 12 de outubro de 2011, organizei uma *slingada* aqui em Florianópolis, tanto para celebrar o Dia das Crianças quanto para marcar a participação da cidade na Semana Internacional do *Babywearing*. Famílias caminharam por todo o centrinho da Lagoa da Conceição com seus filhos no *sling*, em uma manifestação pacífica em defesa de uma infância respeitada. Foi nesse dia, no café onde todos conversávamos e descansávamos, que minha filha deu seus primeiros passos.

Sim, eu e ela temos compartilhado momentos importantes de nossas vidas. Marcos meus também foram marcos dela. Assim, olhando para essa retrospectiva de nossa vida juntas, dá para compreender que não foi "coincidência" ela ter mamado pela última vez justamente no lançamento do documentário; foi apenas sintonia, como tudo o que acontece conosco. Foi sintonia, parceria, conexão.

Minha filha... que grande parceira você é!

Sobre o desmame em si, faz um mês que nos desmamamos e, até agora, mal posso acreditar na forma como tudo aconteceu.

No primeiro semestre, tensa por saber que, em novembro, eu precisaria viajar durante cinco dias para participar do congresso, cheguei a pedir leituras sobre desmame no grupo de mães do grupo que criei no Facebook, o Maternidade Consciente. Hoje, é um grupo com mais de 10 mil participantes, mas, na época, era pequeno. Todas – sem exceção – me incentivaram a continuar a amamentação, mesmo que eu precisasse me ausentar, e todas compartilharam comigo textos sobre desmame natural. A questão era: eu achava que precisaria ir sem ela. Ela sempre foi tão apegada a mim, sempre mamou tanto, só dormia mamando, como eu poderia viajar e deixá-la assim, mamando ainda? Sinceramente, nutri verdadeiro pânico desses dias durante os meses precedentes. Dos textos recomendados, confesso, só li dois. Não quis ler mais. Simplesmente, porque, se eu queria que acontecesse um desmame natural, qualquer leitura poderia me influenciar e deixaria de ser natural. Então, simplesmente esqueci o assunto, decidi que não a desmamaria e, tendo tomado firmemente essa decisão, relaxei e tratei de procurar uma alternativa.

Eis que a alternativa surgiu com a possibilidade de o pai dela, na época, meu companheiro, ir comigo ao congresso. Ele acabou indo para Porto Alegre, para que eu não precisasse me separar de minha filha durante tantos dias, já que ela não dormia de outra maneira, a não ser comigo. Essa era uma questão que sempre me preocupava: ela só dormia comigo, ela só dormia mamando. Tentamos algumas vezes que o pai a fizesse dormir, mas ela não aceitava. A noite era da mamãe.

Então, fomos todos de Florianópolis para o Rio Grande do Sul. Foi uma linda viagem. Clara aproveitou muito a viagem de ônibus, curtiu o caminho, ouviu música, foi ótimo. Lá, ficamos hospedados na casa de uma amiga de muitos anos do pai dela, que nos tratou como verdadeira família. Foi simplesmente perfeito.

Então, começou o congresso. Para minha surpresa, os horários de atividades foram completamente preenchidos: eu saía de casa às 8 horas da manhã e só voltava tarde da noite, por volta das 22, 23 horas. Durante todo o dia, Clara era cuidada pelo pai, que passeava com ela e a amiga por Porto Alegre, conhecia lugares legais, levava nossa filha para se divertir – e sempre dava uma passadinha na universidade, para que nós nos víssemos, nem que fosse por alguns instantes.

Então, o desmame começou a acontecer.

Na primeira noite em que percebi que chegaria muito tarde, liguei para meu marido para saber como a Clara estava e veio a surpresa: "Está dormindo". "Como dormindo?", perguntei. "Assim, dormindo". A mãe em surto disse: "Mas ela nem mamou!". E o pai respondeu: "Ela disse que estava com sono, eu arrumei a caminha pra ela dormir, levei, ela deitou e dormiu. Assim".

Desliguei o telefone meio chocada. Como assim?! A gente sonha com um desmame tranquilo e quando ele acontece, apavora.

Quando cheguei, corri para o quarto para dar um cheiro nela, e ver se queria mamar (torcendo para que quisesse, no fundo, no fundo). Ela deu uma acordadinha: "Oi, mamãe!". Virou e... dormiu de novo! E eu lá, chocada. Aproveitei para dizer a ela o motivo de ter ficado fora o dia todo, que a mamãe estava estudando, que tinha sido por isso que havíamos viajado, mas que logo tudo voltaria ao normal e blá-blá-blá. Mas acho que falava mais para mim mesma do que para ela, que já dormia. Saí do quarto, fui para a sala, onde os amigos me esperavam com uma cerveja especial. Encheram os copos e fizemos um brinde. Um brinde aos crescimentos da vida.

No dia seguinte, foi a mesma coisa. Saí cedo, encontrei com eles no meio do dia, Clara me viu, estava toda animada de tanto brincar, não pediu para mamar, nos separamos, cheguei tarde em casa, ela já dormia. O pai? Muito feliz e tranquilo, por ter visto nossa filha em tão grande sintonia com ele, reagindo de maneira tão segura.

E assim os dias se repetiram. Minha filha sempre muito animada, curtindo muito a viagem, muito feliz com os novos amigos. Até que chegou o dia da apresentação do documentário e ela pediu para mamar. Eu a amamentei "numa ótima", sem imaginar ou planejar que seria a última vez.

Voltamos para Florianópolis e, dois dias depois, precisei viajar. Fui dar uma palestra no Fórum sobre Medicalização da Infância e Adolescência da Unicamp e passei duas noites fora de casa. Sem minha família. Embora estivesse aparentemente tranquila, o corpo da gente não engana: tive uma crise nevrálgica que quase me impediu de ir. Uma dor terrível, semelhante à neuralgia do trigêmeo, que foi passando durante minha estadia em Campinas (Freud, Freud...). A primeira noite foi complicada. Não consegui dormir direito. Cabeça lá em casa. Mandando mensagem e ligando, até que chega a mensagem: "Já estamos deitados, ela já está dormindo, vou dormir mais cedo para ficar com ela". No dia seguinte, liguei para saber como havia sido a noite, e meu marido me disse: "Ótima! Dormiu bem, só acordou uma vez, chamou por você, deu uma choradinha, mas eu disse pra ela que a mamãe tinha viajado de avião, lembra? Lembra que fomos levar a mamãe no avião? Então, ela disse 'Ah é!', pediu um copo de água, tomou a água toda, deitou e dormiu". E ele ainda enfatizou: "Foi muito bom falar a verdade, ela se acalmou na hora". Na noite seguinte, nem isso: dormiu a noite inteira, tranquila, ao lado do papai.

Voltei de viagem. Clara saiu correndo em direção ao meu colo no aeroporto. Beijei, beijei, beijei, disse que havia sentido muitas saudades, ela me abraçou muito e... não pediu para mamar, nem sequer perguntou. Nessa noite, eu a coloquei para dormir e, na hora que seria de mamar, apenas disse: "Filha, vamos dormir sem mamar, como você fez com o papai ontem?". Ela me perguntou: "Mamãe naná com a Clara?". "Sim, filha, mamãe vai nanar com a Clara, vou ficar aqui juntinho, como sempre." Então, ela me abraçou... e dormiu. Dali a pouco, acordou meio tensa, meio agitada, deu uma choradinha. O pai se juntou a nós na cama, abraçou-a, eu a abracei, e ela rapidamente dormiu tranquila. Dormiu um sono tranquilo, enquanto eu, muito emocionada, não conseguia segurar as lágrimas.

Saí do quarto, fui para a sacada, olhei o céu e caí no choro, um choro que de triste não tinha nada. Era um choro feliz, aliviado. Passei muito tempo temendo o desmame, achando que seria *trash*, que seria forte, que seria *punk*, porque eu via minha filha sempre mamando, querendo mamar, sem dar qualquer sinal de que se desmamaria.

Tenho de dizer que os três ou quatro meses anteriores realmente não foram meses de muita amamentação. Aos poucos, Clara diminuiu muito a frequência, passei a negociar com ela quando percebia que queria mamar por outro motivo que não o chamego, que não o vínculo, quando estava querendo desviar o assunto, depois de ter sido chamada a atenção para algo ou quando estava entediada. Eu perguntava: "Mas você quer mamar mesmo?", e muitas vezes ela desconversou.

A primeira noite foi assim, como contei. A segunda nem isso: tomou banhinho, escovou os dentinhos, deitamos e ela simplesmente me abraçou e dormiu, sem sequer mencionar mamar.

E assim foi.

A primeira vez em que estivemos num ambiente com alguém amamentando, fiquei tensa. Pensei: "É agora que ela vai mudar de ideia", mas não. Muito tranquila, muito resolvida.

Como eu havia decidido não ler mais nada sobre desmame, acabei sem saber o que fazer com a produção de leite que restava. Nos três primeiros dias, foi um pouco difícil, mal conseguia levantar o braço esquerdo, mas, depois, foi passando, passando, e tudo voltou ao que era antes.

Pouco mais de um mês depois, fomos a uma festa de amigos, uma grande festa com muita gente querida, e a Clara veio correndo para mim e disse: "Mãe, quero mamar". Tomei um susto. Ela ainda não tinha dito isso. Só me ocorreu dizer a verdade: "Mas, filha, você não mama mais". E ela: "Mas eu quero agora". E agora?! Procurei me acalmar e disse a verdade: "Filha, a mamãe não tem mais mamã pra te dar". Ela olhou bem espantada e disse: "Não?!". E eu: "Não, filha, não tem mais" – e realmente não tinha, meu corpo acompanhou minha mente e se readequou muito rapidamente. Ela ficou meio confusa. Foi então que recebi um grande apoio mais uma vez: dos meus amigos. À nossa frente, estava uma criança de 7 anos, que disse: "Veja, Clara, aqui também não tem mamã", e apontou para si mesma. Clara caiu na risada, uma risada gostosa, que ela só dá quando acha alguma coisa muito engraçada. Um amigo que estava na frente disse a mesma coisa: "Aqui também não tem mamã". E Clara ria... Mais um amigo levantou a blusa e disse: "Xiii, Clara, aqui também não tem", e ela rindo muito. O papai veio perto e também disse: "Filha, papai também não tem". Então, ela não quis mais mamar e saiu rindo.

    Amamentei minha filha desde o nascimento. Nunca tive medo de não conseguir amamentar, porque sabia que as 29 horas de trabalho de parto pelas quais passei, quando fui inundada por todos os hormônios de que precisava para que ela nascesse bem, serviriam para preparar o meu corpo. É para isso também que uma mulher passa pelo trabalho de parto: para que seu corpo se prepare não só para o nascimento, mas para a função de nutrir, que deve durar muito tempo. A gente precisa dessa enxurrada hormonal. Clara nasceu e mamou logo após. Durante muitos meses, fui doadora de leite materno para um hospital infantil. Sempre amamentei minha filha quando e onde ela quis. Tive uma história de amamentação muito, muito feliz. Não tive problemas com isso, não tive fissuras nem graves problemas. Voltei a trabalhar três meses depois do nascimento, tirava leite com bombinha manual, deixava em casa, o pai dava para ela, não parei de amamentar.

    Foi a amamentação que manteve a saúde de minha filha no nascimento dos dentes, quando não queria comer nada; foi a amamentação que manteve sua saúde nos resfriados, quando também não queria comer; foi a amamentação que nos uniu dessa maneira, fazendo-nos cúmplices, companheiras, conectadas. Foi a amamentação que me ajudou a encarar a volta ao trabalho, porque eu sabia que esse vínculo era mais forte que qualquer eventual separação.

A que atribuo o sucesso da nossa amamentação?

Em primeiro lugar, à minha busca por informações desde a gravidez. Isso me fez mais segura, mais consciente da minha capacidade e me fez repelir maus conselhos e a ter respostinhas prontas para quem quer que fosse que quisesse me desestimular. Em segundo lugar, ao apoio que sempre recebi do pai da minha filha, que me ajudou de maneiras inimagináveis a ser uma boa nutriz, uma lactante feliz. Tenho comigo lembranças muito amorosas dos primeiros dias de amamentação, que são mesmo muito difíceis e que, acredito, são cruciais para a boa continuidade da amamentação. Lembro-me de que doía muito, de que as mamadas em livre demanda tomavam quase todo o meu tempo, que estranhei muito o fato de ter de parar sempre minhas tarefas para dar de mamar – eu não havia imaginado que seria assim, tão intenso. E em todas essas vezes, durante os primeiros meses, ele fazia algo para minimizar meu desconforto. Colocava um travesseiro nas costas ou nas pernas, ou me dava um beijo, ou me trazia um copo d'água. Durante as madrugadas, acordava junto comigo para amamentar. Muito, muito parceiro. Isso, para mim, era sentimento de amparo, de apoio, de cuidado. Uma mãe que amamenta precisa ser cuidada, precisa ser apoiada, precisa de muito carinho, muito mesmo. Todo mundo que tem em casa uma lactante precisa sempre se lembrar de tratá-la com amor e cuidado, pois ela alimenta outro ser. Somos mesmo deusas de divinas tetas. Alimentar um ser humano é coisa muito sublime. Em terceiro lugar, às enfermeiras que me auxiliaram nos primeiros dias. Em quarto lugar, à minha fisiologia, que funcionou bem bacaninha. Em quinto lugar, a todas as amigas que me apoiaram, incentivaram, que sempre disseram palavras bacanas. Nunca nenhuma amiga foi grosseira ou desagradável. Sempre fui acolhida por todos. Isso me fez ter a mais absoluta certeza da importância de um ambiente respeitoso e acolhedor para a mulher que amamenta.

O desmame da Clara foi um desmame gradual, com diminuição progressiva tanto dela quanto de mim; a mudança de rotina acabou impulsionando o desmame, mas, mais importante que saber se se encaixava nessa ou naquela classificação ou nomenclatura, foi ter a mais plena certeza de que nós duas estávamos preparadas. Atribuo a tranquilidade do desmame a uma coisa em especial: ao vínculo da Clara com o pai. Eles são muito unidos, muito próximos, muito parceiros. Clara percebeu que, tendo crescido, podia encontrar no pai o mesmo amparo que encontrava mamando. Por isso, passou a dormir tranquila com ele. Eu, como mãe, sinto-me muito satisfeita com isso. Sinto que todas as escolhas que fiz até agora foram acertadas.

Essa foi a minha história de amamentação. Uma experiência muito feliz, que me trouxe muita coisa boa e que durou 2 anos, 3 meses e 17 dias. Se eu puder dar conselhos às mães que ainda vão amamentar ou que já estão amamentando, com base na minha experiência, direi:

- Amamentem. Vocês vão sentir uma forma de amor que, de outra maneira, nunca sentirão.
- Não pensem no desmame como eu pensei, com medo. Nossos filhos sabem mais que nós nesse quesito.
- Um desmame só pode acontecer quando ambos estiverem preparados.
- Peçam apoio, digam como é importante receber esse apoio, às vezes, as pessoas podem simplesmente não saber.
- Incentivem outras mulheres a amamentar. Amamentar é continuar o que fizemos durante 9 meses, é construir nossos filhos a partir de nós mesmas.
- Ignorem todos aqueles que sugerirem o desmame precoce. Os motivos pelos quais dão essa opinião não são baseados

em amor, entrega ou dedicação. Ou é senso comum, ou é ignorância, ou é interesse comercial.

Amamentar vale a pena. Vale cada segundo de entrega e dedicação. Só quem já amamentou com amor e entrega sabe disso. Sou muito feliz por ter podido proporcionar isso à minha filha. Muito feliz.

Nota: este texto foi escrito no final de 2012. Três anos e meio depois, Clara, minha filha, lembra com muito carinho e ternura de quando mamava no peito. E é justamente com ela deitada no meu peito, com 5 anos e 8 meses, que finalizo a revisão dele...

O PAI E A AMAMENTAÇÃO: EM BUSCA DA PATERNIDADE ATIVA

Vamos falar sobre pais. Não sobre aquele homem que contribui com o material genético que dá origem à criança. Vamos falar sobre o novo papel que alguns homens – muito poucos, ainda – decidiram assumir: pai. Sim, porque é preciso decidir agir assim em meio a uma sociedade machista, culpabilizadora da mulher e na qual a paternidade real tem sido artigo de luxo. Uma forma de ser pai que é fruto de uma maior consciência sobre a criação de seres humanos; um pai que assume sua paternidade tanto quanto a mãe assume sua maternidade. Aquele pai que não vê os cuidados com os filhos como "ajuda", porque quem ajuda está sempre fazendo um "favor". Ele vê a criação dos filhos como função tão sua quanto da mãe. Há aqui, portanto, um paralelo entre o "pai tradicional" e o pai que está em busca de mudança e transformação, a fim de assumir integralmente todas as suas responsabilidades. O primeiro é aquele que divide a filiação com a mãe, mas não a responsabilidade sobre o filho, e que leva a vida normalmente durante a gravidez, sem qualquer problematização a respeito, sem qualquer reflexão, como se nada tivesse a ver com a história, que estará exatamente igual – cru e despreparado – quando nascer o filho, e que com certeza achará que dar banho é o máximo que pode fazer, e ainda se vangloriará por isso. O segundo é aquele que sabe e sente que filho é missão a ser cumprida até o fim da vida, com dedicação, carinho, presença, participação ativa, assumindo para si toda e qualquer responsabilidade perante ele, exatamente como as mulheres têm feito – já que somos, reconhecidamente, as principais cuidadoras das crianças. Crianças que não colocamos sozinhas no mundo.

Esse é um assunto da máxima importância, porque de nada adianta um batalhão de mulheres buscando ser as melhores mães que podem ser, enquanto em casa vive um ser que não está assim tão preocupado com a forma como cria os filhos – ou enquanto o pai dos filhos vive por aí, a esmo, sem se tocar do prejuízo que sua negligência pode causar ao filho e ao mundo. De nada adianta uma maternidade consciente e ativa se a paternidade estiver sendo negligenciada, fato. Ou a gente cria essas crianças integralmente, ou o trabalho continuará pela metade.

Também de nada adianta um homem engajado e preparado se os serviços de saúde não souberem acolhê-lo e discutir com ele todos os aspectos referentes à saúde da família. Muitos homens paternalmente ativos têm se sentido marginalizados durante a gestação, durante o parto e depois dele. Pouca – ou nenhuma – atenção é dada pelos profissionais ao papel do pai em todas as fases da criação dos filhos, desde antes do nascimento, o que aponta também para a necessidade de reformular o atendimento e para a criação de políticas públicas que incentivem e garantam a participação masculina.

Há que se cobrar dos homens que sejam pais verdadeiros, presentes, participativos? Sem dúvida, mas há também que saber acolher esses novos homens. E há também que partir do próprio coletivo masculino a vontade de ser reconhecido como importante na questão da criação dos filhos, e não como acessório ou apenas garantia financeira – e olhe lá... Ou vamos ter, também, de fazer isso por eles?

Nós, mulheres, estamos em plena revolução feminista (as pessoas acham que ela aconteceu há 40, 50 anos, mas não, nós a estamos vivendo todos os dias, do contrário, não teríamos de lutar por coisas tão óbvias e básicas, e ainda lutamos). Sabe o que falta? Falta que os homens promovam sua própria revolução. Não a revolução do macho. A revolução do novo homem. Aquele que promoverá uma revolução em seu modo de viver e participar na sociedade, especialmente assumindo todas as tarefas que precisa assumir, e aqui falo especialmente de sua responsabilidade sobre os filhos.

Sinto grande satisfação por ver minha filha valorizar tanto a mãe quanto o pai. Como administradora e escritora de um *site* e de uma *fanpage* em que estão milhares de pessoas, recebo inúmeros depoimentos de mulheres que contam suas experiências bacanas com os pais de seus filhos, homens que estão mudando a cara da paternidade, homens "que estão grávidos", que "amamentam", que cozinham para os filhos, que leem livros sobre maternidade e paternidade, que estão desenvolvendo a intuição sobre aquilo de que o filho precisa, que estão se dedicando a ler os sinais que as crianças mandam, coisas que há não muito tempo eram vistas somente entre mulheres. Ainda temos muito a caminhar. Só o fato de nos surpreendermos com isso – coisa básica, que deveria ser a regra, mas é a exceção – já mostra quanto ainda precisamos avançar. Mas já caminhamos um bocado em direção a uma maternidade/paternidade integral.

Já sabemos que a participação ativa do pai ajuda a garantir uma boa gestação, facilita o trabalho de parto, torna o parto e o nascimento um momento mais significativo, facilita a passagem da mulher pelo puerpério – esse portal de mudanças ainda tão desconhecido –, ajuda a garantir o sucesso da amamentação, facilita a volta da mulher ao trabalho, torna esses processos mais fáceis e menos dolorosos. O homem está se construindo como novo ser humano à medida que se constrói como novo pai, e esse processo traz inúmeros benefícios não só para ele, mas para toda a família.

É o caso da amamentação. Grande parte das mulheres que tiveram experiências bonitas de amamentação afirma terem tido apoio do pai de seus filhos. Posso falar por mim: a presença e o apoio do pai da minha filha foram insubstituíveis. Nós não pudemos contar com a ajuda de ninguém quando nossa filha nasceu, éramos apenas nós três, mas os efeitos dessa presença sobre a amamentação foi realmente marcante.

Um excelente artigo de revisão, intitulado "Apoio paterno ao aleitamento materno: Uma revisão integrativa", publicado em 2012 em uma revista de pediatria, trata exatamente disso.[1] A pesquisa foi conduzida por um grupo de pesquisadores formado por uma mulher e dois homens, situação que acho muito boa, dado o tema. Um artigo de revisão é uma publicação fruto de um trabalho de pesquisa teórica sobre tudo o que já foi publicado a respeito de um determinado assunto. Eu, particularmente, adoro revisões, porque nos dão um apanhado geral e nos localizam no problema, além de reunir diferentes trabalhos em um só. Nesse artigo, os autores falam sobre a forte influência sociocultural que o ato de amamentar sofre. E ressaltam o fato de que, culturalmente, a mãe tem sido vista como a única responsável pelo sucesso da amamentação, bem como por eventuais problemas e pelo desmame precoce. Isso é extremamente prejudicial, pois deposita sobre a mãe um peso que não é e nem precisa ser somente dela. Amamentação é atividade do casal, de mãe e pai, pois é também do casal a responsabilidade e o dever de alimentar o filho. Mulheres que foram entrevistadas no pós-parto já mostraram, em inúmeros estudos, o quanto precisam de outras pessoas para ajudá-las, esclarecê-las e acompanhá-las na fase de amamentação, e que são seus familiares e demais pessoas significativas, além dos profissionais de saúde, os principais atores procurados por elas como fonte de informação. Entre tais personagens, aparecem como fundamentais – e, portanto, como também relacionados ao sucesso da amamentação ou aos sofrimentos oriundos da falta de apoio – a mãe da puérpera e o pai do bebê.

Os autores também mostram aquilo que já sabemos e sobre o que tanto falamos: o apoio paterno é um dos principais aliados do bom aleitamento. Estudos verificando a opinião dos pais mostraram que, embora a grande maioria seja a favor da amamentação, por reconhecer os benefícios tanto para o bebê quanto para a mãe, ainda prevalece a crença de que é uma atividade pertencente apenas à mulher, uma vez que os pais veem o aleitamento como ação centrada no corpo biológico.

---

1. Disponível na internet: http://www.scielo.br/pdf/rpp/v30n1/18.pdf.

Nesse sentido, sentem-se mais à vontade para ser provedores do lar e não pais auxiliadores. Isso mostra como precisamos desconstruir essa ideia de que a amamentação se trata apenas de ação biológica. Não. Amamentar é biológico, emocional, social, cultural, como todos somos como indivíduos. Assim, é facilmente compreensível que a falha no apoio que se oferece à mãe que amamenta pode, claramente, comprometer o sucesso da amamentação.

Do ponto de vista do pai como suporte para a amamentação, em todos os estudos feitos, ele aparece como personagem de fundamental importância para a boa prática de aleitamento da perspectiva das mães, e sua influência é destacada como um dos motivos para o aumento da incidência e da prevalência da amamentação. Isso significa que o pai tem a capacidade de interferir na decisão da mulher de amamentar ou não, bem como de contribuir para sua continuidade. Assim, fica claro perceber como é imprescindível que o pai que vai apoiar a mãe que amamenta precisa de informação, precisa buscar conhecimento, precisa se engajar na melhoria da prática de aleitamento materno. Ter uma atitude proativa transforma esse homem em pai atuante. Onde existem pais atuantes, a taxa de aleitamento é maior quando comparada aos locais onde prevalecem pais indiferentes. Muitas crianças e mesmo as mães relatam que a inclusão do pai na alimentação se dá pela mamadeira, e isso precisa ser transformado. O pai precisa se fazer presente nos momentos de amamentação. A criança e a mãe precisam considerá-lo peça fundamental do aleitamento. E quem fará isso são os próprios homens, por meio de atitudes e participação.

Também de acordo com o artigo citado, a formulação de políticas públicas que visem inserir a família no processo de aleitamento é de fundamental relevância. Isso não se faz apenas depois do nascimento, mas principalmente, antes, com a inserção do pai no pré-natal e na atenção à saúde materno-infantil.

Sobre a percepção dos pais a respeito da amamentação, o artigo afirma que a melhoria dos indicadores de saúde materno-infantil está intimamente ligada à mudança de atitude dos homens e que, portanto, o pai precisa se tornar suporte para o aleitamento. Para os pais, de acordo com alguns estudos, a mãe não é uma beneficiária, ela é a protagonista. E, embora eles reconheçam os benefícios do aleitamento para os filhos, desconhecem os benefícios associados à própria mulher, tais como rápida involução uterina, redução do risco de câncer de mama, entre outros. O fato de desconhecerem ou ignorarem tais fatores mostra que precisa haver uma melhor atuação dos serviços de saúde e, principalmente, da oferta de informação focada não apenas no público paterno, mas em toda a sociedade. Um fato importante a ser destacado e que é mencionado no artigo é a questão de haver certo sentimento de competitividade no pai, que surge pelo fato de a mãe ser capaz de prover alimento ao filho. Por isso, o pai tende a buscar outras formas de interagir com os filhos, sem perceber que podem se inserir justamente no processo de aleitamento.

O fato de a amamentação ainda ser um processo visto como pura e essencialmente biológico, excluindo-se dele todos os demais componentes, não é uma percepção apenas masculina. Muitas mulheres também o veem dessa maneira. Isso faz com que excluam os homens de qualquer tentativa de participação. O artigo afirma que é possível encontrar companheiros interessados em contribuir para o processo de aleitamento, mas que mencionam serem excluídos, não apenas da amamentação, mas também de todo o processo de cuidar. Isso mostra que a aceitação materna do apoio paterno também parece ser um fator crucial para o sucesso da amamentação. Tal exclusão também está presente entre profissionais da saúde. Pais de crianças entre um e 12 meses relataram não terem sido solicitados pelos profissionais no pré-natal, apesar de estarem presentes no serviço de saúde. Isso mostra a necessidade de uma reformulação das práticas de cuidado e atenção pré-natal que incluam o homem não apenas como provedor, mas, principalmente, como peça-chave para a melhoria dos indicadores de saúde.

De acordo com os autores, o pai vivencia uma série de sentimentos conflitantes sobre o aleitamento materno. Sente-se feliz e deseja apoiar, mas se sente frustrado por não conseguir ou não saber fazer, e sabe que isso pode influenciar a sexualidade do casal. Os pais se julgam capazes de apoiar, porém, ainda apresentam preconceitos, por exemplo, em relação à exposição pública durante a amamentação. Ou seja, sentimentos constantemente paradoxais, que poderiam ser trabalhados e extintos mediante maior conscientização dos próprios homens a respeito de seu papel como pais, participação efetiva, comportamento proativo, saída da zona de conforto, acolhimento dos serviços de saúde e oferta de mais e melhor informação. Se é importante oferecer informação para que a mulher no pós-parto compreenda melhor as transformações que ela e seu núcleo familiar viverão, é tão importante quanto que essa informação atinja os homens e seja acessada também por eles.

Uma importante observação feita pelos autores, a título de considerações finais, é a necessidade de que os profissionais da saúde se capacitem para receber os pais. Eles ressaltam o fato de que, nos cursos de graduação, os temas relativos ao aleitamento ainda são focados na técnica, no manejo e na composição do leite materno, e que os aspectos psicológicos e a inclusão paterna são assuntos ainda muito marginalizados.

De maneira geral, o artigo nos leva a concluir que é importante tanto que haja o despertar de uma maior consciência masculina sobre o real e efetivo papel de pai quanto que as equipes de saúde estejam preparadas para acolher esse homem. De minha parte, acredito que o primeiro e maior obstáculo seja, justamente, o fato de ainda haver muita omissão e ausência paterna, homens que não se interessam pela paternidade integral e ainda a veem como dispensável, atribuindo às mulheres toda a responsabilidade pela boa educação das crianças. Considerando que a proporção de pais ativos é ainda ínfima perto da totalidade, há um longo caminho a ser percorrido.

Com relação às mulheres que têm companheiros ativos na questão da maternidade/paternidade integral, é preciso que deixemos de lado aquela frase, também culturalmente impregnada de machismo, que diz que "meu marido é legal porque me ajuda". Ajuda subentende favor. Não é favor nenhum cuidar de filho, é o que se espera de gente bacana, de gente responsável, de gente que pretende um mundo diferente para os filhos e filhos melhores para o mundo. O discurso é poderoso, e mudando o discurso contribuímos para mudar a realidade. Amamentar também é função paterna. Amamentar também é responsabilidade paterna. E estão aí os estudos para mostrar que também dos homens depende o sucesso do aleitamento.

REFLEXÕES SOBRE AMAMENTAÇÃO CONTINUADA E DESMAMES PRECOCES

Quem amamenta sabe que amamentar envolve doação, entrega, dedicação, presença atenta, solicitude. Envolve nos doarmos para isso, para alimentar nossos filhos e aumentar, a cada dia, a cada mamada, mais um pouquinho do vínculo. Envolve o querer do filho e o querer da mãe.

Quem afirma que mamar até mais de um ano é manha não faz a menor ideia do que está dizendo. Na maioria das vezes, está apenas usando o senso comum como referência bibliográfica, já que tem preconceito ou desinteresse por leituras relevantes. Substituir a amamentação pela mamadeira quando se tem a possibilidade real de amamentar (quando se produz leite, quando se tem uma licença-maternidade respeitada, quando se tem uma série de fatores necessários para que o aleitamento aconteça) é uma coisa que me entristece, embora eu não me meta na vida alheia. É substituir o acalento da mãe, seu colo e seu calor por uma mamadeira que, muitas vezes, é dada na mão da criança para que ela a tome sozinha, sem a presença física da mãe, com frases como "Olhe, que bonitinha! Tomando mamadeira so-zi-nha! Que menina grande, tá virando uma mocinha". Essa criança poderia estar no colo da mãe, recebendo carinho, calor, leite e tudo o que vai junto. Fazer isso há 20, 30 anos, quando a informação estava não a um clique de distância, mas, sim, reunida em grossos e desatualizados volumes da *Barsa*, vá lá. Mas hoje? Na era da informação? Quando com um simples clique descobrimos nome, sobrenome e data de nascimento de todos os filhos do casal Jolie-Pitt?

Sim, cada história é uma história e não se pode julgar nenhuma. Porém, é fato também sabido que há grande desinteresse pela busca ativa de informações e uma maior tendência à aceitação do que "se diz por aí".

    Alguns dizem que desmamar estimula a independência da criança. Quem foi que disse que uma criança de um ano, um ano e meio, dois anos, precisa aprender a ser independente? Querer a independência de uma criança dessa idade é uma forma um pouco esquisita de delegar à vida algo que seria de responsabilidade da mãe e do pai. E ainda se comenta, com certo grau de estranhamento, como as pessoas andam tão individualistas, como tem havido pouco vínculo no mundo, como as pessoas têm estimulado o individual, em detrimento do coletivo, o isolamento, em vez da ligação. Não me parece estranho, parece coerente. Ligação, coletividade, reciprocidade e vínculo não se criam quando adulto, são coisas que se constroem juntamente com a formação das personalidades.

    Eu amamentei minha filha desde a hora em que ela nasceu e nos vimos pela primeira vez. Tive o grande privilégio biológico de produzir muito leite nos meses iniciais. Leite suficiente para doar semanalmente ao hospital infantil da cidade cerca de um litro e meio. Com o tempo, a produção se adequou às necessidades diárias da minha filha, foi se adaptando às fases que nós vivíamos – e, sim, eu trabalhava fora de casa também. Depois, ela continuou se alimentando muitíssimo bem, e continuou mamando. Houve um período em que pensei que ela estava começando um desmame por si mesma. Reduziu muito as mamadas diárias, passou alguns dias sem mamar nenhuma vez durante o dia, mamava apenas à noite. Para, logo em seguida, mudar, passando a mamar inúmeras vezes, dia ou noite. Embora eu continuasse achando o momento de amamentar uma coisa incrível, de puro amor, realmente ficava bastante cansada naquela fase.

    Esse cansaço conflitou bastante com tudo o que penso e que esbocei nas primeiras linhas deste texto, porque uma coisa que envolve tanto amor e doação é para ser legal, prazerosa, não é pra ser penosa ou cansativa. Com certeza, havia algo que eu poderia mudar. Então, quietinha no meu canto, fui atrás de leituras sobre o assunto. Li coisas muito bacanas, escritas por gente também bacana. Seria muito mais fácil, em teoria, aceitar o cansaço e decretar o desmame, mas eu já tinha entendido há tempo que facilidades aparentes guardam muito perigo e são potencialmente nocivas.

Fui atrás de salvar a amamentação. Foi quando duas amigas, em diferentes momentos, resolveram também falar sobre o assunto, uma querendo suscitar o debate entre mulheres e a outra, com uma filha quase da mesma idade que a minha, abrindo quase literalmente o peito e contando que também estava vivendo uma espécie de crise na amamentação. Consegui externar a questão, para benefício meu e de minha filha, identificar o ponto problemático e, mais uma vez, aprender.

Aprendemos muito com os filhos, ainda que eles não tenham vindo para nos ensinar. Mas podemos aprender muito também na companhia de mulheres que se dediquem a estudar a maternagem, que não se contentem com os padrões comuns, que vão fundo em seu próprio fundo. Conversamos sobre o uso da amamentação como presença afetuosa, como consolo, como amparo. Sobre a importância da entrega, da doação, do gesto, do que significa "mamar" para a criança, de como a amamentação tem fases, que é preciso conhecê-las para procurar mudá-las. Falamos sobre desmame, sobre cansaço, sobre nos cuidar mais, dar atenção a nós mesmas, fazer coisas de que gostemos, porque, muitas vezes, um cansaço com algum aspecto do maternar reflete, apenas, uma insatisfação com outros lados da vida ou falta de atenção consigo mesma. É importante identificar isso e, com essa reflexão, mudar o que precisa ser mudado, sem permitir mudanças negativas em outros lados que nada têm a ver com o problema original, considerando a criança e também a mãe.

Num maternar ativo, não é só a mãe que tenta compreender a criança, para diminuir suas angústias e ansiedades. A criança criada com afeto, presença e conexão também faz isso com a mãe. E, em meio às conversas e aos debates sobre o assunto, minha filha me mostrou algo daquelas coisas incríveis que só acontecem entre duas pessoas que se entendem e apoiam. Estávamos na praia quando uma criança quase da idade dela começou a chorar perto de nós. Clara tem um sentimento de classe de dar orgulho a Karl Marx, não pode ver criança chorando que se identifica, na forma de um choro de camaradagem impressionante. Enquanto não sente que está realmente tudo bem com o outro, não para de chorar. Bem, naquele momento, aconteceu uma coisa diferente. Ela foi até a criança em passos cambaleantes pela areia, colocou a mãozinha no ombro dela, baixou a cabecinha como que para olhar em seus olhinhos – já que a pequena chorava de cabeça baixa – e disse: "Oi. Mamá?". Como quem diz: calma, parceira, vai ficar tudo bem. Quer um mamazinho para se acalmar?

Fui lá, conversei rapidinho com a mãe da criança, que me contou o motivo do choro (estavam indo embora da praia) e voltei com minha filha. Naquele momento, a Clara, que tinha um ano e meio, disse, com todas as letras, o que era para ela o "mamar": apoio, parceria, comunhão, identificação, ternura, amparo, companhia. É "obrigada, mãe, porque você me entende, você está aqui, você está comigo, então, vai ficar tudo bem".

É muito mais que alimento. É afeto. Todo mundo passa por momentos de dúvida, de incerteza, de crise sobre as mais diferentes situações. O que vale mesmo é o que fazemos com esses momentos, se nos destroem ou se ajudam a nos construir. De tudo o que li naqueles dias, foi um trecho escrito por uma companheira que guardei no coração enquanto durou minha fase de nutriz e produtora de afeto líquido:

> Quando as pessoas me veem amamentando, algumas perguntam até quando vou amamentar. E eu acho aquela pergunta tão sem sentido, que minha resposta, às vezes, é a risada. Só penso: essa pessoa não está entendendo nada do que eu sinto. Perguntar sobre a data final da amamentação é como perguntar a um casal que vive bons dias de relação até quando ficarão bem.

A maternidade me trouxe infinitas oportunidades de crescimento pelo (nada) simples fato de estar criando uma criança, mas também trouxe ao meu convívio pessoas incríveis que, de outra forma, talvez eu não tivesse encontrado pelo caminho. Sou muito grata à maternidade, por ser, para mim, mais que ter uma filha, por ser uma forma de encontrar outras mulheres e seus dilemas, tão parecidos com os meus.

O QUE AS CRIANÇAS DE 2 A 5 ANOS ESTÃO COMENDO?

Quando profissionais da saúde, educadores e outros grupos insistem na eliminação de alimentos altamente calóricos e de baixo valor nutricional, como é o caso das bolachas recheadas, dos salgadinhos de pacote e dos sucos de caixinha, muitas mães e pais empinam os narizes e olham de canto, chamando o primeiro pessoal de "radicais", "extremistas", ou simplesmente ignorando qualquer tipo de orientação nesse sentido, dizendo que "não, não é tanto assim, vai...", ou recorrendo ao famoso "mas eu comi e sobrevivi", como se tudo o que uma mãe e um pai quisessem da vida fosse a sobrevivência do filho, e não sua vivência plena e integral.

Não é surpresa que grande parte dessas mesmas crianças vivam com infecções de repetição, que seus sistemas imunológicos respondam mais lentamente, que apresentem resistência às terapias, entre outras questões de saúde. Isso sem falar no fato de que, facilmente, desprezam a melhor alimentação, em razão de conhecerem a pior. É fácil encontrar criança que prefere um suco de caixinha terrível, cheio de corante, aromatizante, açúcar, ao suco natural da fruta, que a indústria do primeiro tentou imitar. Depois a mãe e o pai não entendem o motivo...

Um grande número de vozes defende o "de vez em quando", em nome de uma suposta representatividade de todos os tipos de alimentos, ou em nome da "inscrição da criança no mundo real" (tem justificativa mais doida que essa?), ou em nome do... em nome de nada, apenas dá, não gosta que critiquem, "dou porque dou, fim, uma mãe e um pai sabem o que é melhor para o filho". Sei...

Mas por que essa coisa do "de vez em quando" pode ser muito ruim? Porque esses alimentos de baixo valor nutricional, muitas vezes, bombas calóricas, foram especialmente desenvolvidos para fazer os pequenos avançarem nos pacotes: muita gordura, muito açúcar, muito aromatizante, muito encantamento, bichinhos, personagens, muita cor. O *de vez em quando* passa ser o objeto de desejo da criança pequena: basta ver o pacote em qualquer lugar, que quer, pede, insiste, às vezes, até chora. A questão vai muito além de radicalismos. Tem a ver com formação de hábitos alimentares. E lutar contra isso é cruel, porque o apelo para que esses alimentos sejam oferecidos é imenso. Sou mãe também, minha filha já comeu biscoito industrializado e pude perceber claramente a mudança de comportamento: em situações posteriores, ela pediu aquilo e eu precisei explicar muito detalhadamente por que não compraria. Mas eles estão nas festas infantis, nos ambientes de interação, expostos nas prateleiras baixas dos supermercados, facilmente acessíveis e a preço baixo. Se não tivermos muito cuidado, o "de vez em quando" se transforma facilmente em habitual.

Os hábitos alimentares dos primeiros anos de vida podem definir, sim, os anos futuros da pessoa. E mudar hábito é bastante difícil. Mas esse discurso em prol da alimentação saudável e da melhoria da qualidade alimentar é exagerado? Será que a situação brasileira não é tão ruim assim e estamos polemizando? Afinal de contas, o Brasil já teve um número estratosférico de crianças subnutridas e, hoje, essas taxas caíram drasticamente. Sim, os programas governamentais, associados a iniciativas de grupos não governamentais, conseguiram mesmo; no entanto, sabemos qual é o atual problema alimentar infantil... Obesidade.

Também nos lembramos do documentário *Muito além do peso*, o qual, afinal, nem é tão antigo assim. Se não assistimos ainda, sempre é hora de fazê-lo. Está disponível na íntegra e livremente na internet. Nele, há um detalhamento chocante sobre o que anda acontecendo com a alimentação das crianças brasileiras. É desesperador. Verdadeiramente triste. E é democrático: percebemos isso nas praças de alimentação dos *shoppings*, nas cantinas das escolas de classe média e na saída das escolas públicas, a qualidade da alimentação de escolha das crianças e dos adolescentes vai de mal a pior.

As pesquisas brasileiras não mostram nada diferente. Procurei algum estudo atual, que nos desse um amplo panorama da situação alimentar das crianças brasileiras um pouco maiores e encontrei um bastante interessante, que focou na qualidade da alimentação de crianças entre 2 e 5 anos de idade, e que tem como título "Consumo alimentar entre crianças brasileiras de dois a cinco anos de idade: Pesquisa Nacional de Demografia e Saúde (PNDS), 2006", realizado por profissionais do Departamento de Nutrição da Universidade Federal de Pelotas, no Rio Grande do Sul. Embora conste o ano de 2006 no título, o trabalho foi publicado em 2013 e se refere a um amplo estudo nacional realizado em 2006 e que pode ser facilmente transposto para os anos subsequentes, porque o panorama alimentar e nutricional não se altera de maneira tão brusca que os dados deixem de ser representativos.

Nesse estudo, foram entrevistadas em domicílio mais de 15 mil mulheres, de 15 a 49 anos, com representatividade nacional, focando na frequência e na qualidade da alimentação de seus filhos nos sete dias anteriores à entrevista, considerando uma lista de 20 alimentos ou preparações. Dessa lista de 20 alimentos, considerou-se somente a frequência do consumo de feijão, verduras de folhas, legumes, frutas, suco natural, frituras, doces, biscoitos ou bolachas, salgadinhos de pacote e refrigerantes ou sucos artificiais. Os cinco primeiros foram utilizados como marcadores de uma alimentação mais saudável e os cinco últimos de uma alimentação menos saudável. Essa classificação foi baseada nas recomendações nutricionais para prevenção de doenças crônicas não transmissíveis e em evidências que apontam a associação do consumo desses alimentos com o excesso de peso e outros agravos crônicos, respectivamente.

Foram consideradas, então, mais de 3 mil crianças entre 2 e 5 anos. A seguir, de maneira sucinta, estão alguns resultados importantes da pesquisa:

- 50% das crianças *não* consumiram verduras de folhas na semana anterior.
- 29% das crianças *não* consumiram legumes na semana anterior.
- *Alimentos não saudáveis* foram apresentados para um percentual de 13% a 65% das crianças com relativa frequência na semana anterior.
- Alimentos que prevaleceram: biscoitos e bolachas.
- 60% das crianças haviam comido fritura em pelo menos um dia daquela semana.
- 82% das crianças haviam consumido suco artificial ou refrigerante no mesmo período.
- As crianças da região Centro-Oeste e os filhos de mães com 5 a 8 anos de estudo comem mais feijão.
- As meninas, as crianças da zona urbana e os filhos de mães com mais de 12 anos de estudo comem mais verduras de folha e legumes.
- As crianças da região Sul comem mais verduras.
- As crianças da região Centro-Oeste comem mais legumes.
- As crianças da região Nordeste, os filhos de mães com maior escolaridade, os filhos de mães com idade entre 30 e 39 anos e as meninas bebem mais suco natural e comem mais frutas.
- As crianças da zona urbana e os filhos de mães com idade inferior a 20 anos comem mais frituras.
- As crianças da região Sul e da zona urbana comem mais doces.
- As crianças da região Nordeste e os filhos de mães com 9 a 11 anos de estudo comem mais bolachas e biscoitos.
- Os filhos de mães entre 20 e 29 anos comem mais salgadinhos de pacote.

Disso tudo podemos tirar que a maioria das crianças entre 2 e 5 anos de idade consome verduras e legumes com frequência inferior a quatro dias por semana e que isso tem relação direta com baixa eficiência imunológica e a grande repetição de infecções. Além disso, é possível que não seja um problema restrito a elas, já que o comportamento alimentar infantil reflete, em grande parte, o comportamento alimentar da família, o que sugere que os adultos também possam estar sofrendo problemas decorrentes da má qualidade da alimentação.

Também é evidente que o alto consumo de refrigerantes e sucos artificiais, açucarados, está diretamente relacionado ao grande ganho de peso entre as crianças. E que o alto consumo de frituras, doces, bolachas recheadas e salgadinhos de pacote está associado ao risco de obesidade não só atual, mas também futuro. Outro ponto também merece atenção: se as crianças cujas mães têm menos idade e menos escolaridade se alimentam com menos qualidade, eis aí um grupo prioritário para acolhimento, esclarecimento, apoio e orientação.

Como bem lembram os autores do trabalho, vivemos, entre a década de 1970 e o ano 2000, uma epidemia nutricional de açúcar excessivo e baixo consumo de hortaliças. Isso tem relação direta com o imenso número atual de adultos que convive com problemas como obesidade grave, síndromes metabólicas, diabetes, dislipidemias, entre tantos outros com sérias comorbidades. Se é a alimentação predominante de uma geração que ajuda a definir o estado de saúde da geração futura, o que será dos adultos de logo mais se, agora, eles são crianças frequentemente apresentadas à má alimentação?

Em vez de nos preocuparmos em chamar este ou aquele de "radical" – como se isso fosse uma espécie de xingamento –, que tal avaliarmos nossa própria conduta na orientação alimentar das crianças que estão sob nossa responsabilidade? Não pensemos que uma coisa é uma coisa e outra coisa é outra coisa. Tudo está intimamente ligado. O tempo que se passa diante da televisão é diretamente proporcional ao consumo de alimentos de baixo valor nutricional e alto valor calórico, inversamente proporcional ao gasto de energia nas brincadeiras, diretamente proporcional à obesidade, inversamente proporcional à qualidade de vida.

Sempre é hora de propor mudanças, porque, nem sempre, uma mãe e um pai sabem, de fato, o que é melhor para o filho. Para o caso de não saberem, informação faz uma grande diferença. Vamos fundo! Abramo-nos para a mudança.

SE SOMOS O QUE COMEMOS, QUEM NOSSOS FILHOS SÃO?

Mamadeiras cheias de refrigerante. Na mãozinha ainda cheia de furinhos de uma criança de, no máximo, três anos, um sanduíche industrializado. Na do bebezinho de uns 10 meses, batatinhas fritas. Cinco crianças em uma mesa, acompanhadas por dois adultos, falando inglês. Todos comendo diferentes produtos de lanchonete de *fast food*. Na mesa ao lado, uma senhora discute com a filha que está dando refrigerante à criança que ainda não sabe andar e recebe como resposta: "O filho é meu, dá licença?". No restaurante, junto com a conta, como cortesia e símbolo de hospitalidade, chega também uma linda sacolinha de papelão como presente para as crianças que acompanham adultos. Dentro dela, cinco balas, dois chicletes e dois pirulitos. Das mãos carinhosas dos Papais Noéis, crianças que ainda não se acostumaram à figura vermelha de barba branca, com quem não têm muita familiaridade e que, portanto, ainda as faz chorar, recebem pirulitos e balinhas. Bolachas com recheios coloridos ostentam carinhas felizes. Brinquedinhos muito fofos são brindes que acompanham o lanchinho infantil.

Há grandes filas nos múltiplos caixas do restaurante norte-americano de *fast food*. "Temos pressa"; "Não tenho opção"; "Não tem tanto problema assim, vai...". Enquanto isso, na loja vizinha, que vende sucos naturais e saladas de frutas, duas atendentes conversam em um canto, esperando clientes, enquanto uma terceira bate no liquidificador a banana que dará origem ao creme que cobrirá as muitas frutinhas picadas que serão oferecidas à criança da única mãe que está sendo atendida. Em cinco minutos, o lanche fica pronto, a mulher paga e segue para sua mesa. *Fast and good food*.

Certo dia, perguntei no Facebook se as pessoas ofereciam *fast food* aos filhos e por quê. Nada tinha a ver com este texto. Tinha a ver com a angústia que senti tendo ido a um *shopping* um dia antes e visto dezenas (eu disse dezenas) de crianças menores de 4 anos, algumas ainda bebês, alimentando-se de *fast food*. Eu queria ter uma ideia não só da frequência, mas também dos motivos que levavam as famílias a oferecer esses alimentos aos filhos. Curiosidade pura e simples, junto com uma tentativa de compreender. Muitas pessoas responderam. Numa panorâmica bem rápida, estes foram os resultados para a pergunta "Você oferece *fast food* para seus filhos? Por quê?":

- 11 responderam *sim*.
- 15 responderam *às vezes*.
- 63 responderam *nunca*.
- Outros, embora não tenham respondido, teceram comentários e compartilharam vídeos sobre o assunto.

Em tempo, é importante mencionar que esses resultados não refletem o que realmente acontece por aí na maioria das vezes, porque as pessoas que o *blog Cientista que virou mãe* e sua *fanpage* agregam já têm conhecimento prévio do assunto, já valorizam a boa alimentação e a criação de filhos de maneira diferente da usual. Somente por esse motivo, encontramos mais pessoas que nunca deram nem querem dar esse tipo de alimento às crianças. São resultados que refletem a visão de um grupo específico. Fico muito feliz em saber que o *site* congrega pessoas que já estão refletindo sobre o assunto, mas me entristeço em saber que, obviamente, esse perfil não reflete o pensamento dominante.

Dos comentários que surgiram, os mais frequentes foram:

- 15 pessoas disseram não gostar de "radicalismos" (não entramos no mérito de tentar saber o que, para cada um, é radical ou não).

- 4 não veem nenhum tipo de problema em oferecer esses alimentos.
- 6 disseram que até gostam desses lanches, mas mudaram de hábito e deixaram de comer depois que os filhos nasceram, com o objetivo de dar o exemplo. Adendo: faço parte desse grupo. Mudei muitos hábitos depois do nascimento da minha filha, tanto em razão da amamentação quanto de uma mudança de pensamento. Não critico adultos que se alimentam desses lanches, mas prefiro não comer, mesmo porque minha filha sempre está comigo. Ela nunca comeu, nunca ofereci. Também nunca bebeu refrigerante nem comeu bala, exceto de algas. Já comeu brigadeiro e docinhos em festas. Não comeu nada com açúcar antes de um ano e, se tivesse dependido apenas de mim, não teria comido antes dos dois anos. Não somos xiitas, como o pessoal adora julgar, e nem é fácil para nós.
- 9 pessoas enfatizaram que não gostam e nunca dariam aos filhos.
- 3 consideram esses produtos de boa ou excelente qualidade.
- 4 disseram não ver problema em deixar a criança comer.
- Muitas mencionaram a dificuldade de lutar contra a mídia e o *marketing*, enfatizaram a questão do brinquedo para chamar a atenção da criança, que passa a querer o lanche para ganhar o brinde e o papel da televisão no despertar do desejo das crianças por esse tipo de alimento.
- Muitas mostraram não saber como lidar com a questão de proibir e deixar a criança passar vontade.
- Muitas mencionaram a influência dos amiguinhos que comem e estimulam as crianças a comer.

Foram resultados muito interessantes. De forma geral, o que mais chamou a atenção foi a questão midiática e da associação de brinquedos aos lanches, além da consciência dos prejuízos que esse tipo de alimentação pode causar às crianças, mas há dúvida sobre como proceder quando a criança solicita, medo de proibir e estimular ainda mais o desejo.

No trabalho intitulado "Desenvolvimento do comportamento alimentar infantil",[1] Maurem Ramos e Lilian Stein discutem, como tantos outros autores, a participação dos pais no estabelecimento dos hábitos alimentares das crianças:

> Em termos psicossociais, o padrão de alimentação envolve a participação efetiva dos pais como educadores nutricionais, através das interações familiares que afetam o comportamento alimentar das crianças. Em especial, as estratégias que os pais utilizam na hora da refeição, para ensinar as crianças sobre o que e o quanto comer, desempenham papel preponderante no desenvolvimento do comportamento alimentar infantil.

✿

As autoras dizem ainda que, na primeira infância, além dos hábitos familiares, o que influencia a escolha dos alimentos é a preferência alimentar da própria criança. Já sabemos, há bastante tempo, que açúcares e gorduras despertam naturalmente a preferência alimentar nos mamíferos, especialmente nos seres humanos. São razões que remontam ao tempo em que precisávamos lutar pela comida sem saber quando a teríamos novamente e tínhamos necessidade de estocar energia para nos manter por tempo incerto. Os açúcares e gorduras são justamente isto: fontes energéticas. Em razão dessa preferência inata é que a participação dos pais na escolha alimentar se torna ainda mais importante, para bem orientar a criança na determinação de seus hábitos e preferências futuras.

Ainda de acordo com as autoras: "A criança não come apenas pela sugestão da fome, mas também pela sugestão do ambiente e do contexto social como, por exemplo, brincando com amigos na pracinha

---

1. M. Ramos e L. Stein (2000). *Jornal de Pediatria*, v. 76, supl. 3, Rio de Janeiro, S229-S237.

ou em festas de aniversários". Assim, se o ambiente social em que vive reforçar continuamente a ingestão de maus alimentos, a chance de que a criança desenvolva uma boa alimentação é praticamente zero. Afinal de contas, com quem ela aprenderá a se alimentar bem? A primeira infância é o momento crucial para o estabelecimento de hábitos alimentares bacanas. Vejamos o que dizem as autoras do trabalho:

> São nestes primeiros anos que a criança começa a aprender sobre o que comer, quando comer, por que certas substâncias são comestíveis e outras não, e quais alimentos e sabores são apropriados para combinar, de acordo com a cultura do grupo social ao qual ela pertence. A criança aprende a gostar e a não gostar de alimentos, através da ingesta repetida, associando os sabores dos alimentos com a reação afetiva do contexto social e a satisfação fisiológica da alimentação.

Ou seja, se oferecemos à criança sanduíches industrializados, biscoitos cheios de sabores artificiais e conservantes, entre outros "alimentos", ela aprende que tudo bem comer isso; aprende que são alimentos apropriados. A repetição do oferecimento, juntamente com a associação entre o oferecimento e o afeto ("Filho querido, se você for bonzinho, mamãe te leva no McDonald's pra comer um lanchinho"; "Filha, coma sua comida e o papai te dará um biscoito recheado"), faz com que a satisfação e a preferência alimentar por aquele produto se estabeleçam, ainda que "só de vez em quando". Vejamos o que as autoras dizem sobre isso:

> As evidências sugerem que os alimentos com baixa palatabilidade, como os vegetais, são oferecidos em contexto negativo, normalmente envolvendo coação para a criança comer. Ao contrário, os alimentos ricos em açúcar, gordura e sal são oferecidos em um contexto positivo, potencializando a preferência para estes alimentos. Frequentemente são esses os alimentos utilizados em festas e celebrações, ou como recompensa para a criança comer toda a refeição, em uma interação positiva, tornando-se assim os preferidos.

Isso sugere que a alternativa do "só de vez em quando" talvez seja ainda mais deletéria do que o "não deixo nunca". Afinal, o "só de vez em quando" estaria associado a um contexto positivo para a criança e, portanto, reforçador. Esse artigo é recheado de informações interessantes e úteis. Sugiro a sua leitura na íntegra, pois, além de tudo isso, fala também sobre a influência das estratégias de alimentação como preditora de peso ou sobrepeso. Muito interessante mesmo.

Se pensamos que a televisão não tem nada a ver com a alimentação, erramos feio. Muitos estudos já demonstraram que quanto maior é o tempo despendido pelas crianças diante da TV, maiores são a preferência e o consumo de alimentos hipercalóricos e de baixo valor nutricional, que respondem por mais de 50% dos anúncios televisivos. Um estudo realizado em Florianópolis e publicado em 2010, do qual participaram 91 estudantes, mostrou que mais de 60% dos entrevistados referiram assistir TV em quatro ou mais ocasiões por dia, sendo classificados como espectadores frequentes. Esse mesmo grupo gastava significativamente mais dinheiro de mesada com lanches e doces quando comparado com os espectadores moderados. Esses resultados foram semelhantes aos obtidos no Chile, na Escócia e nos Estados Unidos, mas diferentes dos da Turquia, onde as crianças compravam mais roupas, livros e revistas. Os autores ainda afirmam que o preço acessível dos alimentos de baixo valor nutricional contribui para que sejam consumidos em larga escala. Importante também é dizer que os estudantes que afirmaram ser espectadores frequentes de televisão também afirmaram que esse hábito era bem pouco controlado pelos pais no ambiente doméstico.

Mas por que estou falando novamente sobre alimentação infantil e suas consequências? Por dois motivos: um, esse é um assunto de fundamental importância e merece ser discutido sempre; dois, quero indicar a todos um documentário absolutamente imperdível: *Muito além do peso*, produzido pelo mesmo grupo que fez *Criança, a alma do negócio* (também indispensável). A sinopse de divulgação diz o seguinte:

Pela primeira vez na história da raça humana, crianças apresentam sintomas de doenças de adultos. Problemas de coração, respiração, depressão e diabetes tipo 2. Todos têm em sua base a obesidade. O documentário discute por que 33% das crianças brasileiras pesam mais do que deveriam. As respostas envolvem a indústria, o governo, os pais, as escolas e a publicidade. Com histórias reais e alarmantes, o filme promove uma discussão sobre a obesidade infantil no Brasil e no mundo.

✼

Assistamos. Indiquemos aos familiares. Organizemos uma apresentação no condomínio, no bairro, na escola, no grupo de amigos. Vale a pena assistir e debater.

ALIMENTAÇÃO SAUDÁVEL:
O QUE MÃES E PAIS PENSAM SOBRE ISSO?

Você se preocupa com o que seu filho come? Se sim, por quê? Se não, por que acha que não precisa refletir a respeito? Quais os motivos que levam mães e pais a selecionar determinados tipos de alimentos para os filhos? Uma pesquisa de opinião realizada pela principal empresa de pesquisa em grande escala no mundo,[1] baseada em entrevistas com grande número de pessoas, apresentou dados no mínimo alarmantes. Conduzida em 24 países (entre eles, Argentina, Austrália, Brasil, Canadá, China, França, Alemanha, Japão, Rússia e Estados Unidos), a pesquisa teve como objetivo saber quais são os principais motivos que levam pais e mães a se preocupar com a qualidade da alimentação dos filhos.

Confesso que os resultados me surpreenderam. O levantamento mostrou que a justificativa mais citada pelos pais para a preocupação com a boa alimentação dos filhos foi *ter um coração saudável*, mencionada por 23% dos entrevistados. Em segundo lugar, empatadas com 18% cada, ficaram *redução do risco de desenvolvimento de doenças ao longo da vida, melhor desenvolvimento cerebral* e *melhor imunidade*. Especificamente com relação ao Brasil, embora os entrevistados também tenham seguido a tendência mundial de considerar que ter um

---

1. "Healthy foods for kids: What do parents want?", realizada pela Ipsos. Disponível na internet: http://www.ipsos.com.cn/sites/default/files/Healthy%20Foods%20for%20Kids%E2%80%94What%20Do%20Parents%20Want_Ipsos.pdf.

coração saudável é o maior benefício da boa alimentação (justificativa citada por 29% das pessoas), os entrevistados também mostraram se preocupar mais em evitar ou reduzir o risco de obesidade (17%) do que a média mundial, que foi de apenas 8%. Em outros lugares do mundo, a maior preocupação parece ser reduzir o risco de doenças no futuro e melhorar o desenvolvimento cerebral (18% cada um), ao passo que, no Brasil, o resultado mostrou que os entrevistados não partilham da mesma opinião, já que apenas 8% e 9%, respectivamente, deram tais justificativas.

O resultado me espantou, porque nunca pensei que as pessoas considerassem um motivo único para se preocupar com o que as crianças comem, talvez porque eu mesma nunca tenha pensado assim. Minha experiência com minha filha mostra isso. A amamentação foi sua alimentação exclusiva praticamente até os nove meses. A partir dos seis meses, tentei incluir papinhas e suquinhos em sua alimentação, mas ela não aceitou, não achou muito atrativa a consistência. Tendo entendido a preferência individual dela, deixei de oferecer papinhas como única opção à amamentação e passei a oferecer o que nós comíamos, da forma como comíamos: arroz, feijão, carne, vegetais, ovos, entre outros alimentos que compõem o hábito da família. Ela adorou e, desde então, tem se alimentado muito bem. O açúcar esteve completamente ausente de sua alimentação até um ano de idade, quando, em sua festa de aniversário, agarrou um *cupcake* e enfiou a cobertura toda na boca. Ela estava no colo do pai, que percebeu que ela olhava para os bolinhos com vontade de comer e se esticava em direção a eles. Ele a deixou alcançá-lo e levá-lo à boca e ela gostou, claro... Como, até então, nunca tinha comido algo semelhante, o pai me chamou para mostrar, como que dizendo, "Mamãe, venha ver o que está acontecendo aqui". Quando olhei, fiquei chocada. Afinal, açúcar não fazia parte da alimentação dela. Por alguns instantes, fiquei sem saber como agir, não sabia se deixava, se tirava, então, fiquei observando.

Particularmente, penso que proibições mais empurram as pessoas em direção ao supostamente proibido do que o contrário. Arrancar da mão dela seria uma coisa estúpida. Então, me aproximei e fiquei, com aquela cara de pasmada, observando como ela se comportava. Comeu o bolinho todo, foi alvo de muitas fotos – as pessoas parecem ter uma misteriosa atração por crianças lambuzadas de coisas açucaradas. Ficou satisfeita. Não rolou uma crise, e nem ela quis comer outro. Simplesmente, comeu e pronto, sem estresse. Isso não significa que esse tipo de alimento tenha sido introduzido em sua rotina alimentar, porque não foi. Mas não é uma proibição nem nunca será, exceto se outras condições surgirem. Ela sempre foi a festinhas, eventos, locais onde as pessoas comem de tudo e não há radicalismo. Sou radical apenas para coisas artificiais, refrigerantes, salgadinhos fritos do tipo coxinha, salgadinho de pacote e toda aquela tralha que vem com mais aditivo do que ingrediente principal. Fora isso, quer comer, come. Com moderação, mas pode. No entanto, porque não é habitual, ela não vai atrás. Hoje, com cinco anos, ela já tem sua preferência estabelecida e, tanto por gosto pessoal quanto pelas orientações que foi ativamente recebendo enquanto crescia, não come muitas das coisas que realmente são prejudiciais, embora façamos de conta que não são. Nunca bebeu refrigerante. Nunca se alimentou de sanduíches ou batatas *fast food*. Percebo o quanto parte disso também é fruto das explicações detalhadas que fui oferecendo a ela.

Sim, preocupo-me com o que ela come, sempre me preocupei. E, se tivesse sido uma das entrevistadas da pesquisa mencionada, responderia: porque acho que uma má alimentação influencia o sono, o humor, o sentimento de satisfação, o comportamento geral e a saúde global. Não me preocupo com a alimentação dela porque pode fazer mal ao coração. Isso também, mas não consigo reduzir a um motivo único. É uma preocupação que abarca múltiplas dimensões: física, emocional, mental.

Tenho aprendido com minha filha e com os filhos dos outros que todo extremo é ruim: radicalizar na alimentação, proibindo muitas coisas, torna-os ansiosos, frustrados, compulsivos e, paradoxalmente, com ainda mais vontade daquilo que não podem. Vi muita criança comer escondido aquilo que o pai ou a mãe não deixava, ou pedir: "Por favor, não conte pra minha mãe!". Por outro lado, liberar causa obesidade, afeto deslocado para o alimento, indisposição, uma série de alterações fisiológicas e, também paradoxalmente, inatividade. Lembro-me sempre do dia em que minha filha agarrou uma batata frita da mão de um amigo, enfiou na boca e adorou. Lembro-me do rostinho dela olhando pra mim, com aquela cara de "Mãe, pelo amor de Deus, onde estava isso todo o tempo?". Deixei-a comer, mas isso não significa que a batata frita tenha sido introduzida na alimentação dela. Não foi. De fato, é o tipo de alimento que ela não come. Apenas respeito o gosto dela, sem desrespeitar seu corpo.

Além do que as crianças comem, também é importante *como* comem, como o pai, a mãe ou o cuidador as alimentam. A alimentação deve ser feita com atenção, com cuidado, com amor. É um momento de cuidado e, como tal, precisa ser feito afetuosamente. Xingamentos, ameaças, retirada abrupta da comida e força não combinam com esse momento. Isso não significa que vamos deixar nossos filhos fazerem da comida confete, jogando-a carnavalescamente por todo o chão, nem coisas desse tipo, mas alimentar com amor faz toda diferença e ajuda a criar uma boa relação com os alimentos.

A boa alimentação infantil faz bem ao coração, sim, tanto como bomba propulsora do sangue quanto como símbolo do amor e do afeto. Da próxima vez que formos alimentar nossos filhos, lembremo-nos de que é também de amor que eles estão se alimentando. E sem essa de Sazon.

3. CRIAR E AMAR

Prefácio: Andréia C.K. Mortensen*

Conheço Ligia há alguns anos; sua filha Clara ainda era bebê quando nos "encontramos". Rapidamente, descobrimos interesses e objetivos comuns na maternagem. Começamos assim a amizade e o companheirismo que resultariam em vários projetos. Num dos mais gratificantes, que foi o livro *Educar sem violência: Criando filhos sem palmadas*, tive o grande prazer de colaborar com ela. Esse trabalho afetou profundamente minha vida e a de várias outras pessoas. Desde a sua publicação, temos recebido muitos depoimentos positivos de mães e pais sobre a utilidade da obra, no sentido de impulsionar uma educação sem palmadas ou castigos psicológicos em suas famílias. Pais e mães, que antes acreditavam num modelo familiar autoritário, agora creem que educar sem violência é investimento para um futuro melhor: uma verdadeira mudança que visa um futuro de paz.

Por caprichos desta vida, só recentemente pudemos nos conhecer pessoalmente. Foi numa tarde deliciosa com nossos filhos, em uma charmosa vizinhança na cidade em que ela vive. Apreciamos um lindo pôr do sol e reafirmamos nossa amizade e vários objetivos partilhados em nossa caminhada.

Foi um grande prazer escrever o prefácio de dois temas tão importantes desta obra, que classifico como leitura essencial. Seja você mãe, pai, avó, avô, tia, tio, professora, cuidadora de crianças, pedagoga,

---

* Cientista e dedicada ao ativismo no combate à violência contra a criança, é coautora do livro *Educar sem violência: Criando filhos sem palmadas*, Papirus 7 Mares, 2014.

ou qualquer pessoa que conviva com crianças de alguma forma e tenha interesse em aprender sobre infância, sobre maternidade, sobre vida.

Conhecendo a autora, mesmo antes da leitura eu já sabia que os relatos prenderiam a atenção, emocionariam, trariam várias reflexões e estariam repletos de ensinamentos. Obviamente, não me decepcionei: atenderam e superaram todas essas expectativas.

Ligia conseguiu, com ternura e linguagem acessível e certeira, incorporar lições de conhecimento e empoderamento, mostrando evidências científicas que respaldam várias questões importantes, intercaladas com relatos de crescimento dela como mãe, do crescimento de sua filha, e das duas como companheiras.

Algumas são histórias emocionantes e felizes, histórias que toda família pode vivenciar, basta ter o desejo e a disponibilidade de se conectar com suas crianças (seus filhos e sua criança interna). Outras são histórias tristes e violentas, afinal, o mundo é assim. Mas todas são tão bem-contadas que nos sentimos vivenciando tudo aquilo, juntos, ao vivo e em cores.

Ressalto dois pontos que me tocaram especialmente. O primeiro deles é que nascemos ignorantes. Todos. Isso não é vergonha alguma. Quando nos tornamos mães ou pais, somos presenteados com uma excelente oportunidade para sairmos da ignorância em vários assuntos relacionados à criação de crianças. Ligia conta com maestria sua trajetória em várias situações em que não perdeu a chance de poder ressignificar suas experiências e apurar seu senso crítico.

O segundo ponto: aprendemos vários tipos de preconceito durante a vida. A chegada dos filhos, novamente, nos apresenta a oportunidade de jogá-los fora. Ligia nos convida a conhecer temas que, à primeira vista, causam estranhamento, como criação com apego, *elimination communication*, *slings*, parto domiciliar, amamentação continuada, desescolarização e outros. Vamos lá! Vale a pena procurar saber mais antes de formar opinião. No final das contas, podemos não gostar, é nosso direito. Mas não devemos ser preconceituosos com quem estudou, analisou e fez essas e outras escolhas para sua própria vida, que são diferentes das que nós fizemos.

CRIAÇÃO COM APEGO: MAIS AMOR, MENOS PRECONCEITO

Muita gente ainda debate sobre uma forma de cuidado parental que tem sido chamada de *attachment parenting*, traduzida de maneira simplista no Brasil por *criação com apego*. Diferentes meios de comunicação estão falando sobre o assunto e aceitei participar de algumas dessas matérias. O interesse da jornalista foi realmente saber mais sobre o tema e não apenas entrar na polêmica a qualquer custo. O convite não foi em razão da minha experiência como mãe, mas como doutora na área da neurociência. Algumas perguntas amplas foram feitas e respondidas, e as respostas auxiliaram na construção da matéria.

Há muita discussão sobre o assunto, muita polêmica, e muitos dos depoimentos se mostram impregnados de preconceito.

Vivemos um momento histórico em que diferentes grupos sociais estão levantando suas vozes contra o preconceito. Muitos de nós ensinam os próprios filhos a não serem preconceituosos. Felizmente, já existem leis que punem algumas formas de preconceito (é uma pena que o ser humano precise ser regulamentado em uma questão tão básica quanto respeitar o diferente, mas, se assim é, então, que bom que as leis existem). Porém, a verdadeira batalha deveria ser contra o nosso próprio preconceito em questões que não sabemos exatamente como funcionam, embora nos sintamos no equivocado direito de julgá-las. Contra isso, o antídoto: informação. Sem mito, sem lenda, fornecida por quem vive a situação.

A jornalista Danielle Nordi foi quem me entrevistou sobre o assunto, por ser um tema sobre o qual gosto muito de tratar e que permeia minha vida como mãe. Foi porque escolhi intuitivamente essa forma de cuidados que mudei a ponto de ser quem sou hoje. Foi só por isso que passei a estudar o assunto. Eu não sabia dessas coisas quando senti a força da conexão, do amor e da vontade de cuidar da minha filha de uma forma mais presente, mais vinculada. Mas, ao viver e conhecer essas coisas, cada dia mais, e ao unir os conhecimentos de psicobiologia e comportamento ao que ia observando empiricamente, não me restou qualquer dúvida, esse era o nosso caminho.

Danielle produziu um material interessante, mas limitado pelo pouco espaço disponível em sua mídia. A seguir, reproduzo a entrevista na íntegra.

A EXPRESSÃO "ATTACHMENT PARENTING" VEM SENDO TRADUZIDA COMO "CRIAÇÃO COM APEGO". VOCÊ CONCORDA COM ESSA TRADUÇÃO?

A tradução "criação com apego" dá margem a interpretações equivocadas, já que vivemos numa época em que "apego" está relacionado mais aos bens materiais que à sua conotação emocional ou psicológica. A expressão se relaciona a uma forma de cuidado com os filhos que leva em consideração a teoria do apego, como proposta por Mary Ainsworth e John Bowlby – depois recuperada por William Sears, mas anterior a ele – que se propõe a explicar como acontece a formação dos vínculos entre o bebê e seu principal cuidador e quais as implicações da forma como esses vínculos foram construídos – ou não foram – para a vida futura da criança.

O importante é deixar bem claro que a expressão "criação com apego" é, na verdade, apenas uma denominação nova para algo que é antigo e que sempre esteve presente em muitas culturas sem que houvesse necessidade de se nomear. Ou seja, não é algo que foi criado por alguém, são práticas que vêm sendo utilizadas por pessoas ao redor do mundo desde tempos antigos, mas que foram agrupadas sob esse nome.

※

O QUE É A CRIAÇÃO COM APEGO? É UM MÉTODO OU UM CONCEITO? EXISTEM REGRAS?

A criação com apego nunca será um método. Ela não é um manual, não possui regras, não é um guia nem uma técnica que ensine criação de filhos. É fácil entender o porquê de se perguntar se ela é um método: o que mais vemos hoje são métodos, guias e técnicas sendo vendidos, na tentativa de ensinar às famílias como criar uma criança, como ensiná-la a dormir, como treiná-la para que se comporte como a sociedade espera que ela se comporte. A criação com apego é um conceito amplo, que envolve, sobretudo, a criação de pessoas seguras, autoconfiantes e empáticas, baseado no respeito aos comportamentos inatos da criança – aqueles que ela demonstra sem precisar aprender, como chorar quando não está satisfeita, desejar constantemente contato físico ou visual, tocar, sorrir – e na proximidade física e emocional com o principal cuidador. Se nós tivermos sempre em mente que muitas pessoas criam seus filhos assim intuitivamente, sem precisar aprender ou ler nada sobre isso, fica fácil entender que não existem regras ou técnicas. É apenas o respeito às necessidades naturais de um bebê, de uma criança, permitir a ela que crie o vínculo de maneira inata e espontânea, sem limitações impostas por convenções.

※

Levando em consideração o conhecimento atual da neurociência, quais os benefícios para a criança e para a mãe?

Hoje, já se sabe que o grau de ligação e afeto desenvolvido na infância é fator decisivo na constituição das personalidades, na capacidade de adaptação do indivíduo a diferentes situações e de resposta ao estresse. Quando a teoria do apego foi divulgada, ainda na década de 1950, sugerindo que a privação do principal cuidador durante a infância poderia levar ao desenvolvimento de adultos deprimidos, hostis ou com problemas de relacionamento, muito pouco se conhecia sobre o modo como o cérebro processava a depressão, a ansiedade e outros transtornos afetivos. Mas, com o tempo, os pesquisadores começaram a divulgar resultados de pesquisas comportamentais com primatas, mostrando que o rompimento da ligação entre mãe e filhote levava a comportamentos violentos e agressivos no primata adulto. Naquela época, quase tudo o que se sabia a respeito da influência do cuidado parental sobre a prole na idade adulta era experimental. Hoje, a neurociência tem condições de mostrar onde e como algumas mudanças acontecem nas pessoas em virtude do tipo de cuidado que recebem.

Estudos internacionais recentes mostram, por exemplo, que o cuidado materno afetuoso e presente na infância leva ao aumento de uma estrutura cerebral chamada hipocampo, envolvida no processamento da memória e do comportamento emocional. Juntamente com outros estudos, isso mostra que existe realmente uma ligação entre as experiências afetivas que a pessoa vive na infância, a forma como seu cérebro se desenvolve e, consequentemente, o comportamento que apresenta na idade adulta. Obviamente, não se pode excluir a genética do indivíduo, mas isso mostra como o ambiente em que uma criança vive é capaz de alterar sua neurobiologia, a ponto de influenciar seu comportamento.

Se a qualidade do afeto e do cuidado que as crianças recebem na infância é capaz de moldar seu cérebro, de forma que, na juventude e na idade adulta, elas tenham maiores chances de uma vida emocionalmente saudável, a criação de filhos de maneira afetuosa, conectada e positivamente vinculada só traz benefícios, não só para essas crianças, mas para as famílias. São benefícios do ponto de vista neurocientífico, embora muitos outros benefícios sejam observados no cotidiano das famílias que buscam criar seus filhos dessa maneira, sem que haja necessidade de qualquer conhecimento teórico. Pelo contrário. As famílias que buscam uma forma mais positivamente vinculada de criação, geralmente, não o fazem por suas bases científicas, mas pelo que representa no dia-a-dia, pela tranquilidade e harmonia que podem vivenciar.

✤

PSICOLOGICAMENTE, A CRIANÇA FICA MAIS SEGURA? SENTE-SE AMPARADA? TORNA-SE UMA CRIANÇA MIMADA, NECESSARIAMENTE?

Sim, crianças criadas dessa maneira tendem a ser mais seguras, justamente por se sentirem sempre amparadas e por saberem que suas necessidades serão prontamente atendidas, sem barganha. Vamos analisar o exemplo da criança que é deixada chorando no berço para que aprenda a dormir sozinha. Nesse caso, o comportamento inato – o choro – não é respeitado como sinalizador de que ela está se sentindo desamparada ou insatisfeita. Ao ser deixada chorando, ela não aprende que pode dormir sozinha, aprende que não adianta chorar – seu único mecanismo de defesa –, porque ninguém vai atendê-la. É o "desamparo aprendido": ela aprende a se sentir desamparada. Existe um teste neurobiológico que leva exatamente esse nome e que é utilizado para testar drogas antidepressivas. Por quê? Porque já sabemos que o desamparo persistente leva a comportamentos de anedonia, que é a incapacidade de sentir alegria, uma espécie de indiferença a estímulos que seriam interpretados como bons. Esse é considerado um degrau anterior à depressão, ou seja, mais uma vez, a neurociência mostra como se sentir desamparado e inseguro pode levar a comportamentos patológicos. Sobre a criança se tornar mimada, respondo na próxima pergunta.

✼

Quando entramos em contato pela primeira vez com o termo e com alguns textos, temos a impressão de que a criação com apego nada mais é do que dar à criança tudo que ela pede, tudo de que precisa. Daí vem a noção de que a criança vai "ter tudo" e que os limites não farão parte da vida dela. O que isso tem de verdade? Como a questão do limite é trabalhada na criação com apego? Existem castigos, punições?
O limite pode ser interpretado como "saber até onde vai seu espaço e onde começa o espaço do outro" ou "respeitar os anseios dos outros". Aqui entra a questão anterior, de ser ou não "mimado". Existem diferentes formas de ensinar uma criança a respeitar seus próprios limites e os dos outros. Entre essas diferentes formas, está a forma autoritária, baseada numa relação de poder entre o mais velho, que sabe mais, e o mais novo, que sabe menos. Essa forma geralmente ensina o "não" pelo "não" e, não raro, ouvimos: "Por que não, mamãe?", seguido da resposta: "É não, porque estou dizendo que é não". Isso não ensina limite. Isso ensina autoritarismo e medo. A criança continua sem saber o porquê do não, o que gera frustração e ansiedade. Se queremos que a criança cresça segura e se sentindo próxima da mãe e do pai, é necessário respeitá-la como pessoa, e isso passa por nos questionarmos sobre o porquê dos "sins" e dos "nãos", para que sejam bem empregados, e por explicarmos às crianças esses motivos.

Se a criança quer algo e os pais julgam por bem não permitir, que expliquem: "Não, filho, porque isso pode ferir seu amigo ou ferir você". Ou "porque você não precisa agora", "você já tem", "porque a mamãe não pode comprar agora". Isso é respeitar a criança como indivíduo, como pessoa capaz de compreender, sem menosprezo por sua capacidade de compreensão. Isso ensina respeito, proximidade, disponibilidade para ouvir o outro. Se a criança vai chorar? Pode ser que sim, o choro é natural e inato, não é patológico como se acredita, não precisa ser combatido a todo custo. O choro desamparado, sim, é prejudicial, mas não o choro como manifestação natural. Aqui entra, mais uma vez, a forma afetuosa: o respeito ao choro, entender que a criança está chorando, porque não obteve o que queria e que, melhor do que fazer o choro cessar, concedendo o que ela quer, apenas para que pare, é ampará-la no choro e mostrar compaixão, compreensão por aquilo que está sentindo.

Agindo assim, ensina-se não somente os limites, mas a ouvir e ser ouvido, a respeitar e ser respeitado. Não podemos confundir limites com autoritarismo, se quisermos criar crianças seguras e conectadas com os pais. Uma forma liberta. A outra aprisiona. Pensando assim, na questão do respeito à criança e aos seus anseios e na adoção de posturas compreensivas e não autoritárias, fica fácil compreender por que esse conceito de criação exclui a possibilidade da punição física, moral ou psíquica.

※

COMO SE PODERIA EXPLICAR PARA PAIS LEIGOS NO ASSUNTO POR QUE A CRIAÇÃO COM APEGO DIZ PARA FAZER O CONTRÁRIO DO QUE TODO MUNDO FAZ ATUALMENTE? O CONCEITO ATUAL DE CRIAÇÃO DE FILHOS ESTÁ ERRADO OU SIMPLESMENTE ULTRAPASSADO?

Achar que atualmente existe um único conceito de criação de filhos é errado. Existem múltiplas formas de criar filhos, que até interagem uma com a outra. Cada família escolhe a forma mais afim a seus valores, crenças e particularidades. Da década de 1960 para cá, vem-se estimulando cada vez mais o individualismo, a desconexão, a separação precoce, o que faz sentido, quando analisamos do ponto de vista histórico, social e econômico. As pessoas estão cada vez mais envolvidas com seus trabalhos, com suas necessidades individuais, com a realização de sonhos e anseios particulares, com o acúmulo de bens materiais que dão a (falsa) sensação de segurança. Para isso, saímos de casa cada vez mais cedo, voltamos cada vez mais tarde e, não raro, precisamos trabalhar também à noite e nos fins de semana. As relações sociais mais fortes e rotineiras têm sido as que excluem a presença física e a substituem pela máquina. Nesse contexto, que é hegemônico e fortemente influenciado pelas sociedades industriais mais avançadas, não sobra muito tempo para o cuidado ativo com as crianças, que logo precisam aprender a lidar sozinhas com seus anseios – seja na hora de se alimentar, de dormir ou de receber afeto. Então, apressa-se o nascimento (muitas vezes, encarado como produção em série), apressa-se o desmame, quando ele é possível (ou nem há incentivo para seu início), apressa-se a separação física da criança e dos pais, apressa-se a pseudossocialização, em substituição à presença familiar, não se valoriza o choro nem o que ele representa (é encarado como vilão), diz-se "sim", quando se quer dizer "não", e "não" quando se quer dizer "sim".

Vista por esse ângulo, a criação com apego é, na verdade, o retorno a uma criação mais presencial, ativa, conectada, como era mais facilmente observada antes da frenética busca pela acumulação de bens materiais, que foi deixando de lado os bens emocionais. Ou seja, a forma como as crianças vêm sendo criadas tem contribuído para o que, hoje, todos chamam de "crise mundial de valores". Se concordamos com isso, então, concordamos também que, para mudar, é preciso mudar os valores passados às crianças desde o nascimento. Se queremos um mundo melhor para nossos filhos, devemos também querer filhos melhores para o mundo, porque uma coisa depende da outra. Não se criam filhos melhores com base no autoritarismo e na negação de si. A criação com apego é uma alternativa à forma hegemônica de viver atualmente.

✼

Para conseguir levar esse estilo de vida, a mãe precisa necessariamente ficar em casa ou pode trabalhar fora? Como fazer no intervalo de tempo em que ela não está próxima da criança?

Como disse, a criação com apego não subentende regras, normas, método. Por ser um conceito amplo, permite as mais diferentes possibilidades. É possível criar filhos com apego tendo dois pais que trabalham fora, dois pais que trabalham em casa, pai que trabalha fora e mãe que trabalha em casa, pai que trabalha em casa e mãe que trabalha fora, todas as possibilidades.

Se a criação com apego busca criar pessoas mais seguras e conectadas com seus pais, ainda que eles não estejam presentes em alguns momentos do dia, elas se sentirão seguras, principalmente porque sabem que eles estão sempre emocionalmente disponíveis para ela. Focando na mãe, para aquelas que precisam, querem ou precisam e querem continuar trabalhando fora, seja para gerar renda, seja para se realizar como profissional, a criação com apego oferece um alento, um descanso, um apoio. Aderir a práticas que só aumentam o vínculo, que envolvem presença física afetuosa, que implicam em conexão, em estar sempre ao alcance dos filhos nos momentos em que está em casa, só ajuda essa mulher e essas crianças, valorizando o tempo em que estão juntas. Ou seja, acreditar que a criação com apego é algo que somente a mulher que abdique do trabalho ou que o transfira para dentro de casa pode realizar é um grande engano. Inúmeros são os casos de mulheres que viram na criação com apego um alento para suas angústias como mães. Mulheres que, ainda que tenham tentado aplicar técnicas ou métodos com os primeiros filhos, puderam experimentar os benefícios da criação com apego com o segundo ou terceiro filho. Mulheres que, superando preconceitos, respeitaram mais seus anseios como mãe, rejeitaram técnicas anteriormente utilizadas, viram seus filhos dormindo melhor, viram bebês mais calmos, crianças mais seguras, viveram menos angústias e, em grande parte das vezes, reencontraram-se com suas próprias mães, independentemente de trabalharem fora. O que também se vê com frequência são mulheres que praticam a criação com apego sem nem se darem conta, dizem apenas que "seguem o coração".

Bastante relevante, também, é que esse estilo de cuidado parental não diz respeito apenas à atenção e ao cuidado dispensado pela mulher ao filho ou filha. O pai também precisa se envolver. Muitas vezes, a sociedade deposita sobre os ombros da mulher praticamente toda a responsabilidade pelo cuidado e bem-estar dos filhos. Assim, é mais comum questionar: "Mas e a mulher que trabalha fora? Ela pode criar com apego?" do que: "Mas e os homens? Eles estão interessados em criar com apego?". Precisamos desviar um pouco o olhar para o homem e perguntar: "Cadê o homem pai? Ele também está se questionando? Ele também está envolvido na busca por uma oferta mais positiva de carinho e cuidado para seu filho?".

A criação com apego diz respeito ao fato de os principais cuidadores estarem positivamente vinculados e emocionalmente disponíveis para o filho. Por muitos e muitos anos, muitas e muitas décadas, isso foi visto como sinônimo de "a mãe precisa estar disponível para o filho". Quero levantar a questão da fundamental importância da disponibilidade paterna. Exigir que as mães estejam cada vez mais disponíveis para os filhos, sem questionar a disponibilidade paterna, é mantê-las, de certa forma, ainda presas a valores patriarcais.

É importante ressaltar: criação com apego é um estilo de cuidado parental. Não é um estilo de cuidado que somente as *mães* precisam dedicar aos filhos. É necessário, e cada vez mais necessário, que os pais ocupem seus territórios nesse vasto latifúndio e comecem a galgar os degraus do caminho da verdadeira paternidade, com o mesmo empenho que as mães fazem desde sempre. Quando os homens pais fizerem a si mesmos todas as perguntas e questionamentos que as mulheres mães fazem a si mesmas a respeito da qualidade do cuidado que destinam aos filhos, talvez estejamos chegando a uma condição ideal de cuidado parental. A criação com apego, portanto, também tem essa nuance, que é bem pouco discutida: é preciso envolvimento de ambos os cuidadores. Não basta descarregar sobre a mulher a exigência de um cuidado positivamente vinculado, é preciso – urgentemente – que a discussão envolva os homens pais, voluntária ou compulsoriamente.

12 PONTOS IMPORTANTES SOBRE CRIAÇÃO COM APEGO QUE VOCÊ SEMPRE QUIS SABER, MAS NÃO TINHA CORAGEM (OU PACIÊNCIA) DE PERGUNTAR

Fui convidada para conversar sobre "criação com apego" em um programa de televisão. Tenho minhas próprias considerações sobre o assunto, a respeito das quais falo constantemente no *site Cientista que virou mãe*, mas acredito que o conhecimento sobre maternidade vem, em grande parte, de uma construção conjunta de várias mães. Mulheres diferentes, com diferentes concepções de mundo, que se reúnem para discutir, em síntese, "como ser mãe" – como se uma definição fosse possível... Assim, conversamos coletivamente no grupo Maternidade Consciente sobre o que seria mais importante mencionar em uma entrevista sobre "criação com apego". O que falta na maioria das matérias sobre o assunto? O que é importante que as famílias saibam e que geralmente fica negligenciado? O que todas gostariam que fosse abordado? Quais são os equívocos que se encontram por aí? Muitas respostas surgiram e tentarei resumir o coletivo de tantas mulheres, permeado por minha opinião sobre o tema.

■ Do nome insatisfatório

A expressão "criação com apego" pode levar à falsa conclusão de que as crianças criadas dessa maneira estão sendo ensinadas a se apegar às coisas ou às pessoas, no sentido material. A proposta é absolutamente diferente disso. O nome vem da tradução literal de *attachment parenting*. Muitas sugestões existem como variações para esse nome, justamente para evitar a má interpretação: criação com afeto, criação com vínculo, criação com disponibilidade, criação com empatia, criação com segurança emocional. Quando se fala em "criação com apego", muitas pessoas repelem a discussão, por puro desconhecimento e preconceito. Ao contrário do que se pensa, quando não se conhece, não se pretendem com essa proposta crianças grudadas nos pais. Pelo contrário, pretende-se a criação de seres seguros, autoconfiantes e empáticos, justamente porque a eles foi dada total segurança emocional.

▎Da não autoria do Dr. Sears

Embora muitas matérias sobre o tema deem ênfase aos tais "princípios do Dr. Sears", não foi William Sears quem "criou" essa forma de maternagem. Como alguém poderia ter criado uma forma intuitiva de cuidados infantis que acompanha a humanidade há séculos e que é totalmente variável entre as culturas, embora se baseie num mesmo ponto, o respeito?

O doutor Sears, por se dedicar a falar sobre o assunto e por basear sua prática nisso, tornou-se o disseminador ocidental da ideia, não seu *criador*. As práticas da criação com apego são encontradas em comunidades antigas e tradicionais, menos inseridas no *capitalismo selvagem*, e se baseiam no respeito, na empatia, na conexão e no afeto como base para uma criação emocionalmente segura. É importante que se diga: não é necessário criar uma forma de cuidado parental nem dar nome a ela. As pessoas precisam se desconectar mais dos rótulos e se conectar mais com seus próprios valores e escolhas.

▎Das regras que não existem

Diz-se muito que a criação com apego subentende, obrigatoriamente, a realização de algumas práticas: compartilhar a cama, transportar a criança em *slings*, amamentar continuadamente até depois dos dois anos, não escolarizar tão cedo, entre outras. Mas, entendamos, *não há regras*. A criação com vínculo não é um manual, um guia, nem pretende ser. Quando lembramos que grande parte das famílias está, justamente, buscando um manual, com regras claramente delimitadas, explica-se um dos motivos da "polêmica" em torno do assunto. Como se pode considerar bacana ou ao menos ter interesse em algo que não oferece as regras que desejo? É por isso que os livros que supostamente "ensinam" o bebê a fazer coisas são tão vendidos, porque é justamente o que a maioria dos pais e mães querem, que o bebê aprenda a se comportar exatamente como eles querem, o que, por si só, é uma loucura.

Querer que um filho corresponda às suas expectativas de comportamento é preparar um ser humano para a frustração, para a baixa autoestima, para a experiência de inadequação e incompletude aos olhos dos pais. É fácil entender isso: usemos o adulto como exemplo.

Pensemos que aquela pessoa que amamos vive exigindo que sejamos exatamente assim ou exatamente assado e que nos comportemos desta ou daquela maneira, sempre. Se não nos comportarmos assim, então, estamos errados e precisamos aprender a nos comportar. Isso nega nossa individualidade, nega nossa liberdade, nossa característica ímpar como ser humano. Isso nos nega em nossa essência. É assim que uma criança se sente, sem ter a capacidade de formular um pensamento tão elaborado quanto esse, mas o registro emocional fica guardado em locais que, no futuro, o mais breve gatilho é capaz de disparar. É também por isso que a criação com vínculo não subentende regras. As regras são para pessoas iguais, e as crianças são seres muito diferentes.

▪ Da contrariedade de tantos pediatras (e demais profissionais que se dizem entendidos de filhos)

Continuando nessa linha de raciocínio, é possível entender por que tantos pediatras e outros profissionais se dizem contra a criação com apego. Muitos nem sabem do que se trata em profundidade, mas se dizem contra – o que, também, representa um atestado de não confiabilidade. Afinal, para que se possa emitir uma opinião a respeito de algo, deve-se conhecer em profundidade o assunto. Do contrário, corre-se o risco de falar bobagem e cair em descrédito.

Continuando a linha de raciocínio de que a criação com apego não subentende regras – porque regras são para pessoas iguais e as crianças são seres muito diferentes –, é possível compreender por que muitos profissionais se dizem contra: a pediatria hegemônica e algumas teorias psicológicas de desenvolvimento infantil atuais, praticadas em grande parte dos consultórios médicos ou psicológicos, e também ensinadas em muitos cursos de medicina, veem a criança como um sistema que deve se comportar de determinada maneira. Ao mesmo tempo, veem todas as crianças como iguais. Nessa lógica, portanto, *todas as crianças devem se comportar da mesma maneira* – ou apresentar os mesmos comportamentos nas mesmas situações. É por isso que:

- todas devem ser desmamadas, para não "acostumar mal";
- todas devem começar a comer outros alimentos, além do leite materno, aos seis meses;
- todas devem andar por volta dos 12 meses;
- todas devem falar aos dois anos;
- todas devem dormir noites inteiras, sempre;
- todas devem ser afastadas da mãe, para criar independência (que mundo é esse que quer que crianças sejam independentes aos 12, 24 meses?).

❋

Todas as crianças que não se comportam assim, de duas, uma: estão com problemas ou os pais estão fazendo a coisa errada.

❋

Ai, ai, ai, mãezinha, amamentando à noite? Um bebezão desse tamanhão, quase um garoto grande, de seis meses de idade, mãezinha? É por isso que ele não dorme à noite, porque quer o peito. Tira logo esse peito dele, complementa com leite artificial e problema resolvido.

❋

Ai, ai, ai, dormindo com o papai e com a mamãe? Assim, a criança terá problemas psíquicos e atraso no desenvolvimento.

✻

Tantas coisas ditas sem qualquer tipo de embasamento. Onde estão as evidências que comprovam esse tipo de argumentação? Indiquem as evidências comprobatórias dessas afirmações! Não há, não existem... Mas, ainda assim, isso tudo é afirmado frequentemente nos consultórios e nas salas de atendimento. Quantos de nós já não ouvimos coisas desse tipo? Infelizmente, muitos aceitam... por quê?

1) Porque querem o melhor para o filho e acham que, se um profissional que supostamente sabe tudo sobre filhos – ainda que muitos nem sequer os tenham – sugere isso, então, ele está certo, não o pai, a mãe ou a intuição deles.
2) Porque ainda nao se apoderaram de sua plenitude como mães e pais, porque não se viram ainda como os verdadeiros detentores da capacidade de escolha.
3) Porque estão inseguros, porque ouvem muitos conselhos, muitos nem sequer pedidos, porque estão pressionados pela família e não sabem a quem dar ouvidos.
4) Porque não tiveram informação; do contrário, saberiam que, nesse caso específico, um médico que sugere um desmame aos seis meses de idade está indo contra as próprias recomendações da Organização Mundial de Saúde; saberiam que muitas crianças amamentadas com leite materno dormem a noite inteira desde que nasceram, assim como muitas acordam inúmeras vezes à noite, e o mesmo vale para as que tomam mamadeira: porque as crianças são diferentes, lá vamos nós, outra vez: se as crianças são diferentes, não há como esperar o mesmo de todas.

O profissional entende tudo sobre a psique da criança. Sei. Esse é o discurso usado por muitos profissionais que sugerem coisas bastante deletérias, como desmame abrupto, separação precoce injustificada etc. Novamente, vamos discutir em termos científicos? Se o modelo biomédico se baseia em comprovação científica, então, queremos as mesmas comprovações também aqui, por uma questão de coerência.

▪ Do respeito à singularidade da criança e do respeito ao ser que está se desenvolvendo

Se fosse possível resumir os preceitos da criação com apego em uma única expressão, seria esta: respeito à singularidade da criança e respeito ao ser que está se desenvolvendo. Respeitar a criança como ser em formação, como detentora de sentimentos, necessitada de empatia, envolvimento, acolhimento, e não de autoritarismo, negação, afastamento e violência.

Deixá-la chorando no berço, para que se acostume, ou afastá-la, para que se torne independente, apenas porque os pais querem que ela se enquadre em suas expectativas, deixando de ser quem é, para se tornar o que querem que ela seja, não é respeitar quem está se formando, que precisa se sentir acolhido, e não desamparado, porque o doutor Estivill, a doutora Super Nanny ou qualquer um que queira adestrar crianças diz que assim é melhor.

Nesse caminho, se uma criança, desde os primeiros meses, aprende a ser aquilo que querem que ela seja, no futuro, ela será aquilo que todos quiserem que ela seja, menos ela mesma, porque isso não foi ensinado ou respeitado. Isso não foi valorizado.

Querer que uma criança se comporte como se espera que ela se comporte, e não como ela realmente é, é a raiz da tal *medicalização da infância*. É só por isso que tantas crianças estão tomando psicoativos sem necessidade, com apoio de psicólogos e médicos, para que se moldem. Percebemos como o problema tem raízes antigas?

Da negação à permissividade

Escolher a criação com apego como forma de cuidado com os filhos não é ser permissivo. Escolher a criação com apego como forma de cuidado com os filhos não é ser permissivo. Vamos lá, mais uma vez. Escolher a criação com apego como forma de cuidado com os filhos não é ser permissivo.

Quem assim escolhe não acha que a criança deva fazer tudo o que quer. Muito pelo contrário, acha que ela deve ter noção de limites, porque isso também é uma forma de respeito. Ter limites, conhecer os limites do outro e os seus próprios é estar inserido, respeitosamente, no mundo. A questão é: como se ensina a conhecer os limites? Com base no autoritarismo, no medo, na repressão injustificada, no "não pode, porque eu disse que não pode"? Ou com base no diálogo, na compreensão e no respeito, no "não, porque fará mal a você ou ao amigo, por isso, por isso e por isso"? Dizer que quem cria com apego cria pessoas sem limites é:

- desconhecimento;
- preconceito;
- senso comum;
- absurdo.

Definitivamente, criar com apego, afeto e amor exclui veementemente a violência como forma de imposição de limites, seja ela física, moral ou psicológica.

Da vida sexual dos pais

Quem pratica cama compartilhada ou quarto compartilhado – o que não é obrigatório da criação com apego, já que, como dito anteriormente, não existem regras – faz sexo. Se não faz, o problema não é da cama compartilhada. Ao contrário do que já foi sugerido por quem não sabe como pode ser a cama compartilhada, o sexo não é feito na presença da criança. Sim, a gente ouve esse tipo de afirmação bizarra da turma do desconhecimento.

Onde foi que se determinou que sexo só se faz na cama onde se dorme? Sabe o que é? É que o ser humano tem uma atração irresistível por saber da vida sexual do outro e fantasia loucuras sobre isso. Dizer que quem dorme junto com os filhos já não transa é como dizer que quem não cozinha não come. É só mais uma das coisas que se diz por aí, sem experiência ou conhecimento de causa. As conversas mais divertidas nos grupos que discutem criação com apego se dão em torno desse tema.

Sim, não podemos nos esquecer de mencionar aquele papo para boi dormir de que criança que dorme com os pais não sabe o seu lugar e nunca quererá dormir sozinha. A criança que nunca quer sair do quarto dos pais é a criança que nunca dormiu com eles. Essa, sim, por não poder dormir juntinho nunca, quando consegue, não quer mais sair. Aquela que dorme constantemente próxima dos pais, que os sabe presentes a qualquer hora da noite, que não sente medo pelo afastamento, não se sente compelida a estar ali para sempre e, aos poucos, com naturalidade, tende a buscar seu cantinho. Esse é o depoimento de dezenas de famílias que já viveram isso na pele, não na teoria. Quem disse que buscar o seu lugar deve excluir a presença do pai e da mãe também à noite?

■ Do feminismo *versus* a criação com apego

Há uma lenda urbana que diz que, para escolher a criação com vínculo como forma de criação de filhos, é preciso que se abandonem carreira, profissão e trabalho fora de casa, a fim de estar 100% livre para cuidar do filho.

Em que mundo essas pessoas vivem?

Quantas mulheres, hoje, têm condições financeiras que permitam isso? Quantas mulheres, hoje, realmente desejam isso? É perfeitamente possível – e recomendado até, pelos muitos benefícios que traz – que principalmente as mulheres que trabalham fora criem seus filhos com apego. Simplesmente porque isso representa o aproveitamento integral do tempo de que dispõem com as crianças.

Quem acha que criação com apego é a antítese do feminismo:

- não sabe o que é criação com apego;
- não entende muito bem que não existe um só tipo de feminismo, mas muitos feminismos, e que eles dizem algo muito básico como: a mulher é livre para decidir por si o que quer fazer da própria vida;
- ambas as coisas.

É importante que digamos algo sobre isso: essa maneira de criar filhos aumenta, em muito, o empoderamento da mulher. Acredito firmemente que isso advenha do fato de ela se sentir e se saber responsável pelas escolhas; de saber que não está seguindo a massa irracionalmente, de saber que, na sua própria casa, há consciência: "Estou pensando sobre o assunto, não estou estagnada, estou questionando, estou me movendo, acredito em mim e nas minhas escolhas".

Um artigo científico recentemente publicado, "Feminismo e criação com apego: Atitudes, estereótipos e equívocos", coordenado por Miriam Liss e Mindy Erchull, da Universidade Mary Washington, nos Estados Unidos, discute exatamente isto: que tipo de mães são as feministas? De acordo com esse estudo, as mães que se consideram feministas endossam a importância das práticas incentivadas pela criação com apego. As feministas são frequentemente representadas na mídia como antifamília e antimaternidade. Aceitar o estereótipo de que são mulheres sem interesse pelo cuidado de filhos tem contribuído para as reações contrárias ao feminismo. As autoras da pesquisa se preocuparam em analisar se a prática da criação com apego representa uma forma de empoderar ou oprimir as mães. A pesquisa foi realizada com 431 norte-americanas (147 mães feministas, 74 feministas que não são mães, 143 mães não feministas e 66 não feministas e não mães) entrevistadas sobre feminismo e maternidade. Os resultados mostraram que as que se consideram feministas são mais simpáticas às práticas da criação com apego que as que não se consideram feministas. Estas últimas tendem a adotar esquemas mais rígidos de cuidados com as crianças, ou seja, vão contra tudo o que se diz acerca de feminismo e maternidade.

▪ Da inexistência de mulheres perfeitas

Já passou da hora de enterrar esse comportamento irônico e sarcástico de dizer que quem pratica criação com apego tenta ser perfeita. Jamais. Absolutamente, não. Pelo contrário, são mulheres que questionam as próprias práticas acima de tudo. Estão sempre perguntando a si mesmas "Será que estou no caminho?", "Será que estou fazendo algo que pode ser melhorado?", "Será que isso está adequado?".

Mulheres que se acham a última gota d'água gelada no deserto não se questionam dessa maneira, simplesmente porque assumem que sabem tudo sobre tudo. Escolher a criação com apego significa problematizar, questionar, colocar-se em xeque, em dúvida, dar repetidos ultimatos e xeques-mates em si mesma.

Quem participa de grupos de discussão sobre o tema sabe quantas vezes por dia surgem questionamentos no sentido de tentar melhorar a prática. Reconhecer que ela precisa ser melhorada exclui a possibilidade de perfeição. O fato de querer ser o melhor que se pode ser não subentende perfeição. Subentende, sim, grande esforço. Perfeição? Só podem estar brincando...

Do absurdo do modismo

Se, como foi dito antes, os valores nos quais se baseia a criação com apego são a base de sistemas tradicionais seculares e, se essas práticas vêm sendo adotadas por diferentes comunidades ao redor do mundo há muitas gerações, então, dá para entender que é impossível dizer que *ela seja um modismo*, não dá? O que está havendo é a recuperação de valores antigos, de formas antigas de cuidado com os filhos, mais valorizadas antes do modo atual enlouquecido e mecanicista de viver. Moda mesmo é dizer que isso é moda, sem qualquer tipo de fundamento.

Da criação de pequenos tiranos ou de crianças com problemas emocionais

Quem achamos que tem mais chance de se tornar um pequeno tirano ou uma criança com sérios problemas emocionais: quem sempre teve atenção, presença e amor ou quem sempre foi tratado com autoritarismo, negação, ausência e descaso? Dezenas de artigos de psicologia comprovam que a resposta é o último caso.

Quem de nós já ouviu alguém dizer, na idade adulta, que é inseguro, triste, melancólico ou revoltado, porque a mãe ou o pai estiveram sempre presentes, porque foram empáticos e entenderam as solicitações do filho, porque estiveram disponíveis e não foram violentos? Eu nunca ouvi. Os principais problemas da juventude vêm do excesso ou da falta de amor? Da presença ou da ausência? Do amparo ou da violência? Da compreensão ou do desconsolo? Achar que uma criança ficará mal-acostumada porque mama na mãe até depois dos dois anos, porque dorme próxima aos pais, porque não foi cedo à escola significa dizer que fazer exatamente o oposto é criar pessoas bem-acostumadas. Desculpem-me, mas as evidências estão todas contra essas crenças.

▪ Dos outros absurdos que se ouvem por aí, de quem não entende o que é a criação com apego

Criança grande que mama no peito não se alimenta direito. Leite materno, após um ano de amamentação, perde o componente nutricional. Criança que dorme com os pais não aprende o seu lugar. Criação com apego estraga a criança. Bebês são chantagistas e manipuladores. Não, esses são os *adultos*, principalmente os que dizem isso para convencer uma mãe ou um pai de que o bebê não merece tanto desvelo assim.

Quem diz esse tipo de coisa não cria com apego. Se não cria com apego, não pode falar, porque não sabe. Quem cria com apego ou quem conhece crianças criadas com apego sabe que não é assim. Esses são só mais preconceitos ou um senso comum absorvido como se fosse verdade.

ABRACE...

Quantas vezes por dia abraçamos? Abraçar mesmo, peito com peito, braços enlaçando a outra pessoa, olhos fechados de troca. Quantas vezes?

O que o número de abraços dados em um dia – ou em uma semana, ou em um mês, seja lá qual for a unidade de tempo que queiramos considerar – diz sobre a qualidade de nossas vidas, de nossas trocas, de nossos encontros, de nossos relacionamentos?

Se esperamos uma resposta racional, científica, com protocolo de obtenção de dados validado metodologicamente, baseada em um artigo publicado em grande e respeitável periódico científico internacional, ou se pensamos em considerar como válida somente essa qualidade de resposta, esqueçamos. Pulemos essa parte, esqueçamos essa coisa de abraço, ignoremos a pergunta e busquemos números. Aqui, não vamos encontrá-los.

Aqui, vamos falar de algo que adentra o domínio da subjetividade, do impalpável, daquilo que é fundamental e imensurável: afeto, carinho, solidariedade, troca, encontro de um peito com outro. De peitos conhecidos ou desconhecidos, daquilo que um abraço profundo e verdadeiro quer dizer, daquilo que é produzido em nós – e no outro – quando deixamos de lado nossas armaduras, nossos espinhos, para acolhermos e sermos acolhidos. Abraço.

Quantas vezes você abraçou quem você ama hoje?

Quantas vezes você abraçou suas crianças?

Qual a qualidade do abraço dado?

Onde estava sua mente enquanto abraçava?

Pode alguém viver sem ser abraçado e sem abraçar?

Se pudéssemos comparar tempos históricos, será que estamos nos abraçando mais ou menos do que antes? Estamos nos tocando mais ou menos? Se menos, por quê? Se mais, como?

Há alguma relação entre a quantidade e a qualidade dos abraços que damos em nossos filhos e o nível de tranquilidade infantil? De confiança estabelecida? De noite bem-dormida? De qualidade do diálogo que se tem? De cólica? De medo? De terror noturno?

O que acontece quando nossas crianças, em crise de choro, de irritação, de tristeza, são abraçadas intensa, sincera e carinhosamente? O que aprendem as crianças que são abraçadas com frequência e que sabem que têm abraços em abundância esperando por elas?

Seus filhos (ou sobrinhos, afilhados, as crianças do seu entorno) abraçam? Muito ou pouco? Se abraçam, por que e quando abraçam? Como aprenderam? Se não abraçam, por que não abraçam?

Um abraço pode ser trocado por outro tipo de interação que signifique a mesma coisa? Por que trocá-lo? Para que trocá-lo?

Comigo, abraço também é termômetro. Sei que algo não está muito bem entre mim e o outro pelo tipo de abraço que nos damos ou por falta de abraço, por sua raridade ou pouca frequência. Da mesma forma, sei que posso confiar e me entregar a alguém também por seu abraço. Pelo tempo, pela força, pelo contato, pelo motivo. E, mais importante, mais especial: pela falta de motivo.

Sei que há amor, carinho e confiança quando o abraço chega inesperadamente e envolve, faz relaxar, mesmo que por poucos segundos, e reconhecer o terreno como seguro. Seja abraço de um amigo, de alguém da família, de um colega de trabalho, dos filhos, de desconhecidos, de amante.

Abraço é como olhar, não há como mentir, fingir, forçar, ainda que se tente, não é possível. Os corpos não se enganam.

Abraço já virou tabu? Será que um dia vai virar? Como seria uma vida sem abraços?

Por que estou fazendo essas perguntas e falando sobre abraço? Por que não ofereço respostas, mas perguntas?

Num domingo, fui buscar minha filha na casa do pai. Ela dormiu longa e profundamente no meu colo. Por mais de uma hora, esteve deitada em meu peito. Acordou e preferiu continuar ali. Mais tarde, depois do lanchinho noturno e do banho, já nos preparativos para dormir, ela me abraçou muito forte e disse algo que costuma dizer sempre: "Quero ficar no seu abraço pra sempre". E eu disse que também queria, que o abraço dela é a melhor parte do meu dia. Ela deitou, ganhou um beijo, me deu um beijo e dormiu.

Nessa noite, eu não tinha trabalhos grandes nem urgentes a fazer e, assim, pude relaxar um pouco e pensar em outras coisas que não no trabalho – quem tem a noite como dia útil, como eu, de domingo a quinta-feira, sabe que isso não acontece com tanta frequência.

Naquele silêncio que se fez na casa, na mente, no corpo, senti uma coisa muito forte: saudade. Muita saudade. Saudade, especialmente, de alguns abraços específicos. Do abraço de quem está muito, muito longe. De quem já nem está aqui. De quem está distante, porém, faz-se próximo. De quem não vejo há bastante tempo. Percebi que saudade também é ausência de abraço. Daquele abraço...

Como se sentisse minha própria saudade, minha filha acordou e me chamou. Assim que apareci no quarto, ela disse: "Mamãe, quero abraço". Sorri e a abracei demoradamente. Ela voltou a dormir. Saí e me dei conta do grande número de abraços que havia recebido apenas durante esse fim de semana. Muitos. E sinceros. Conhecidos e desconhecidos. De reconciliação e de reencontro. De encontro. De amizade. De amor. De "boa semana". Então, a saudade passou.

O que será que sente uma criança que não é abraçada? Ou um adulto que não é abraçado? Alguém que não receba abraços com frequência? O que seria de um mundo em que abraços fossem trocados por eletrônicos? Por máquinas?

Não sei, mas desconfio de que não haveria muitos sorrisos, nem muito amor, nem muito gozo.

A vida não parece fácil nem simples para ninguém ultimamente. Parece que estamos todos vivendo momentos de choque, quebra, confronto, dúvida, espera, momentos que nos colocam à prova, que testam nossos limites emocionais. As diferenças estão mais evidentes que as semelhanças. O confronto mais fácil que o encontro. A acidez mais fluida que a doçura. Então, neste momento, deixei de escrever um texto sobre psicofármacos e seus abusos para falar sobre abraço, porque, talvez, se tivéssemos mais abraços, precisaríamos de menos fármacos. Se tivéssemos mais abraços, estaríamos todos mais juntos. Não parece meio óbvio?

"No abraço, mais do que em palavras, as pessoas se gostam", disse Clarice Lispector. Parece que estamos carentes disso. Desejo que possamos nos abraçar mais. Simplesmente abraçar e deixar todo esse ranço para trás. Nada substitui o calor humano.

TREINAMENTO DE CRIANÇAS, SUPERADESTRADORAS DE FAMÍLIAS E LIVROS QUE NÃO PROPÕEM REFLEXÃO

Em razão de algumas viagens que fiz a trabalho, estive em diferentes aeroportos brasileiros, onde fiz várias visitas às livrarias. Estava me causando extremo desconforto o fato de procurar, procurar, procurar e apenas raras vezes encontrar um livro que me atraísse verdadeiramente. Na penúltima viagem, decidi entender qual o critério das livrarias de aeroporto na escolha dos títulos. Procurei uma atendente e perguntei: "Qual é o critério de escolha dos títulos que vocês têm aqui?". Ela respondeu: "Aqui só temos os mais vendidos". Que tristeza me deu... Aborreceu-me saber o que está lendo quem, no Brasil, tem dinheiro para gastar em livro. Chateou-me saber que o nosso povo, que já lê pouco, muito menos do que deveria ler, está preocupado com "como ser o mais rico do seu micromundo", "como satisfazer seu homem na cama sem estragar a unha", "como parecer bem-sucedido", "como fazer uma mulher se arrastar no chão por você", "como emagrecer 200 quilos comendo", "como tornar sua empresa a maior empresa do universo", entre títulos afins. Os clássicos da literatura, só encontramos no canto esquerdo inferior da última prateleira, aonde a luz da luminária não chega, e em versão de bolso. É um festival de autoajuda no amor, autoajuda nas finanças, autoajuda evangélica, autoajuda na cor do esmalte e mais um tanto de coisas assim. Nem me perguntem sobre os livros dedicados a mães. Não estou excluindo os pais da jogada. É que, na área da criação de filhos, os mais vendidos são todos dedicados às mães mesmo. Todos no estilo "mãezinha, eu te amo", "para minha mãe, com amor, 200 tipos de rosas impressas", e coisas do gênero.

Fora das livrarias de aeroporto, nas megalivrarias, as publicações na área da maternidade também não mudam muito. Livros bons mesmo, sobre crianças, infância, educação, não encontramos na seção "Filhos". Encontramos em pedagogia, educação, psicologia, filosofia, ciências sociais. Na de "Filhos", encontramos livrinho para guardar recordações, livrinho que ensina a criar meninas de modo diferente do de criar meninos e, não nos esqueçamos deles, livrinhos que ensinam técnicas divinas e milagrosas de treinamento.

Sou absolutamente contra estes últimos. Sou contra porque, em vez de estimular a compreensão, a aceitação e a reflexão sobre as emoções da dupla mãe-filho/filha ou pai-filho/filha, estão mais preocupados em ensinar técnicas de treinamento ou adestramento de crianças, no pior estilo "como treinar o seu dragão", como se as crianças fossem ratos de laboratório, cujo condicionamento pode levá-las a fazer o que queremos que façam – mesmo que aquilo não seja de fato importante para elas. Ou como se fossem máquinas, aptas a se comportar de maneira idêntica, desconsiderando as individualidades – o que, afinal, faz a Clara ser diferente da Júlia, do Bruno, da Bia, do Mateus.

O resultado dessas técnicas é que, no lugar de roedores apertando uma barra para receber ração, temos crianças fazendo algo apenas para suprir os anseios e ansiedades de pais e mães. Pais e mães ansiosos para ver os filhos fazendo aquilo que esperavam: dormir a noite inteira, comer toda a comida, dizer "obrigada, por favor, bom dia" aos dois anos de idade, ter o melhor desempenho na escola, entre tantas expectativas (por vezes tiranas) que depositamos neles.

Além do condicionamento escancarado nos livros que ensinam técnicas e soluções milagrosas, há ainda outro lado tão ou mais nocivo. Quem já viu pelo menos um episódio de programas televisivos focados em uma suposta "especialista em educação" que vai até a casa de uma família para "colocar as crianças na linha", vestida de modo austero, lembrando as governantas de outrora, rígidas e disciplinadoras, já deve ter percebido o que acontece. Em todos os casos, a família é formada por adultos inseguros, que desconhecem a infância, que se sentem intimidados pelo fato de serem pais ou mães, que não sabem quais são seus papéis, e por crianças perdidas, ansiosas, angustiadas, que veem nos gritos ou na violência uma forma eficaz de comunicação. É mesmo supereficaz, só assim chamam a atenção dos pais. Então, a superadestradora coloca as crianças na linha, ensina hábitos e determina tarefas. E vai embora, deixando para trás uma família que, com quase 90% de certeza, entrará em ebulição novamente em poucos dias. E por quê? Simples, porque receberam técnicas, mas não acolhimento. Não receberam amparo, apoio, fortalecimento. Os pais continuam sem compreender suas emoções, continuam inseguros, angustiados, sentindo-se incapazes e projetando tudo isso nas crianças. Estas, como espelhos, só devolvem a imagem. É também, mas não só, por isso que não gosto nada dessa coisa de treinar crianças e adestrar famílias. Pais e mães que se utilizam de técnicas para treinar o comportamento das crianças, a fim de conseguir o que desejam que elas façam, com toda certeza, pensam estar fazendo o melhor pelos filhos. Receberam dicas de pessoas que também pensam estar fazendo o melhor. Na ânsia de acertar, estão errando ou pegando atalhos cujos prejuízos só verão lá na frente, quando, talvez, já seja tarde.

    O fato é que achar que estamos fazendo o melhor não evita que estejamos despejando sobre as crianças nossas frustrações, ansiedades e expectativas, a ponto de aceitarmos técnicas que, quando aplicadas, conseguem resultado, mas, muitas vezes, às custas da integridade emocional e mental das crianças. Os efeitos nocivos dessas estratégias de condicionamento não estão contemplados nos livrinhos de livraria de aeroporto, que dizem que as técnicas A e B funcionam – vemos que funcionam mesmo! O que esses livros não dizem é que há prejuízos associados a essas técnicas. Claro que não dizem. No texto "Por que deixar chorar até que se durma realmente funciona? Ou 'Céus, pari o Darth Vader!'", mais adiante tratarei desse assunto. Recomendo a leitura. É um dos textos mais acessados na história do *Cientista que virou mãe*.

Se critico esses livros, o que recomendo? Recomendo leituras que fortaleçam pais e mães, que os empoderem, que os façam refletir sobre o que, de fato, estão fazendo em suas vidas, por si e por seus filhos, ao assumir esses papéis sociais tão complexos de pai e mãe, que estimulem a autonomia, que os inquietem, que os provoquem, que os ajudem a transcender, que os apoiem em suas transformações de meros criadores em educadores e cuidadores de fato. Muitas dessas leituras não são simples e nos colocam à prova. Isso é muito bom, porque, ao final delas, surge outra pessoa ou a mesma pessoa de antes, em busca do que virá a ser. Dessas reflexões e mudanças surgem pais e mães mais preparados para lidar com suas emoções e, por tabela, com as emoções de seus filhos.

As crianças precisam de pais e mães fortalecidos, precisam de atenção, cuidado e afeto; mas só pode dar atenção, cuidado e afeto quem recebe isso também. Por isso, a máxima "cuidar do cuidador" é tão importante quando o cuidador é pai, mãe e educador. Digo com a mais tranquila sinceridade: sei disso porque essa é uma busca que faço diariamente em minha vida. Nos meus dias de angústia, percebo que estou angustiada vendo essa angústia espelhada em minha filha. Nos meus dias de irritação, vejo a irritação espelhada no que ela demonstra. Da mesma forma, meus dias de tranquilidade e aceitação das minhas emoções são acompanhados de criança sorrindo, feliz e tranquila, brincando calmamente no jardim ou inventando parafernálias nunca antes vistas na história deste país. Esse fortalecimento, busco na minha intuição, na reflexão sobre minha prática, na problematização dos meus erros, na aceitação da minha imensa limitação. Essas, acredito, são nossas melhores e mais eficazes ferramentas de conhecimento. Mas os livros são aliados poderosos. Muitas crises que me levaram ao crescimento vieram de frases lidas em livros fundamentais. Muitas ideias se tornaram mais claras após algumas leituras. Livros sobre maternidade, paternidade, empoderamento parental, em minha opinião, precisam fortalecer pais e mães como pessoas, facilitar a compreensão de suas emoções, estimular a reflexão e promover o crescimento. É a isto que me proponho no trabalho de manter o *Cientista que virou mãe*, contribuir para o crescimento dos leitores como pessoas e, depois, como pais e mães, fortalecendo-os e promovendo a reflexão.

Estimular uma discussão sobre a qualidade dos livros sobre cuidados à infância hoje disponíveis talvez ajude a selecionar melhor e orientar melhor o mercado editorial, para, quem sabe, juntos, mudarmos a lista dos títulos mais vendidos no Brasil, para o bem de todos nós, adultos e crianças. E, claro, também para o bem das livrarias de aeroporto.

SOMOS O QUE DEFENDEMOS

Durante todo o ano, o pessoal do coletivo Infância Livre de Consumismo dedica tempo e esforço a algo que, na verdade, todos precisávamos dedicar, pelo menos nós, que reconhecemos a infância como fase fundamental na formação de um ser humano íntegro e saudável: proteger as crianças dos efeitos nefastos do consumo, evitar que sejam vistas como peças no jogo injusto do consumismo.

O coletivo é formado por mulheres que poderiam dedicar o tempo que dedicam à causa a questões estritamente particulares, mas escolheram ultrapassar os limites de suas casas, baseadas em uma ideia muito simples: se uma criança pode e merece ser protegida, então, todas podem e merecem ser protegidas. Não faz sentido protegermos nossos filhos dos ataques publicitários – que são, na verdade, expressões de outros tipos de ataques, tão ou mais danosos – se seus amiguinhos e amiguinhas continuam a ser massacrados todos os dias pelos apelos do consumismo.

Muita gente acha que isso é uma grande bobagem. Não é raro ver pessoas que detêm espaços amplos de divulgação desperdiçarem a grande oportunidade de contribuir para o bem coletivo em discursos de senso comum, que claramente servem apenas para atrair mais gente, geralmente pessoas também imersas no senso comum, vivendo vidas de senso comum, numa sociedade de senso comum, moldada pelo massacrante capitalismo de senso comum.

Vivemos em um mundo capitalista. Embora eu não tenha iPhone, iPad, *tablet* ou outras tecnologias, escrevo do meu computador, que foi comprado. Visto uma roupa que foi comprada. Meu café está em uma caneca que foi comprada também. No entanto, viver em um mundo capitalista não significa ser moldado e domado por ele. Não significa tornar nossos os valores que delineiam as relações de consumo. Relações humanas não podem ser interpretadas como relações de consumo. É aí que muitas pessoas se perdem: na confusão entre valores de consumo e valores humanos, entre valores de consumo e valores individuais. A prova cabal disso é que nos tornamos pessoas que acreditam que amor, integridade, senso de responsabilidade, reflexão crítica e tantas outras coisas fundamentais podem ser compradas, porque, afinal, comprar é muito mais fácil que ensinar, muito mais fácil que orientar, muito mais fácil que dedicar tempo e atenção a mostrar o que é adequado, coerente, responsável. Por isso, tantas e tantas pessoas compram seus filhos, desde a mais tenra idade. Há certo tempo, circulou pela rede uma tabela compartilhada por um pai em que determinados comportamentos, ou a ausência deles, custariam determinados valores às crianças. Isso é comprar a criança.

Se você não for à escola, ou se atrasar, ou reclamar, vai pagar R$ 1,00. O preço por não estar moldado para o sistema: R$ 1,00. *Se você não jantar ou não almoçar, vai pagar R$ 0,75.* O preço por não entender a importância do alimento e de se alimentar bem: R$ 0,75. *Se você ofender, xingar, brigar ou bater, vai pagar R$ 2,00.* O preço pela agressividade não orientada, por não compreender que bater, xingar ou ofender dói no outro: R$ 2,00.

Além de mostrar às crianças que quase tudo na vida pode ser comprado (e que, para o resto, existe o cartão de crédito), o que estamos fazendo quando agimos assim? Estamos dizendo: "Eu não sei te ensinar, mas eu sei te comprar"; "Você é uma mercadoria e, como tal, posso te comprar". Não há, nessa relação, noções de educação e orientação. Há uma relação mercantil, na qual um detém o poder econômico e o outro é uma mercadoria.

Vamos pensar na relação entre um presente e uma criança. O que um presente produz na criança? Satisfação, alegria, brilho no olhar. Satisfação, alegria e brilho no olhar podem ser produzidos sem objetos, na relação entre ela e as pessoas que a rodeiam? Podem. Devem. Por que, então, transformá-los em capital? Por que comprar aquilo que pode ser produzido sem o peso do capital? Por que achar que datas específicas, criadas exclusivamente com fins capitalistas, pensadas para explorar pessoas, são momentos perfeitos para presentear os filhos? Quem estimulou esse pensamento em nós? Que tipo de valores estamos comprando e estimulando os outros a comprar? Por que sentir orgulho e satisfação na condição de explorados? Pior, por que permitir que nossos filhos também sejam explorados?

O Dia das Crianças não foi criado para lembrar que toda e qualquer criança merece ser respeitada, cuidada, protegida, e não alvo da exploração capitalista. Não foi criado para lembrar que toda criança tem direitos reconhecidos por uma declaração universal. Se tivesse sido, não seria no dia 12 de outubro, mas em 20 de novembro, dia em que a Unicef oficializou a *Declaração dos Direitos da Criança*, em 1959. O Dia das Crianças é apenas uma data comercial, criada no Brasil em 1955 como parte de uma campanha de *marketing* de uma empresa de brinquedos, que criou a "Semana do Bebê Robusto" (que nome...), com o único objetivo de impulsionar as vendas. Vendeu tanto, que o país incorporou a data ao calendário comemorativo. Nós, que fazemos questão de incentivar o consumo nessa data e que nos vemos dotados de opinião "própria", estamos, na verdade, apenas reproduzindo aquilo que queremos que reproduzamos: crianças exploradas comercialmente por um sistema que não pensa em nós nem nelas, como se não houvesse mal nenhum nisso.

Muitas mães e pais estão combatendo os apelos desenfreados, antiéticos e cruéis do consumismo que vê na infância um alvo perfeito. Enquanto isso, as crianças estão crescendo. É provável que se tornem adultas antes que o apelo ao consumismo infantil seja vencido. Se assim for, o que terá sido importante para essas crianças? Algo que deveria ser muito simples de supor: os valores transmitidos ao longo de toda a infância. Crianças que cresceram imersas em outro modelo, um modelo que não valorizou o *comprar*, mas o *ser*, que não envolve apenas combater o apelo ao consumismo e à publicidade infantil. Envolve uma compreensão absolutamente diferente do que é a vida, que perpassa a crítica ao consumo, mas também a qualidade da alimentação, o tipo de educação, as relações humanas, as relações familiares, o cuidado com o outro, entre todos os demais aspectos que, em conjunto, podem ser chamados de vida. Isso nos leva à frase de um pacificador muito conhecido: "A felicidade está no caminho". E a felicidade não pode ser comprada, mesmo que façamos muita força para achar que sim.

Quando fazemos as crianças acreditarem que "um dia dedicado a elas" está fundamentalmente atrelado a um "poder de compra" e ao consumo, estamos estimulando a associação entre "ser alguém e ter algo", o que se traduz em vazio emocional e perda da importância das pessoas por seus valores intrínsecos. Pessoas se tornam importantes, porque algo é comprado para elas, e não pelo simples fato de serem pessoas. Repetido ao longo de toda a vida, isso faz com que a construção da identidade das crianças esteja associada à compra de produtos, exatamente o que a sociedade capitalista deseja.

É compreensível que muitas pessoas tenham resistência a problematizar a questão e não enxerguem o apelo ao consumo que o Dia das Crianças traz, principalmente quando consideram a própria infância. É provável que essas pessoas também tenham crescido em um ambiente sem essa problematização, mas isso não é um círculo impossível de ser quebrado. Todos podemos interrompê-lo a qualquer momento e não permitir que nossos filhos sejam mais um elo da cadeia.

Tiago Bastos de Moura, Flávio Torrecilas Viana e Viviane Dias Loyola, no artigo "Uma análise de concepções sobre a criança e a inserção da infância no consumismo",[1] afirmam:

---

1. Disponível na internet: http://www.scielo.br/scielo.php?script=sci_arttext&pid=S1414-98932013000200016.

> A criança aprende que consumir é bom e prazeroso, principalmente quando há exemplo dos pais, a quem imita. (...) A inserção da criança de dois a sete anos no mundo do consumismo é diretamente proporcional à qualidade e às configurações dos relacionamentos estabelecidos entre os pais e os filhos, de forma que há atitudes dos pais que podem estimular o consumo infantil e atitudes que podem desencorajá-lo. Nesse cenário, é absolutamente relevante considerar o sentimento da infância dos pais, ou seja, quais percepções e concepções de criança eles têm, como tratam a infância e como estabelecem as relações com os filhos. O ambiente familiar como lugar de transmissão é geralmente o primeiro grupo social no qual a criança se insere, e, nesse sentido, as percepções dos pais sobre o que é ser criança são indissociáveis dos relacionamentos estabelecidos com os filhos.

※

Que até o próximo dia 12 de outubro possamos refletir sobre o que é importante estimular em pessoas que criam outras pessoas e sobre qual nosso papel na formação de uma sociedade que respeite a infância. Que possamos mudar hábitos e reivindicar o respeito à infância como forma de melhorar as relações humanas.

Crianças não precisam de bonecas que fazem xixi e cocô. Crianças precisam de gente que as defenda o ano inteiro. Ainda que, ao fazer isso, sejam chamadas de patrulheiras, chatas e radicais. Afinal, foram sempre os patrulheiros, chatos e radicais que conseguiram mudar o que precisava ser mudado, e não aqueles que não veem problema em comprar e vender a infância.

DA PATERNIDADE À PATERNAGEM:
UM CAMINHO A SER PERCORRIDO

Lá se foi o Dia dos Pais, uma data comemorativa relativamente recente no país, celebrada apenas desde o início da década de 1950, quando algumas instituições da imprensa promoveram um concurso para prestar homenagem a três tipos de pai: o pai com mais filhos, o pai mais velho e o pai mais jovem. Foi assim que surgiu o Dia dos Pais no Brasil. Pode ser que o que vem a seguir soe como uma espécie de "mau humor". Não é. O fato é que ainda estamos muito longe de comemorar o cuidado paterno, simplesmente porque ainda estamos comemorando a paternidade. A paternidade não deveria ser comemorada, e vou explicar por que penso assim.

Abri a página do meu perfil no Facebook no Dia dos Pais e foi inevitável sentir ternura: tantas fotos lindas, tantas crianças no colo dos pais, tantos abraços amorosos, tanta gente declarando amor, amor forte e genuíno, por aquele que teve ou tem papel importante na sua vida. Foi uma delícia ver todas aquelas manifestações de amor e bem-querer, mas, junto com esse sentimento bom, também senti incômodo...

Tenho a grande alegria de conviver com homens que são grandes pais, *homarada* ativa, envolvida, participante, tanto quanto as mães de seus filhos. São famílias que estão se reorganizando e em cuja dinâmica de vida já não há papéis sociais estabelecidos como antes, como conhecemos durante tanto tempo. Não há a mãe "chinelo na mão e avental todo sujo de ovo" e o pai "sempre cansado do trabalho, sem tempo para os filhos, mas que os leva ao *shopping* no fim de semana e acha que está sendo pai". Felizmente, esse não é o grupo com o qual convivo. Convivo com pessoas que demonstram envolvimento indiferenciado do homem e da mulher na criação dos filhos. Pessoas que, por perceberem que na família não havia um cuidador, mas um ajudante (e olhe lá...), libertaram-se disso e buscaram outra organização para si e suas crianças. Essas pessoas não estão comemorando a *ajuda* que os homens prestam na criação dos filhos, porque já sabem que ser pai não é *ajudar*. É cuidar. É ser parte de uma família. É ser sujeito ativo do grupo em que se insere. Ativo, participante em uma dinâmica na qual não há papéis principais, mas participações conjuntas, sem protagonistas, sem coadjuvantes. É o que se busca com o empoderamento coletivo: um lugar onde todos assumam seus papéis de indivíduos plenos, sem que seu protagonismo represente a opressão do outro.

Acontece que esse mundo que vejo estampado no mural de uma rede social é um recorte muito particular. Infelizmente, minha *timeline* e os pais amigos ao meu redor não representam uma realidade única e homogênea. Representam uma versão dela, dentre várias outras que mostram uma paternidade incompleta, vazia, machista, egoísta, que reflete, de certa forma, o que a sociedade pensa sobre o papel do homem e da mulher como responsáveis por uma criança. Muitas vezes, uma versão aceita pelas próprias mulheres, por diferentes motivos, conscientes ou não. Mulheres que estão felizes por terem companheiros que *ajudam*.

Não comemoro a paternidade que ajuda. Comemoro a paternidade do cuidado, os pais que cuidam, tanto quanto comemoro as mães que assim o fazem. Comemoro não apenas por esses indivíduos, mas, principalmente, pelo ser humano que está usufruindo desse cuidado: a filha, o filho, as crianças.

Cuidado com o filho não é ajuda. Ajuda não é cuidado. Ajudar é prestar um favor. Quem está "fazendo o favor" de prestar assistência não está, fundamentalmente, cuidando. A paternidade – como a maternidade – não pode ser vivida na base do "ajudar = prestar favor". Não comemoro a paternidade que ajuda a trocar fralda, ajuda a dar banho, ajuda a cuidar da casa, ajuda a educar as crianças. Comemoro a paternidade do cuidado, o pai cuidador.

Não comemoro o pai do sistema patriarcal, que age com base no mando e na submissão (física ou mental, manifesta ou disfarçada) sobre a mulher e os filhos. Não comemoro o pai autoritário, que se baseia na autoridade que pensa ter como homem, macho da família. Não comemoro o pai de ocasião, aquele que se intitula pai somente porque seu espermatozoide fecundou um óvulo, porque registrou o filho e nada mais. Não comemoro o pai que usa a criança para chantagear, manipular, controlar a mulher. Não comemoro o pai que não se envolve na aprendizagem inerente à gestação, que não quer aprender sobre ela, que acha que gravidez é coisa de mulher. Não comemoro o homem que soube que terá um filho e diz que nada tem a ver com isso – a esse nem chamo pai. Não comemoro o pai que, após a separação conjugal, mantém-se distante dos filhos, como se deles também pudesse se separar. Não comemoro o pai violento. Não comemoro o pai de fim de semana, que recebe das mãos da mulher os filhos trocados, vestidos, cheirosos e nem sequer sabe como se alimentam. Não comemoro o pai que acha que pode se despir da paternidade, como se um filho fosse algo de que se pudesse abrir mão, no pior estilo "não gostei, não quero mais". Não comemoro o pai que não aprova a amamentação, porque não está em situação de aprovar nada, já que o corpo não é dele. Não comemoro o pai que não se informa sobre parto, sobre alimentação infantil, sobre educação. Não comemoro o pai que rejeita afeto, que não dá colo, que não demonstra amor.

O que comemoro não é a paternidade, é a paternagem.

A paternidade é biológica e pode acontecer com qualquer um, até com os invertebrados, que não pensam (amo os invertebrados, nada contra eles, não quis ofendê-los). A paternagem pertence ao domínio do afeto, da escolha, da ética, da humanidade, da reflexão, da presença, do envolvimento emocional, do sentir como parte de si aquele ser que se escolheu criar, do querer que cresça e se desenvolva pleno, saudável, íntegro, justo. A paternidade significa um homem que se tornou pai biológico de alguém. A paternagem significa um homem que se tornou fundamental para alguém.

A paternidade pode simplesmente acontecer: por não planejar a reprodução, por absoluto descuido, por achar que o controle reprodutivo é função exclusiva da mulher. A paternagem não acontece por descuido ou acaso, ela é fruto do envolvimento ativo na busca por ser pai, pela aceitação da mudança que a chegada de um filho representa na vida do homem, pela busca de um novo papel masculino, pela participação ativa na gestação, no parto, na amamentação, na alimentação, na constituição emocional da criança, na busca por um novo caminho de vida.

Afasto-me do papel romântico tradicionalmente atribuído ao Dia dos Pais para falar dele de maneira mais realista e perguntar: o que temos visto é paternidade ou paternagem? Se a resposta for a paternidade, não será o caso de mudarmos o tom complacente, de quase agradecimento, que vemos tantas vezes nos textos sobre pais e substituí-los por reconhecimento da paternagem e evidenciação da paternidade? Não será o caso de não cairmos no comportamento ingênuo, até mesmo simplório, de agradecermos aos pais de nossos filhos pelos bons pais que são? Também não será o caso de parar de pensar que o que fazemos como mulheres que buscam a maternagem e a paternagem seja algum tipo de cobrança? Reconhecer e valorizar a paternagem, em detrimento da paternidade, não é, nem de longe, cobrança. Pensar que é nos coloca, novamente, como mulheres, no papel de quem está buscando ajuda. Já deu para entender a diferença entre ajudar e cuidar, não deu?

As mães que buscam passar da maternidade à maternagem encontram espaços de apoio e acolhimento. Também é importante que os homens que estejam percorrendo o caminho da paternidade à paternagem encontrem apoio e acolhimento. O mundo ainda é muito machista, até para os homens (quem acha que o machismo vitima apenas mulheres está muito enganado), razão pela qual encontrar espaços de apoio à paternagem ainda é difícil. Quando os encontramos, é importante evidenciá-los. É o que alguns grupos virtuais de maternagem estão fazendo quando acolhem e estimulam os pais. É o que algumas (ainda poucas) iniciativas organizadas também estão fazendo. Assim, para finalizar, convido todos a conhecer aquela que considero a iniciativa mais linda de empoderamento masculino e estímulo à paternagem no Brasil, um trabalho que admiro e que vejo como fundamental, a ser reproduzido em todas as regiões brasileiras: o Instituto Papai. Do *blog*, retiramos o seguinte texto:[1]

> O Instituto Papai é uma ONG que atua com base em princípios feministas e defende a ideia de que uma sociedade justa é aquela em que homens e mulheres têm os mesmos direitos. Assim, consideramos fundamental o envolvimento dos homens nas questões relativas à sexualidade e à reprodução e uma ressignificação simbólica profunda sobre o masculino e as masculinidades em nossas práticas cotidianas, institucionais e culturais mais amplas.

✺

O instituto promove a Campanha de Paternidade – Desejo, Direito e Compromisso, cujo objetivo é promover a reflexão crítica e política sobre o exercício da paternidade no campo dos direitos reprodutivos, muito além do estímulo ao consumo. Recomendo o *blog* e o material de leitura que nele se disponibiliza, para que nos inspiremos e reflitamos.

Feliz do pai que já se sensibilizou. Feliz do pai que cuida de suas crianças, que teve a chance de ajudar, mas preferiu cuidar. Feliz do pai que teve a chance de ser pai, mas preferiu ir além, preferiu cuidar de gente.

---

1. Disponível na internet: http://institutopapai.blogspot.com.br/2014/11/jovens-do-instituto-papai-participam-de.html.

COMO O PRECONCEITO E A IGNORÂNCIA ME PEGARAM NA ESQUINA

Quando estava grávida, ouvi falar de *elimination communication* (EC). Cheia de preconceito e ignorância – no sentido de ignorar o fundamento, as práticas, os benefícios e, ainda assim, fazer um julgamento –, não gostei. Não conhecia, mas dizia que não gostava. Bem limitada mesmo. Considerava muito legais os relatos de conhecidas que faziam; na verdade, considerava-os incríveis, mas, para mim, estava além da realidade. Era preguiça mesmo, tenho de assumir, e preconceito também. Hoje, sei que, além de preguiça e preconceito, foi uma falta de consciência ambiental. Se arrependimento matasse... O preconceito, definitivamente, atrasa mais a vida de quem o tem do que a dos outros (por uma questão de infinita justiça). Não estudei o assunto, não o apliquei à higiene da minha filha quando bebê e me arrependi. Quando tomei vergonha, fui ler para, só então, formar uma opinião e vi quantas coisas boas havia perdido na interação com minha filha, como a expus desnecessariamente a fraldas químicas e tudo mais. Estudei bastante o assunto, conversei com muita gente, vi como tinha sido boba e perdido uma grande chance. Ainda que eu trabalhasse fora na época, daria para fazer, sim, já que a Clara ficava em casa com o pai.

Agora, estamos começando um desfralde por aqui, com a leitura dos sinais que minha filha nos enviou de que, provavelmente, está pronta para fazer xixi e cocô em outros lugares que não na fralda. Confesso que, se havia um tema que me atemorizava mais que o desmame, esse tema era o desfralde. Tinha pavor mesmo, nem queria tocar no assunto. E sei a razão. Tem a ver com o fato de eu mesma, quando criança, ter passado por um desfralde muito problemático.

Fui uma criança que fez muito xixi na calça, muito mesmo, na roupa, na cama, na escolinha, na minha festinha de aniversário. Andava fazendo xixi pela vida. Por medo de passar vergonha, comecei a segurar; segurava ao máximo, de todas as maneiras, porque tinha vergonha de fazer xixi na calça, mas não conseguia. Eu me encolhia e me encurvava, eu me contorcia, segurava o mais que podia, mas não conseguia e fazia na roupa. Por segurar sempre, não querer fazer xixi, trouxe esse mau hábito para a vida. Já adolescente, consciente dos malefícios desse hábito e por ter convivido com sucessivas infecções urinárias, que me levavam para o hospital, ainda assim, segurava ao máximo, ainda assim prendia o xixi. Depois de adulta, já mais consciente, eu me obrigava a ir ao banheiro urinar pelo menos três vezes por dia, mas era uma obrigação. Para não ter erro, aumentava a ingestão de líquido, assim, não tinha como não ir. As infecções urinárias eram recorrentes; a última que tive foi aos sete meses de gravidez e me levou às pressas para a maternidade, em trabalho de parto prematuro. Foi uma luta, junto com o querido obstetra que me apoiou, para diminuir as contrações e manter o bebê lá. Fiquei quase quatro dias internada, em tratamento com antibióticos para reduzir a febre, debelar a infecção e impedir que minha filha nascesse antes do tempo. Com dedicação minha e do obstetra, conseguimos. Lembro-me até hoje de ele segurar minha mão e dizer: "Você já está sendo tratada, agora vamos focar no emocional e conversar com o bebê, para que ela fique mais". O mais interessante é que, depois de me tornar mãe, nunca mais tive infecção urinária.

Voltando ao assunto, estamos começando o desfralde aqui muito tranquilamente, sem encanações ou pressões de qualquer tipo. Estou muito feliz e satisfeita por estar vencendo meus próprios medos. Vejo o sorriso de minha filha aprendendo e me tranquilizo. Estamos indo muito bem. Como nunca é tarde para aprender e por ter lido muita coisa sobre EC, estamos aplicando algumas práticas no desfralde. Creio que também isso está tornando o processo tão tranquilo. Dá até uma coisa ver que é tudo tão real, tão verdadeiro, tão respeitoso. Que pena que não lutei antes contra meu preconceito. Perdemos todos com isso: nós, que deixamos de nos conectar ainda mais à nossa filha; ela, que foi exposta a plásticos, géis e afins; e o meio ambiente, que recebeu um contêiner de resíduos danosos. Vou ter de plantar uma área equivalente a uma nova ilha de Santa Catarina pelo que fiz.

Parece que é o dia internacional do *mea culpa*. Aproveitando que estamos falando de coisas básicas como xixi e cocô, compartilho aqui um barulho com o qual estou convivendo nos últimos dias: *paf*! É o som da cuspida que dei para cima quando, mesmo sem nada saber de crianças e nem sequer imaginar que teria filhos, considerava-me no direito de dar opinião sobre o tema. Ouvia os filhos dos amigos, em época de desfralde, dando tchau para o xixi e para o cocô que ia embora pelo vaso e achava o fim. Pensava: "Como foi que uma criatura ensinou um serzinho a dar tchau para o xixi e o cocô, gente?". Como se tivesse direito de ter opinião sobre o que nada sabia... Como se soubesse tudo daquele contexto, daquela família... Então, eu me tornei mãe, minha filha cresceu um bocadinho e, na primeira ida comigo ao banheiro, assim que terminou de fazer xixi, ela olhou para o vaso e, sem qualquer orientação, indução ou sugestão, simplesmente disse, entusiasmada, enquanto a descarga era acionada: "Tchau, xixi!". *Paf*!

Obviamente, por ter, hoje, um mínimo de noção e respeito pelo desenvolvimento natural da criança, não a censurei, deixei que se despedisse dos seus primeiros xixis fora da fralda. Acredito que repreendê-la sem qualquer fundamento que ela pudesse compreender aos dois anos de idade deporia contra minha capacidade intelectual. O que diria? "Filha, não se dá tchau para o xixi". Por que não? Se partiu dela naturalmente, é porque tem significado para ela, que ainda não quer encontrar pelo em ovo.

A primeira dica para quem vai começar a maternar ou para quem já está cuidado de filho pequeno é: conhecer a *elimination communication*. Ler, estudar, entender, não deixar a desinformação boicotar o conhecimento, como fiz. Muito menos seu preconceito. Não somos os únicos a perder com isso, nossos filhos e o lugar onde vivemos também perdem, e muito.

A segunda dica é jogar fora o preconceito. Se não sabemos o que é *diaper free*, *elimination communication*, *slings*, parto em casa, amamentação continuada, desescolarização, procuremos saber antes de formar opinião. Se soubermos e, ainda assim, não gostarmos, estaremos no nosso direito, mas não sejamos preconceituosos com quem analisou e fez essas e outras escolhas para a própria vida.

CAMA COMPARTILHADA: PROTEÇÃO, AMOR E SAÚDE

Lemos em algum lugar que bebês que dormem com os pais têm cinco vezes mais chance de morrer de morte súbita e ficamos apavoradas. Não entremos em pânico. Não seria apenas sensacionalismo? Vamos falar sobre este assunto mítico que ronda o imaginário popular e também a ciência: *dormir com o bebê*.

Danielle Kioshima Romais, também cientista que virou mãe, enviou a seguinte mensagem a mim, à Andréia C.K. Mortensen, grande companheira de escrita e coautora do livro *Educar sem violência: Criando filhos sem palmadas*, e a outra amiga cientista: "Vocês leram o último estudo sobre cama compartilhada e morte súbita do recém-nascido?".

O estudo – que amedrontava mães e pais, afirmando que bebês que dormem com os pais correm risco cinco vezes maior de morte súbita – foi publicado no periódico inglês *British Medical Journal* no dia 20 de maio de 2013, três dias antes da mensagem da Danielle. Por coincidência, Andréia estava, naquele momento, lendo as críticas de Tracy Cassels ao estudo. Tracy é autora do site *Evolutionary Parenting*, que trata de alguns dos assuntos que discuto no *site Cientista que virou mãe*: parto, maternidade, gestação, criação com apego, amamentação. Tracy é especialista em Ciência Cognitiva pela Universidade da Califórnia, mestre em Psicologia Clínica pela British Columbia e cursa doutorado em Psicologia do Desenvolvimento na mesma universidade, estudando como determinados fatores evolutivos afetam o comportamento empático das crianças. Tracy é mãe de Madeleine, sua fonte de inspiração. Em resumo, uma cientista que virou mãe.

Andréia estava exatamente lendo as críticas feitas por Tracy ao artigo mencionado, antes mesmo de ele estar disponível nas bases de dados, e brincou com a gente: "Vamos torcer pra ninguém dar atenção a isso, porque o estudo está cheio de equívocos". Um ou dois dias depois, Andréia deu a notícia: já estava na mídia nos Estados Unidos. Ainda brinquei com isso na *fanpage* do *Cientista que virou mãe* no Facebook: "Chegando na mídia brasileira notícia sensacionalista e atemorizante para pais que praticam cama compartilhada com os filhos em 3, 2, 1...".

Dito e feito. A BBC Brasil publicou uma matéria alarmista, com a foto de um bebê dormindo e a legenda "Médicos não aconselham compartilhar cama com recém-nascido", reproduzida em diferentes portais. Foi então que começou a movimentação de mães apreensivas, querendo saber se era verdade.

Vivemos em uma sociedade cujo paradigma dominante é a ciência biomédica, de forma que uma opinião de profissionais dessa área serve para legitimar e justificar escolhas, mesmo quando não diz nada coerente. Isso é fruto também da insegurança das pessoas em suas próprias escolhas. Exemplos não faltam. Quem não gostava (ou abominava) a ideia de parto em casa começou a aceitar, depois que se informou (por meio da medicina baseada em evidências) e viu que os riscos não eram maiores, ao contrário do que acreditava, ainda que aqueles que optavam por essa forma de nascimento não o fizessem por motivos científicos, mas, sim, por uma questão de valores, filosofia ou crença pessoal. Quem gostava de andador deixou-o de lado, depois que começaram a ser publicados estudos (biomédicos) mostrando seus riscos, mesmo que, antes disso, já se falasse que o andador não era bom para a crianças, por forçar artificialmente seu desenvolvimento motor.

Aonde quero chegar? Se aparece um estudo dizendo "dormir com o filho mata", quem justifica suas escolhas com base no paradigma biomédico entra em parafuso, dá adeus à cama compartilhada e monta o berço. Mas temos de lembrar que quem faz ciência são seres humanos, pessoas com crenças, valores e filosofias. A ciência, como tudo o que é produzido por pessoas, é passível de erros.

Estudos científicos à parte, milhares de famílias vêm optando por dormir junto com os bebês, por motivos que vão da comodidade da mãe que amamenta até a segurança e proximidade física e emocional, também à noite. Cada vez mais famílias vêm adaptando suas noites de sono para estar mais perto de seus bebês e, assim, terem noites mais tranquilas. Há os que durmam com o bebê no mesmo colchão, há os que juntem um colchão ao outro ou uma cama à outra, há os que adaptem berços para que sirvam como prolongamento da cama, há os que adaptem a ideia a suas necessidades das maneiras mais criativas. Os benefícios são muitos para a criança e para os adultos. Benefícios comprovados não (apenas) pela ciência, mas pela experiência empírica cotidiana de milhares de famílias. A convicção da família numa escolha deveria bastar para avalizar e legitimar uma escolha tão pessoal, mas como vivemos no paradigma biomédico, vamos ler uma análise do estudo.

Gostamos muito das críticas de Tracy Cassels ao artigo científico sobre o perigo da cama compartilhada. Pedimos autorização à autora para traduzi-las e publicá-las no blog *Cientista que virou mãe*. Ela autorizou e lhe somos gratas por isso.

Seguem os *links* para todos os textos: a contextualização preparada por Andréia C.K. Mortensen (http://www.cientistaqueviroumae.com.br/blog/textos/cama-compartilhada-protecao-amor-e-saude-que-beneficiam-maes-bebes-e-familias), juntamente com o texto traduzido para o português; as críticas de Tracy Cassels, em inglês (http://evolutionaryparenting.com/press-release-carpenter); e o estudo científico (http://bmjopen.bmj.com/content/3/5/e002299.abstract).

CAMA COMPARTILHADA: POR QUE É BOA E SEGURA?

Em fevereiro de 2012, a jornalista Tatiana Pronin me telefonou, por recomendação da amiga Andréia C.K. Mortensen, para uma entrevista sobre cama compartilhada. O interesse da jornalista, segundo o que me explicou, era elaborar uma matéria mostrando por que, embora alguns médicos condenem, cada vez mais famílias têm adotado a forma compartilhada de dormir. A matéria foi publicada no mês seguinte no caderno "Ciência e Saúde" do portal UOL. No geral, foi uma boa matéria. No entanto, ficou bastante claro que foi escrita pendendo mais para o lado do "cuidado, perigo!" do que para o lado do "sim, é bom e faz bem!". A legenda da imagem escolhida dizia "quem opta por trazer a criança para o quarto deve tomar certos cuidados" quando poderia ser "quem opta por trazer a criança para o quarto vê muitos benefícios na prática". Além disso, a posição alarmista da categoria médica, apresentada na matéria, pode impressionar ou desestimular as pessoas que ainda não estejam familiarizadas com a prática de dormir perto dos filhos. Mas isso não é assim tão surpreendente, essa parece ser a preferência dos meios de comunicação de massa, infelizmente: valorizar o alarmismo médico, em detrimento de evidências contrárias, científicas ou corroboradas por centenas de famílias. Acredito que isso acontece tanto em razão da atual hipervalorização da opinião médica, marcada pela violenta medicalização da vida, em que aspectos absolutamente rotineiros e cotidianos são interpretados como de domínio médico, quando não são, quanto por desconhecimento sobre os motivos pelos quais as famílias optam por dormir com os filhos.

Faço aqui algumas considerações sobre essa matéria.

Ao contrário do que foi apresentado, não notei que as noites em que minha filha dormia conosco eram as melhores. Apenas porque não tive termo de comparação. Em mais de dois anos, ela nunca dormiu separada de nós, porque os benefícios sempre foram tão grandes que não havia qualquer justificativa, para nós, sua família, para que ela passasse a dormir sozinha em seu quarto.

O risco de sufocamento do bebê que dorme com os pais é tão grande quanto o risco de sufocamento da criança que dorme sozinha com travesseiro, cobertor, protetor de berço e mais um monte de adereços que podem contribuir para isso. Sim, é o que as pesquisas mostram.

O pediatra consultado pela matéria diz que os bebês só devem dormir no quarto dos pais durante o primeiro mês de vida, porque isso diminui a ansiedade e facilita a amamentação. Pergunta 1: se a amamentação, de acordo com o que recomenda a Organização Mundial de Saúde, deve ocorrer com exclusividade por, no mínimo, seis meses e, continuadamente, por dois anos ou mais, por que práticas que a facilitem devem ser realizadas somente no primeiro mês? Pergunta 2: se a tão conhecida "ansiedade de separação" que acomete bebês tende a acontecer após o primeiro mês de vida, por que práticas que diminuam a ansiedade devem, também, ser realizadas somente no primeiro mês? O que acontece a partir do 32º dia de vida do bebê para que ele não possa mais dormir com os pais? Essa não parece uma visão generalizadora demais, colocando todos os bebês em um pacote único, como se todos se comportassem da mesma maneira? Um bebê de dois meses também não merece dormir menos ansioso? E a emocionalidade da mãe, onde fica? Será que dormir junto com o filho beneficia só o filho? Obviamente que não. As mães também são beneficiadas, pois precisam se levantar muito menos à noite para atender às necessidades da criança. Dormir próximo estimula ainda mais a produção de leite, e o sono tende a ser mais reparador do que quando o bebê dorme sozinho em seu quarto.

O risco de mortalidade associado à cama compartilhada é inferior ao risco de morte súbita do lactente quando este dorme sozinho em seu quarto. Em outras palavras, quando o recém-nascido dorme sozinho em seu quarto, aumentam suas chances de morrer subitamente pelo simples fato de que qualquer alteração demora muito mais para ser percebida, reduzindo as chances de socorro.

Um estudo realizado por pesquisadores do Departamento de Neurologia da Universidade da Califórnia[1] concluiu que, na população investigada, a prática de *cosleeping* melhora a qualidade do sono dos bebês, reduz o número de vezes que acordam à noite e, mais importante, diminui os riscos de morte pela síndrome da morte súbita do recém-nascido, ao contrário do que acredita o senso comum, reforçado pelo alarmismo médico.

Embora a matéria cite um estudo americano, para dizer que 515 crianças pequenas morreram ao dividir a cama com os pais, outros grandes estudos mostram que, das centenas de crianças que morrem durante o sono, em todo o mundo, mais de 70% dormiam sozinhas. Dormir junto, portanto, não parece ter sido a causa da morte dessas 515 crianças.

Os cuidados que devemos ter para praticar a cama compartilhada, na verdade, não são cuidados, são bom senso. Não dormir embriagado, sob o efeito de psicotrópicos, com excesso de cobertores. São cuidados que todos devemos ter, independentemente de onde dorme um filho. Fazer tudo isso quando o filho dorme separado não traz nenhum alívio, pelo contrário, se ele precisar de nós, estando longe, também não poderemos ajudar.

A matéria também trata da vida sexual dos pais que dormem com os filhos. Garanto: a cama compartilhada não afeta a vida sexual de

---

1. Disponível na internet: http://pediatrics.aappublications.org/content/100/5/841.

quem a adota. Afinal, criatividade não é importante apenas na criação de filhos, mas, principalmente, na vida do casal. Casal sem criatividade é casal triste. Quem compartilha a cama com o filho e diz que isso prejudica a vida sexual, na verdade, está usando isso como desculpa para outra questão. Se a vida sexual não está boa, não é porque o bebê dorme junto. Pensemos bem no que está errado e responsabilizemos o que, de fato, precisa ser responsabilizado. Afinal, não existe só a cama para as horas boas da vida. Ou estou errada?

Sim, a criança precisa aprender que os pais têm uma relação que não a envolve, como afirma a psicanalista, mas existem diversas formas de mostrar isso a uma criança no dia a dia, até mostrando que a relação do pai e da mãe não acontece somente à noite, mas durante todo o tempo, enquanto, juntos, eles criam os filhos com afeto e amor.

Em nossa família, Clara dormiu conosco desde que chegou ao mundo e até pouco mais de dois anos. Volta a dormir sempre que pede. Já dormiu num carrinho ao lado da cama, num bercinho ao lado da cama, na cama conosco em dias de muito frio, quando a preferência geral era dormir todo mundo juntinho, e depois num colchão junto à cama dos pais, como uma extensão. Com cerca de dois anos e meio pediu, por vontade própria, para dormir em seu quartinho. Foi quando começamos a nos preparar. Ao contrário do terror que todos tentam incutir nas famílias que praticam cama ou quarto compartilhado, não houve drama, nem melindres, nem nada, ela simplesmente foi. Para nós, nunca existiram regras nem normas quanto a dormir, comer, passear e tudo o mais que diz respeito à vida de uma família. Apenas buscamos respeitar Clara como criança que merece respeito de todas as formas.

Cada família precisa encontrar o que é melhor para si, sem se deixar impressionar pelo alarmismo e, principalmente, ouvir seu coração e seguir aquilo que a deixa mais unida, coesa e tranquila.

Muitos dizem que é a mãe quem leva o filho para dormir junto, mas não é bem assim. Conheço muitos casais cuja decisão de dormir junto com o filho foi tomada pelo pai. Já vi pais pensando em como mudar a estrutura do quarto, para não ter de se separar do bebê e, ainda assim, todos dormirem bem. Embora seja mesmo lindo uma mãe dormir abraçadinha ao filho, para mim, poucas coisas foram tão lindas e emocionantes em minha vida de mãe como entrar no quarto e ver o pai da minha filha dormindo abraçadinho a ela, num ambiente seguro, respeitoso e acolhedor.

Cama compartilhada nem é uma novidade tão grande assim. Só é novidade e tema para discussões e polêmicas no mundo ocidental, onde tudo é motivo para levantar pontos negativos, para incentivar a polêmica, para a política do medo tomar conta, para gerar insegurança na comunidade, talvez como forma de controle social, com grandes especialistas dando conselhos salvadores sobre assuntos que dizem respeito somente aos pais. No Oriente, as pessoas dormem em camas compartilhadas desde que o mundo é mundo. Nos países pobres, a maioria das pessoas dorme com outras. E, se há mortes, se há descaso, se há fatalidade, não é por isso.

Não sou especialista no assunto. Sou especialista em outras coisas. Em maternidade, estou longe de ser e espero continuar assim, porque, quanto menos especialistas somos num assunto, mais abertos estamos para outras possibilidades. A mim, como mãe, interessa mais a visão ampla do que a pontual sobre determinado assunto.

Aproveito para agradecer e parabenizar a jornalista Tatiana Pronin pelo interesse em levar mais informação ao público e, também, por tornar seus próprios questionamentos como mãe temas para reflexão sobre práticas cotidianas.

A MENINA, O AMOR E A CONQUISTA DO ESPAÇO

Certa tarde, minha filha Clara estava brincando entre o quintal e a sala, entrando e saindo, quando se irritou seriamente com alguma coisa e atirou longe um objeto, com raiva. Nervosa, começou a chorar muito, um choro sentido, com lágrimas escorrendo pelo rostinho triste. Eu estava ao lado, fazendo algumas coisas na casa. Deixei o que estava fazendo e fui conversar com ela. Perguntei o que tinha acontecido, mas ela não quis falar. Então, eu disse: "Filha, será que você não está com sono?". "Acho que sim, mãe", respondeu, para minha grande surpresa. "Não acha melhor ir lá na cama tirar um soninho?". Ela parou de chorar, eu a abracei, enxuguei seu rostinho e ela foi caminhando sozinha até o quarto e se atirou na cama de casal. Ao lado, em uma caminha auxiliar, ela dorme durante as noites. Corrijo, dormia.

Fui atrás, para aconchegá-la, tirar o sapatinho, fechar persianas. Abaixei-me, dei um beijo nela e fui arrumá-la na cama. Bem delicadamente, ela me disse: "Eu já sei sozinha, mamãe". "Já sabe sozinha o que, filha?". "Eu já sei dormir sozinha". Ela estava simplesmente me dizendo que já sabia dormir e que o sono viria sozinho. Assim, de maneira bem simples, estava me dizendo que eu não precisava estar ali. Dei-lhe um beijinho, disse que a amava, saí e encostei a porta. Fui à sacada e pensei: "Ela já sabe dormir sozinha". Minha filha estava me mostrando que estava pronta para a conquista de seu próprio espaço.

Desde que Clara nasceu, compartilhamos nosso quarto. Aconteceu sem qualquer planejamento. Durante a gravidez, montamos um quarto lindo para ela, com berço e tudo mais, mas ela nunca dormiu uma noite lá e, com o tempo, desmontamos tudo. Dormir conosco foi uma escolha natural, instintiva, feita pelos inúmeros benefícios que fomos observando durante o percurso. Boa para a amamentação, para a qualidade do sono de todos, pelo afeto e amor durante toda a noite, para aumentar nossa união, para transmitir segurança durante a noite e para ajudar a tornar o sono dela mais tranquilo. Clara não teve crises de choro inexplicáveis durante a noite, nunca precisei me deslocar para amamentá-la, o pai nunca precisou levantar no frio para acolhê-la. Dormimos, durante esse tempo, de diferentes formas: carrinho ao lado da cama, juntos na mesma cama, Clara no bercinho auxiliar ao lado da cama, cama no chão (que adoramos) e, por fim, há mais de um ano, dormíamos com ela ao lado, em uma caminha auxiliar. Não foi um movimento feito por mim, a mãe. Ao contrário do que algumas pessoas pensam, que isso é coisa da mãe e que o pai vai no embalo, o pai sempre preferiu assim e sempre disse que não conseguia imaginá-la, tão pequena, tão novinha, dormindo longe da gente. Foram incontáveis as noites em que eu, indo deitar depois deles, encontrei-os agarrados e trocando cafunés. Hoje, são próximos e parceiros e sei que o fato de terem estado sempre juntos, até durante a noite, contribuiu para isso.

Agora, acabei de ouvir da minha filha que ela já sabe dormir sozinha. Talvez fosse a hora de montar um quarto de dormir só dela. Ela já tinha um quarto de brincar, que montei para que percebesse que havia outros lugares para dormir além do quarto em que dormia com a mãe e o pai, além de servir como espaço para brincar nos momentos em que quisesse ficar sozinha – crianças também gostam de ficar sozinhas, é importante para elas, é quando a criatividade aflora de maneira mais forte e elas criam mundos, reorganizam pensamentos e dão significado às brincadeiras. No entanto, esse quarto funcionava junto com o escritório do pai e, embora ela gostasse, não era seu quarto de dormir.

Fiquei com aquilo na cabeça durante três dias, esperei chegar o fim de semana e, num sábado, eu, ela e o pai saímos para procurar coisas que pudéssemos utilizar na organização do quartinho novo. Saímos sem ideia definida, esperando as coisas se mostrarem. Não seriam necessárias grandes aquisições: eu queria manter a ideia da cama no chão, das prateleiras da altura dela, em armarinhos pequenos, onde os brinquedos pudessem ficar organizados e à vista. Cores claras, que transmitissem tranquilidade, e, o mais importante, que ela se sentisse bem e tivesse espaço, um espaço amplo, para onde ela pudesse levar os amigos e brincar, dançar e bagunçar à vontade. O objetivo não era passá-la para o quarto novo, mas, sim, oferecer a ela essa possibilidade e respeitar seu movimento. Se quisesse ficar com a gente, ótimo, seria sempre bem-vinda; se quisesse dar mais um voo e conquistar seu próprio território, ele estaria ali para ela, gostoso, arrumadinho, saudável, acolhedor.

No domingo, eu mesma fiz toda a reorganização, com minha pequena ao lado, como sempre. Ela dava conselho, perguntava o que eu estava fazendo, por que estava "bagunçando tudo". Eu disse: "Filha, mamãe está montando um quarto novo. Um quarto grande, cheio de brinquedos, com livrinhos e tudo de que você gosta". E ela, faladeira e curiosa, perguntou: "Meu quarto, mãe?". "Sim, minha filha, seu quarto". Quando eu disse "seu quarto", a mágica aconteceu. Ela deu um pulinho com os braços esticados e gritou: "Oba! Meu quarto!", e saiu correndo pela casa. Um daqueles momentos que marcam mais que tatuagem, em que relembro toda a trajetória e sinto que tudo está valendo a pena.

Para que Clara tivesse um quarto bacana, espaçoso, reorganizamos a casa e mudamos de quarto. O quarto menor ficou sendo o do casal – muito mais aconchegante, diga-se de passagem. Nós, os adultos, não precisamos de tanto espaço quanto a criança, temos todo o restante da casa para curtir. Mas quarto de criança é um reino, uma aventura, um lugar mágico de sonhos e criações. Esse lugar merece ser espaçoso. Abrimos mão do quarto maior muito felizes.

Para a arrumação, escolhemos, com a ajuda dela, acessórios muito aconchegantes: um edredom de nuvens, organizadores branquinhos, clarinhos, um tapete em tons de azul e lilás. O quarto está, aos poucos, tomando forma, em azul e branco, que lembram o céu com nuvens. Passei o domingo inteiro mudando livros e mais livros de um quarto para o outro, arrastando móveis junto com o pai dela, prendendo objetos no teto, reorganizando brinquedos e tornando ambos os quartos acolhedores, exatamente como fizemos quando Clara ainda estava na barriga, sem saber que ela nunca usaria aquele quarto, porque ficaria ao nosso lado.

Já no fim da tarde, Clara tirou um longo cochilo. Quando acordou, eu já estava quase terminando e a chamei, para ver como havia ficado, embora ainda não tivesse arrumado a cama nem dado os toques finais. Ela entrou, olhou ao redor e bem objetiva, disse: "Ainda não tá pronto, mãe". Dei uma gargalhada e expliquei que ainda não estava pronto mesmo. Ela saiu para brincar e continuei. A noite chegou e, enfim, terminei. Arrumei uma caminha bem aconchegante, sem qualquer pretensão de que ela dormisse ali naquela noite. Estiquei o tapete novo, acendi o abajur e coloquei na tomada a borbolentinha de luz que ela mesma escolheu. Então a chamei. Ela veio correndo.

Clara simplesmente parou na porta do quarto e, arregalando os olhos, disse: "Mãe, *quiéisso*? Um quarto de nuvens?", muito espantada com a mudança e a novidade. Expliquei que, sim, era um quarto de nuvens, onde ela podia brincar e cantar e dançar sempre que quisesses. Olhou para a cama e disse: "Minha cama, mãe?". "Sim, filha, sua cama. Você gostou?". E lá foi ela de novo, gritou "oba" e começou a dançar e correr pelo quarto, frenética, cantando: "Meu quarto, meu quarto, meu quarto!", numa alegria sem fim. Eu... feliz até não poder mais.

Eu estava vendo, na minha frente, a conquista do próprio espaço, o sentimento de ter algo novo, seu, próprio, uma fase importante do desenvolvimento, a identificação de si como parte à parte, mas integrada. "Meu quarto", "eu tenho um quarto". Isso tem uma simbologia diferente para as crianças que compartilham o quarto com os pais e que passam para seus quartos. Justamente por isso, tendem a valorizá-lo, a dar mais importância a ele, porque foi uma conquista, fruto do crescimento. É por isso, então, que é infundado o medo que as pessoas têm de que as crianças que dormem com os pais possam se tornar crianças inseguras, dependentes, que nunca dormirão sozinhas. A conquista do próprio espaço é muito significativa para elas, o que faz com que a transição tenda a ocorrer espontaneamente. Claro que não é uma regra que todas as crianças seguirão. Pode ser até que algumas crianças sintam muito a transição. Nesse caso, talvez não seja a hora. No que acredito? Em intuição, em instinto e em sensibilidade, em ler os sinais que a criança transmite e em acompanhar suas demandas.

Para mim, embora tudo isso fizesse sentido, era apenas teórico até aquele momento em que vi acontecer tal qual num livro de comportamento humano, tal qual na teoria do apego: crianças criadas com apego seguro tendem a se lançar mais, a ser mais seguras, a conquistar seu espaço. Bingo. Sinceramente, eu não havia arrumado aquele quartinho gostoso para que ela dormisse lá naquela noite. Acreditava que haveria uma espécie de transição ritualística ou sabe-se lá o que.

Quer saber o que aconteceu? Clara se apressou para tomar banho. Durante o banho, só falava no quarto. Vestiu-se, dizendo "Que lindo, mãe. Que lindo, pai". Depois que escovou os dentes, correu para sua própria caminha, em seu próprio quartinho e disse: "Boa noite, mamãe". Fiquei na porta, paralisada: "Vai dormir no seu quartinho, filha?". "Vou mãe, meu quarto". Nada mais me restou, além de aconchegá-la, cobri-la e deitar ao lado para cantar uma música até que ela dormisse. Estava fazendo um cafuné, quando, uns dez minutos depois, ela simplesmente se virou e disse: "Pode ir, mamãe". Ui, deu até uma fisgada no peito. Beijei-a e saí. Cheguei na sala e me sentei... fez-se um silêncio aqui dentro...

Eu havia esquecido que havia mais alguém a ser adaptado, que precisaria de uma transição, talvez ritualística: eu. Do dia para a noite, passaria a dormir sem ela. Foram 2 anos, 9 meses e 21 dias dormindo juntinhas, num vínculo total entre mãe e filha. E ela não estaria comigo naquela noite. Compartilhei o que estava sentindo com o pai dela, que me olhou e disse: "É, tá crescendo", e me deu um abraço. Sem choro, sem crise, sem nada. Simplesmente foi. Clara dormiu a noite inteirinha, sem acordar, sem nos chamar, tranquila. Tem dormido assim há 13 dias. Foram 13 noites felizes, tranquilas, de sono ininterrupto. Demorei mais do que ela para me adaptar, com certeza. Fiquei uma semana dormindo meio sobressaltada, com medo de que me chamasse e eu não ouvisse. Agora, durmo relaxada, feliz, em meu quarto novo. Nova fase. Estamos todos crescendo.

Num desses dias, minha filha foi dormir e pediu que ficasse para cantar uma música, porque "o sono não tá vindo pra mim, mãe". Comecei a cantar uma canção que adoro e que acho que tem tudo a ver com maternidade: "Cabe o meu amor/Cabem três vidas inteiras/Cabe uma penteadeira/Cabe nós dois/Cabe até o meu amor/Essa é a última oração pra salvar seu coração/Coração não é tão simples quanto pensa, nele cabe o que não cabe na despensa/Cabe o meu amor". Clara se virou e me abraçou, me beijou e dormiu profundamente.

Quanto amor cabe em um coração? No meu coração, no momento, cabe um amor infinito por uma menina que acaba de conquistar seu próprio espaço. Cabem nuvens, bichinhos, livrinhos e muita bagunça. Cabe uma penteadeira, cabemos nós duas, cabem três vidas inteiras. Cabe o meu amor.

FINAL FELIZ PARA MEUS CARNAVAIS

Para mim, dos 14 aos 17 anos, carnaval era sinônimo de ansiedade. Minha família era sócia de um clube que fazia bailes tradicionais no ginásio. Daqueles em que se forma uma roda de pessoas andando sem sentido em círculo por fora, outra roda de pessoas andando sem sentido em círculo por dentro, com um monte de pessoas sem noção pulando no meio, cerveja dos copos caindo nos outros, confete colando no suor e um ou outro escorregão catastrófico na frente da arquibancada. O banheiro feminino se aproximava do que imagino que seja o limbo (não é só banheiro masculino que fede). Era comum encontrar duas ou três pessoas caídas no corredor. Cenário de *The Walking Dead*.

Se eu gostava, se achava legal, se curtia? Amava! Passava o ano inteiro juntando dinheiro para comprar a "permanente", um convite que dava direito a quatro noites e três tardes. Juntava dinheiro para não ter de pedir aos meus pais e não ter mais um obstáculo a vencer na luta pelo "Tá bom, pode ir". A ansiedade ficava por conta de saber se poderia ir ou não, porque era muito nova e, embora achasse aquilo o máximo, minha mãe sabia que não era tanto assim. Passado o ano novo, eu começava a infernizá-la com "Mãe, posso ir?", embora soubesse que, quanto mais perguntasse, maiores eram as chances de ela não deixar. Mesmo repetindo constantemente "Se perguntar mais uma vez, não vai", no fim, ela deixava e sempre curtia a empolgação junto comigo. Afinal, era isso o que fazia do carnaval uma coisa memorável para mim. Criou-se uma tradição.

Eu ia ao baile com minhas amigas e sabia que, por volta de uma da manhã, minha mãe começaria os preparativos para nos receber em casa. Ela ia nos buscar animada, perguntava tudo. Nós contávamos, ríamos das aventuras e, quando chegávamos em casa, sempre havia uma mesa posta com um ou dois tipos de bolo, sanduíches, sucos, leite. Era lindo! Toda vez que me lembro disso me emociono. Comíamos juntas, entre mil conversas e íamos dormir entre quatro e cinco da manhã. Acordávamos, almoçávamos, descansávamos e íamos para a matinê. Voltávamos, descansávamos, jantávamos, e começava tudo outra vez. Ficou mesmo a lembrança das madrugadas pós-carnavalescas de acolhimento materno-sorridente, com cheiro de bolo saído do forno e suco fresquinho.

Isso de gostar de carnaval de clube foi na adolescência. Depois, entrei na faculdade, fui morar sozinha, entrei numa de bicho-grilo, deixei o Raul e todos os Jims possíveis invadirem minha vida (Morrison, Page, Hendrix etc.). O carnaval passou a ser momento de fuga em massa: fugia do caos carnavalesco (para o qual, em minha juventude, eu dizia "eca!"), ia acampar com a turma ou fugia para a praia ou para as montanhas, para curtir quatro, cinco, seis dias de comunidade alternativa. Bons tempos aqueles, de *"When the moon is in the seventh house, Aquarius"*.

Como tudo passa, essa fase passou também, e chegou a de não querer nem ouvir falar de carnaval, nem para viajar. Curtia uma reclusão com a família ou os amigos que também não curtiam carnaval. Churrasquinho, cervejinha, seis a dez filmes para assistir. Até hoje, esse hábito de filmes no carnaval me faz lembrar de minhas irmãs.

Então, nasceu minha filha, e o carnaval chegou quando ela tinha sete para oito meses. Nem vi passar. Minha repulsa continuava, mais pelo que a mídia mostra sobre o que considera "carnaval" do que pelo carnaval mesmo. Até tentamos ver um carnaval de bairro tradicional, mas chegamos depois do desfile e não vimos nada. Então, continuei a deixar o carnaval enterrado lá nas minhas memórias adolescentes.

No carnaval seguinte, relaxamos um pouco. Eu já não assistia televisão aberta e não via o carnaval de baixaria machista que a mídia faz questão de mostrar. Um evento que organizamos em Florianópolis para mães empreendedoras e suas famílias caiu bem pertinho do carnaval. Organizamos um bailinho e me peguei amando as marchinhas antigas, as musiquinhas infantis de carnaval. Clara ganhou uma fantasia de fada, feita por uma amiga, e confesso que minha bronca com o carnaval diminuiu. O que contribuiu para isso? Ter uma criança em casa e manter a televisão ligada apenas para filmes – e uns seriados madrugueiros a que assisto enquanto trabalho. Minha irmã veio nos visitar e aproveitamos para passear, mas longe de qualquer folia.

Quando chegou 2013, eu tinha 20 e tantas resoluções em minha lista anual, entre elas recuperar o carnaval dentro de mim, porque adoro a cultura popular e aquilo de dizer "eca!" para o samba era só fachada. Essa vontade veio também do fato de o carnaval tradicional de rua ser uma festa bacana em sua essência e de minha filha precisar conhecer esse carnaval, antes que a vida mostre a ela o outro, versão apocalipse. Uma criança que viva em um ambiente onde todos dizem que carnaval é ridículo, baixaria, violência, sinônimo de álcool e outras drogas cresce achando que carnaval é isso mesmo. Cresce achando isso, sem nunca ter vivido o lado bom da festa popular. Pode ser que, no futuro, ela não saiba escolher – como eu e minhas irmãs escolhemos, tendo conhecido os dois lados da moeda. Carnaval é tudo isso aí de ruim? Sim, é, porque foi o que fizeram dele, mas não é só isso, é também música, cultura, fantasia, brincadeira, trabalho coletivo, imaginação.

Tendo decidido aproveitar de maneira diferente o carnaval, a vida se encarregou de dar uma forcinha. Moramos em um bairro conhecido por sua cultura açoriana, um bairro que já foi apenas de pescadores. No bairro vizinho, há uma associação que ajuda a promover um carnaval muito legal. É um bloco popular tradicional, formado por moradores da região e pessoas que querem ajudar a fazer uma festa bacana, marcada pela riqueza cultural. No início do ano, começam os ensaios da bateria e decidi que ia tocar, dez anos depois de estudar percussão, sem nunca mais ter tocado nada. E daí? Aprendo de novo. E comecei. Durante um mês, as noites de quarta e sexta foram preenchidas pelos ensaios. Clara sempre comigo e com o pai – ainda éramos casados. Fizemos amigos, conhecemos vizinhos, inserimo-nos nas atividades do bloco. Foram momentos inesquecíveis de parceria, alegria e união, sem falar que ver nossa filha tocando ou dançando à frente da bateria era incrível. Todo mundo passou a conhecê-la e a chamá-la de mascote do bloco. Foi tratada com muito amor por todos e incluída na programação. Quando não estava dançando ou tocando, ela ficava comendo pastelzinho de berbigão, que adora.

Chegávamos aos ensaios e todos já vinham cumprimentá-la, de forma que ela se sentia muito à vontade. O pessoal do bloco dava aula de inclusão de crianças, de respeito à infância, de cooperação. Nao só com a Clara, mas com todas as crianças que acompanhavam os pais. Nos tamborins, a primeira fileira foi dedicada às crianças que quiseram tocar.

O bloco saía na sexta e na segunda. As camisetas eram entregues dois dias antes. Chegou a sexta, e estávamos ansiosos pela apresentação. Caiu a maior chuva do universo. Choveu o dia inteiro. Meia hora antes do horário do desfile, parou de chover, mas já não adiantava nada, o desfile tinha sido transferido para o sábado. E Clara perguntando: "E o samba, e o samba?". Explicamos que não ia rolar samba naquele dia e ela ficou frustrada. Conversamos e ela entendeu que com aquela chuva não daria mesmo.

No sábado, saímos! Antes, ainda na concentração, aconteceu uma daquelas aventuras do não tão maravilhoso mundo materno. A concentração demorou mais do que imaginávamos. Fui pegar a Clara no colo e senti o xixi molhando minha mão: a fralda não aguentou. Um mundo de gente esperando na concentração, o carro a quilômetros dali, sem chance de eu ir até lá buscar o *kit* de sobrevivência. O pai dela, num momento derrotista, chegou a cogitar: "Vou embora com ela". Mas eu jamais permitiria isso. Imagine a frustração da pequena (e do grande também), depois de participar de tudo, não poder sair no bloco, no "samba", como ela aprendeu a dizer. No entanto, uma coisa tem em todo lugar: mãe. Saí correndo em busca de alguém que tivesse uma fralda para emprestar, no melhor estilo *As aventuras de Pi*. Encontrei uma moça com um bebê no colo e me senti salva. Aproximei-me dela e disparei: "Moça, desculpe incomodar, mas minha filha fez xixi. A fralda está no carro, a quilômetros daqui, não vou conseguir passar por essa multidão. Você teria uma fralda para me dar, por gentileza?". A moça, confusa, respondeu: "No entiendo". Argentina. Eu ali, toda atrapalhada, fiquei pensando em como me expressar. Nunca tinha ouvido ou escrito "fralda" em espanhol. Disparei: "Alguna cosa... alguna cosa para cambiar la chica". *Cambiar la chica...* Que vergonha. A moça tentava segurar a risada, enquanto tentava entender o que eu dizia. Gesticulávamos. Até que ela disse: "Pañal?" e apontou para a fralda da filha. Respondi: "Si! Si! Isso! Pañal!". Gargalhamos, relaxamos, abraçamo-nos em comunhão. Ela me entregou a fralda como um bastão numa corrida de revezamento, com um sentimento de vitória entre nós. Respondi: "Muchas, muchas gracias, obrigada mesmo, gracias". Ela colocou a mão no peito, de punho cerrado, como se dissesse "a mãe que mora em mim também mora em você", embora fale outra língua.

Troquei a fralda da Clara num cantinho protegido. Voltamos ao bloco que, enfim, saiu. Foi a coisa mais emocionante do mundo carnavalesco. Foi demais estar com aquele pessoal todo, vizinhos, crianças, amigos, gente contribuindo para um carnaval sem palhaçada, sem babaquices, sem violência, sem gente caindo de bêbada no meio do bloco. Crianças nos *slings* dos pais, porque as mães estavam tocando, crianças abrindo a ala dos tamborins, crianças de cavalinho nas mães, gente tocando voluntariamente, contribuindo para um carnaval bonito, de cultura popular mesmo. Esse era o tipo de carnaval que eu queria mostrar à minha filha.

No dia seguinte, nós a levamos ao bailinho infantil. Linda, vestida de abelha, dançou muito, brincou, pulou, divertiu-se. Na segunda-feira, o bloco saiu novamente. Sensacional, melhor que a primeira vez. Pai e filha abrindo a ala, ela no *sling* dele com seu tamborim (que foi da mamãe, que foi do vovô). Eu tocando tamborim na bateria. Trabalho em família, em equipe, gente nos abraçando por estarmos ali juntos, representando muitas coisas, mas, principalmente, um carnaval que inclui famílias. Ao final, comemos uma *paella* junto com amigos, celebramos juntos um lindo carnaval tradicional, divertido, respeitoso, mostrando que carnaval divertido e respeitoso também é possível, afinal, quem faz o carnaval são as pessoas, e existem pessoas de diferentes tipos. No último dia, ao ouvirmos da varanda os fogos que finalizavam o carnaval em nosso bairro, demos tchau ao carnaval daquele ano. Então, a Clara perguntou: "Acabou o carnaval, mãe?". Eu disse que sim, que o carnaval daquele ano havia acabado. E ela: "Mas eu quero tocar tamborim, mãe". Eu disse que ela podia tocar, mas não no carnaval, carnaval só no ano seguinte. Ela saiu pela sala de ombros caídos, dizendo "Não quero ano, mãe. Quero carnaval".

Essa foi a história de como recuperei o carnaval em minha vida. Como fui do carnaval apocalíptico para o carnaval tradicional, com minha filha no colo. Sinto-me muito feliz por não passar conceitos preestabelecidos para ela e por continuar a mostrar que, em tudo o que fazemos, existem sempre formas mais afetuosas de fazer. De carnaval apocalíptico, só restou uma espuma num tubo metálico, nojenta, que o povo gosta de jogar na cara dos outros e que tem, acredite se quiser, butano como propelente. Como é que alguém tem coragem de jogar algo inflamável numa criança? Coisa horrorosa.

No caso de nos pegarmos em apuros por uma fralda, segue-se um pequeno dicionário que as amigas do mundo virtual me ajudaram a montar. Agradeço a todas.

Como pedir uma fralda emprestada em diferentes línguas:

- Espanhol: *Puedes prestarme (o dejarme) un pañal, por favor? Gracias.* (Angélica Lequerica)
- Inglês: *Excuse me. Would you have an extra diaper to lend? I would really appreciate it!* (Manuh Martins Guilherme)
- Galego: *Podería prestarme un cueiro? Obrigada.* (Mercedes Martínez)
- Francês: *Excusez-moi, avez-vous une couche à me prêter? Merci.* (Gabriela de Andrade, que diz já ter precisado no aeroporto de Montreal)
- Italiano: *Mi scusi, avrebbe un pannolino da prestarmi?* (Serena Improta)
- Japonês: *Sumimasen, omutsu wo kashite itadakemasu ka? Arigatou gozaimasu* (Thais Saito)
- Alemão: *Bitte. Kanst du mir ein windel leihen? Danke!* (Luisa Fernandes)
- Holandês: *Pardon, heeft u een extra luier die ik kan lenen? Dank u wel.* (Tessa Vindevogel-Colauto)
- Húngaro: *Elnézest, kölcsön tudna adni egy pelenkát? Köszönöm!* (Carolina Godinho Rosa Szabadkai)
- Carioquês: *Caraca! Esqueci a fralda! Tem como tu me arrumar uma?* (Raquel Petersen)

SOBRE COISAS QUE APRENDEMOS QUANDO NOS TORNAMOS MÃES

Eu não sabia nada de nada quando me tornei mãe. Hoje, sei pouco, mas, como dizia o poeta, desconfio de algumas coisas. A maternidade foi uma tremenda reviravolta mental e de valores nesses quase quatro anos.

Antes de engravidar, eu achava que todo bebê, sem exceção, alimentava-se por mamadeira e que a mamadeira era item obrigatório no enxoval. Antes de engravidar, achava que todo bebê precisava nascer no hospital, desconhecia outras possibilidades. Antes de engravidar, achava que fralda descartável era uma das maiores invenções da humanidade e que fralda de pano era coisa da época da minha avó. Antes de engravidar, achava que a figura mais entendida de bebês era o pediatra, que o único jeito de levar o bebê sempre juntinho era no carrinho, que carrinho era item obrigatório na lista multimilionária de compras da gravidez. Achava que lugar de criança tomar banho era a banheira, que colo era um lugar para se estar, não por muito tempo, porque vicia, acostuma mal. Antes de engravidar, eu achava que o lugar obrigatório para o bebê dormir era o berço, qualquer alternativa estaria fadada ao fracasso ou geraria mau hábito. Não via muito problema na alimentação infantil, embora já achasse bizarro ver criança comendo biscoito recheado com refrigerante no café da manhã. E também achava que lugar de criança pequena era na escola.

Perdoai-me, ó vida, pois não sabia o que dizia. Não sabia o que dizia, porque nunca havia parado para pensar criticamente sobre nada disso. Se penso diferente hoje, é porque fui aprendendo, em razão da necessidade, da reflexão sobre os porquês. Desde a gravidez, cada questão que surge vem obrigatoriamente acompanhada de *por quê?*, tal como uma criança que está descobrindo o mundo. Isso torna evidente que aquilo que pensamos (ou grande parte do que trazemos) é resultado do senso comum, como a compra involuntária do que a sociedade nos vende, por transmissão oral, pela mídia, pelos preconceitos, pelo comodismo, e por meio de tantas outras coisas. É só quando conseguimos enxergar isso que aquilo que nos vendem como "é assim, porque sempre foi assim" talvez não precise ser, pois conseguimos nos abrir para novas possibilidades.

Por que mamadeira, se tenho seios, se quero amamentar, se o leite que produzo é o melhor alimento para meu filho, gratuito, sem me tornar refém de mais uma necessidade constante de consumo?

Por que hospital se não estou doente, se não tenho uma gravidez de risco, se meu bebê está se desenvolvendo bem?

Por que fralda descartável se há fraldas de pano modernas, se as descartáveis representam grande quantidade de lixo ambiental? A despeito de fazer esse questionamento, não tive nem traquejo nem sabedoria para deixá-las de lado. Minha culpa, minha máxima culpa.

Por que quem entende de criança é o pediatra se sou a mãe, se conheço meu filho e ele não é uma tabela, uma média, um robô que se comportará como todos os outros bebês?

Por que carrinho se existem os *slings*?

Por que banheira se existem os baldes e o colinho debaixo do chuveiro?

Por que não dar colo se colo tranquiliza, é natural e até eu gosto?

Por que berço se nem eu que sou adulta durmo sozinha, se os bebês são pequenos, frágeis e gostam de se sentir seguros e próximos das pessoas?

Por que escola cedo se um dos pais pode estar com a criança, fazendo ajustes e adaptações no trabalho, trabalhando em casa?

Por quê?

Tenho pensado novamente nisso, em como tudo seria diferente se eu tivesse um segundo filho. Perderia menos tempo, energia e dinheiro com coisas absolutamente desnecessárias e supérfluas e, ao mesmo tempo, ganharia tempo para me dedicar ao que realmente vale a pena, ao que realmente pode melhorar minha vida como mulher mãe e fazer a diferença na vida de um filho. Acho que, se tivesse um filho hoje, não compraria nada além de algumas roupinhas. Não gastaria tempo algum pensando em quarto, acessórios, superficialidades. Leria tudo aquilo que ainda não tivesse lido. Escolheria uma prática que me ajudasse a me conectar comigo mesma. E me prepararia – de fato – para um parto respeitoso, para fugir da violência (declarada ou sutil).

Todas essas coisas vieram à tona novamente, porque, entre outros motivos, enfim consegui concluir a arrumação do quarto da minha filha. Estamos morando em nossa nova casa há pouco mais de um mês e só agora consegui terminar. Ao concluir, fiquei alguns momentos olhando para o quarto, pensando em como foi chegar até aquele formato, como foi bonito e importante abrir mão de crenças sem fundamento para chegar ao modelo que deu certo para nós e que contém alguns dos nossos pensamentos e valores. Pode parecer apenas um quarto, mas é muito mais. É a conjunção de crenças sobre a infância, sobre a vida, sobre as fases de desenvolvimento, sobre economia, sobre valores financeiros, sobre o peso que damos aos objetos.

Esse quartinho diz coisas importantes sobre o que penso sobre minha filha, sobre como desejo que ela cresça, sobre o que é importante valorizar. Nesse quartinho, não há grandes valores nem grandes compras. Na verdade, de grande empresa ali só o edredom – ainda assim, comprado em promoção – e as almofadas azuis – *idem*. O restante foi todo pensado para ser pessoal, para representar o que a Clara valoriza e o que eu, como mãe, valorizo também. É o quarto onde dorme uma menina. E é azul, porque quero que ela cresça sem essa noção sexista que se vê por aí, segundo a qual às mulheres está reservado um mundo falsamente cor de rosa, onde brinquedos azuis são tirados de suas mãos. É um quarto de nuvens, porque ali dorme uma menina que, desde sempre, mostrou grande encantamento pelo céu e que sabe dizer, olhando para ele, em que fase da lua estamos. Uma cama baixa, para valorizar a autonomia ao deitar e levantar, sem ter de pedir ajuda e sem correr o risco de cair durante o sono. Uma cama feita de *pallets* de madeira, elevada do chão apenas para evitar umidade ou friagem. As almofadas quadradas foram compradas a R$ 3,00 cada uma, em uma loja de departamentos (a etiqueta diz "indústria brasileira"). Bandeirinhas e almofadinhas de nuvens, feitas por uma artesã de Recife, que encontrei em um desses portais que reúnem artesãs e que escolhi pela beleza do trabalho e da apresentação e, também, pelo bom preço e pelo atendimento gentil. Dois dos armários do quarto são feitos de caixas de feira unidas, pintadas de azul com nuvenzinhas brancas e rodinhas de silicone, para que possam ser transportadas facilmente. A arte das caixas foi feita pelas mesmas artesãs que fizeram a cama de *pallets* e que conheci em uma tradicional feira de artesanato em Florianópolis. Há um grande tapete no quarto, de algodão, feito em tear por artesãs de Florianópolis também. Um tapete branco, azul e lilás – para desespero geral das mães. Sim, um tapete branco em um quarto de criança, sobre o qual nunca caiu tinta, suco ou qualquer outra coisa que o manchasse definitivamente, porque, quando montei o quarto, ainda na outra casa, conversamos com a Clara e explicamos como as pessoas precisam cuidar de seus quartos. Embora a bagunça seja liberada (e ela bagunça para valer), lá ela não come nem brinca com coisas que possam sujar, faz essas coisas em outros lugares da casa. No fim, penso que o tapete acabou sendo o lugar do quarto de que ela mais gosta. Passa incontáveis horas dançando sobre ele, como se fosse um palco, e encenando esquetes de peças imaginárias que só ela entende.

Os quadrinhos redondos são, na verdade, bastidores, feitos por mim, sem mistério: escolhi tecidos que tinham a ver com o tema do quarto (nuvens), comprei pequenos pedaços de tecido, comprei os bastidores (muito baratos) e os montei. Uma ideia fácil e barata para quem quer decorar a casa sem gastar muito.

Nesse quartinho, também há um aparelho de som, velho, que tem papel de destaque no espaço e na forma como a Clara o utiliza. Ela gosta muito de música, não passa um dia sequer sem ouvir, então, reservei esse aparelhinho para ela. Por ser já bastante usado, bem velhinho, ela pode mexer à vontade. Foi assim que aprendeu, sozinha, a colocar o CD que quer ouvir, na hora em que quer ouvir e mudar quando tem vontade. Sempre que chega um amiguinho, ela coloca uma música, e dançam juntos, tendo virado um elemento agregador. Ela tem uma coleção muito bacana de CDs infantis, que fomos garimpando por aí.

Eu jamais poderia imaginar, antes de ser mãe, que montar um quarto para um filho pudesse ser algo econômico, personalizado e que contasse uma história, a história do que se valoriza naquela casa. Hoje, vejo que pode ser assim também, que não precisa ser aquela coisa sempre igual de berço-cama-guarda-roupa (aliás, o guarda-roupa dela é uma cristaleira de madeira, linda, que foi dada por alguém a quem consideramos como seu padrinho, comprada em uma loja que vende artigos de demolição). Não precisa ser caro, não precisa ter luxo, não precisa ter nada que, de fato, a criança não vá usar. Na verdade, nem precisa ter. Mas, tendo, é possível fazer tudo com economia e muito toque de mãe e pai.

Clara tem três anos e dorme em seu próprio quarto há apenas seis meses. Foi para lá espontaneamente, depois de compartilhar o quarto conosco desde que nasceu, sem choro, sem drama, sem luta.

Terminei de colocar os bastidores. Clara estava na natação com o pai e eu já havia terminado minhas atividades acadêmicas. Fiz uma pausa, peguei os tecidos, os bastidores e a tesoura, montei e preguei na parede. Quando ela chegou, disse-lhe que tinha uma surpresa no quarto. Ela subiu rapidamente e, ao ver a novidade, puxou o ar com toda força, abraçou-me e disse "Oba! Muito demais, mamãe! Quadrinhos de nuvens no meu quarto de nuvens. Obrigada". Chamou o pai para ver e disse, toda feliz: "A mamãe que fez, papai".

Poucas coisas dão tanto orgulho quanto fazer algo para um filho, colocando amor e criatividade. Antes de ser mãe, eu pensava que era incapaz de qualquer dessas coisas. Considerava bobagem. Hoje, estou sempre pensando em como melhorar as coisas para minha filha, como tornar tudo mais aconchegante, para que ela se sinta à vontade e confortável. Talvez, também por isso, ela sempre diga: "Mamãe, sabe de uma coisa? Eu tenho um presente pra você. Um céu de estrelas no seu quarto". E me abraça apertado. Coisas que a gente não pode nem imaginar antes de ser mãe...

UMA FILHA DE TRÊS ANOS, UM AMOR DE MUITO MAIS

Para mim, 30 de julho é um dia de renascimento, de celebração da vida, da alegria, dos gritinhos de entusiasmo, da criança brincando e se deslumbrando com um "céu de estrelas brilhantes". Dia de celebrar o *páotega*,[1] o pastel de *bibigão*,[2] o "vamos dançar juntas", o *massa-massa*[3] e todas as dezenas de velhas novas coisas que aprendo com minha filha. Ela está fazendo três anos e estou celebrando a maravilha, a beleza, o desafio, a superação, a novidade, a profundidade, a imensidão de coisas novas que a maternidade traz. Celebrando a capacidade que desenvolvemos de dar às coisas a devida dimensão (ou quase), de priorizar, de abrir mão, de se entregar, de se doar, de lutar e aprender.

Julho é, para mim, um mês muito especial, porque comemoro três nascimentos de uma só vez: o meu, no dia 27, o da minha filha, no dia 30, e o meu como mulher transformada em mãe. Ter me tornado mãe foi não somente viver uma metamorfose completa, mas, acima de tudo, aceitar passar por ela, aceitar as mudanças, as adaptações, as novas configurações. Aceitar de bom gosto, de bom grado, com empatia e determinação.

Não vivo a maternidade com facilidade. Não acho que ser mãe esteja dos domínios da facilidade. Não é fácil aprender a ser mãe enquanto vamos sendo. Não é fácil lidar com dúvidas, angústias,

---

1. Pão quentinho com manteiga.
2. Pastel de berbigão, um clássico da culinária de Florianópolis.
3. Pão caseiro que fazemos juntas.

interferências, conflitos. Algo que não podemos esperar, ao nos tornarmos mãe, é facilidade. Aliás, de nada que desejemos e que vá mudar a vida de maneira decisiva podemos esperar facilidade. Não esperei facilidade quando decidi seguir a carreira acadêmica. Também não esperei facilidade quando decidi desistir de uma carreira anterior para construir uma nova. Não esperei facilidade ao decidir trabalhar com saúde coletiva e estudar a violência no parto. Por que haveria de esperar facilidade no papel de mãe? Quem espera uma maternidade fácil está esperando errado. Na verdade, quem espera facilidades da vida e as busca obcecadamente não está procurando ser protagonista da própria vida, mas, sim, um eterno coadjuvante da vida de outros ou, pior, uma vida fictícia, que jamais representará a pessoa verdadeiramente. Se isso está bom, que seja assim. Não é o que desejo para mim nem é um valor (ou desvalor?) que pretenda passar à minha filha. O que tenho me esforçado para passar e me sinto feliz por isso é que seja lutadora, destemida, comunicativa, que diga o que pensa, que acredite que é capaz, que acredite em si mesma, que diga nãos e sins, que entenda as próprias dificuldades, que aceite os aprendizados, que respeite seu próprio tempo, que entenda que não se faz xixi no vaso de uma hora para outra, que *fazer sisculpe*[4] é importante, que precisamos ser amigos de quem amamos verdadeiramente, que aquilo que não nos faz bem é importante deixar ir, que tem coisa que faz mal, mesmo sendo gostosa, que tem hora certa para fazer algumas coisas, que criança pequena precisa da mãe, do pai ou de quem cuida dela, que colinho é bom para fazer a angústia passar e que beijo de mãe e pai tem efeito anestésico. Tudo bem chorar, tudo bem sorrir, tudo bem ser gente. Quem chora está precisando de um abraço, quem fica doente merece cuidado, café da manhã é bom de tomar junto, tem gente que simplesmente não gosta da gente, não podemos forçar ninguém a gostar de nós e isso não é problema nosso. Fazer festa de

---

4. Pedir desculpas.

aniversário é bom, mas melhor ainda é chamar os amigos para soprar as velinhas junto e ter velas para todos. Clara, essa menina tão bacana, que tem crescido de maneira muito leve, tem aprendido cada uma dessas coisinhas a seu tempo, de maneira natural.

Recentemente, aprendeu que chamar alguém de "ele" ou "ela" pode não ser tão importante quanto chamá-lo por quem é realmente. Aprendeu isso ao encontrarmos uma pessoa cujo sexo não estava tão evidente. Ao me ouvir dizer "ela está colocando as coisas na sacola", estranhou o *ela* e, ali mesmo, diante da pessoa, disse bem alto: "Ela? Não é ela, é ele". A pessoa ficou visivelmente constrangida, então, num lampejo, perguntei seu nome e a pessoa respondeu: "Meu nome é X". Eu disse: "Viu, filha, X!". Clara, muito suavemente, exclamou: "Ah, é! É X. Isso!". Sorri, a pessoa sorriu e sentimos que ali estava uma pequena mostra de como as novas gerações precisam ser formadas, preocupando-se mais com quem está diante de nós do que com seu sexo, sua profissão, sua aparência ou qualquer coisa que o valha.

Por tantas coisas especiais que julho nos traz, faço sempre questão de celebrar, de festejar, de compartilhar, de viver com amigos e pessoas que nos querem bem. Organizei, com todo amor do mundo, uma festa de três anos para Clara, que aconteceu no dia do meu aniversário. Mais especial impossível. O tema era "Festa dos Beatles". Por quê? Porque Clara adora os Beatles, canta muitas músicas, adora os vídeos e identifica dois dos quatro: John e Paul (ela ainda tem dúvidas sobre quem são George e Ringo). Nós, os pais, gostamos dos Beatles, por isso, ouvimos muito. Obviamente, a Clara também ouve, afinal, a música que a criança ouve – crianças pequenas como ela – é a música que é colocada para ela ouvir. Mas, antes do que imaginávamos, ela apareceu cantando as músicas dos Beatles espontaneamente ou pedindo para ouvir, até o dia em que perguntei a ela do que queria a festinha e ela disse, apontando para a camiseta que estava usando: "Dos *bítous*!". É provável que ela saiba exatamente o que isso significa, mas, sem dúvida, foi com muita euforia que participou dos preparativos de cada detalhe, junto comigo, sempre. E com mais alegria ainda curtiu a festinha.

Quero apenas celebrar. Celebrar e compartilhar esse sentimento tão pleno, intenso e nobre. Essa coisa verdadeira e profunda que sinto por saber que, há três anos, eu enfrentava uma madrugada de profundo contato comigo mesma, com meu bebê, com meu corpo, com minha vida. Eu sentia minha filha chegando e me dedicava a aproximá-la cada vez mais de mim. Senti todas as contrações com respeito, gratidão e profundo desejo de ser mãe. Lembro-me do encantamento que vivi ao vê-la pela primeira vez: olhos puxados de Björk, furinho no queixo, serena e tranquila. Foi muito forte. Tão forte quanto o que sinto diariamente, quanto as pequenas imensas coisas que sinto e vivo todos os dias como mãe dela, quanto o que ouvi dela na madrugada que antecedeu à festa. Eram quase quatro horas da manhã e eu estava terminando uns detalhes. Ela me chamou do quarto. Quando cheguei, estava sentada na caminha e disse: "Mãe, você ainda tá fazendo a festinha?". "Tô, filha, tô quase acabando". "É a minha festinha?". "É, querida, é a sua". "De três anos?". "Sim, filha, de três anos". Então, ela se deitou e se aninhou, abraçando meu pescoço e me puxando para junto dela, disse: "Mãe, sabe uma coisa? *Piciso* você".

Eu também preciso de você, minha filha. Você trouxe luz à minha vida, às nossas vidas. Parabéns, filha. Três anos da mais pura alegria e de orgulho de ser sua mãe.

O BERREIRO NÃO ESTÁ LIBERADO, NÃO!

Em meados de setembro de 2012, a revista *Veja* publicou uma matéria assinada pela jornalista Natalia Cuminale, com o título "Berreiro liberado" e o subtítulo "O bebê acordou à noite e está aos prantos no berço? Calma. Deixar a criança chorar é uma tática eficaz e segura para ensiná-la a dormir sozinha". Bati o olho na manchete e já saquei do que se tratava. A matéria foi escrita com base nos resultados de um estudo australiano que supostamente mostra que deixar a criança chorar até pegar no sono é bastante recomendável como estratégia para ensinar a dormir. A jornalista teve acesso ao artigo e se achou respaldada para produzir uma matéria bastante superficial e equivocada. Na época, li e não fiquei muito chocada, apenas ri. Algumas revistas a gente lê e pensa sobre o que leu. Outras a gente só lê e ri. Depois, escrevi um texto descontraído intitulado "Por que deixar chorar até que se durma realmente funciona? Ou 'Céus! Pari o Darth Vader!'", que fez muito sucesso entre mães, pais, cuidadores e educadores. Sim, foi um texto inspirado na matéria da *Veja*, não pude me conter.

Por que estou retomando o assunto? Porque, na época, quem tem um pé na ciência tratou de correr atrás do tal artigo australiano para ver como a pesquisa foi feita, se o que estava na matéria procedia mesmo. Foi o meu caso e o caso das companheiras Andréia C.K. Mortensen e Melania Amorim. Melania até escreveu sobre isso em seu *blog*. Vimos, de cara, alguns problemas metodológicos no tal estudo, e problema no método inevitavelmente leva a conclusões enviesadas e equivocadas. Juntas, ensaiamos um "estudo sobre o estudo", a fim de produzir uma crítica consistente ao estudo. Acontece que, em razão dos nossos trabalhos, não conseguimos terminá-la.

Andréia conseguiu traduzir críticas ao estudo feitas por Kathleen Kendall-Tackett, psicóloga, consultora de amamentação e editora de livros sobre saúde da mulher, envolvida em projetos de pesquisa que investigam o sono e a fadiga em mães e os efeitos de drogas antidepressivas em mulheres que amamentam. É autora de dezenas de artigos publicados em revistas internacionais conceituadas e, sem dúvida, uma grande referência na área de saúde feminina, especialmente das mulheres que se tornam mães.

O que devemos aprender de tudo isso:

- O estudo tem problemas metodológicos e leva a conclusões equivocadas.
- Conclusões científicas equivocadas podem ser utilizadas como base para que as pessoas direcionem ações, que também serão equivocadas.
- É importante checar tudo antes de publicar na grande mídia algo desse tipo.
- Os prejuízos que podem ser causados são muitos.
- Nesse caso, poderia ser prejudicada a saúde de muitos bebês que, com o apoio de revistas generalistas sem grande comprometimento com a infância, talvez estejam sendo deixados no berço chorando, sem amparo, apenas porque os pais se sentiram respaldados por conclusões erradas.
- Sentir-se respaldado pela *Veja*? Aí, o problema é ainda mais grave.
- A evidência científica só é boa para direcionar ações quando produzida de maneira correta; do contrário, pode causar muito estrago.

- Ciência só cientista faz; para o cuidado amoroso e empático, basta ter sensibilidade e ouvir o coração.
- Por fim: sim, deixar a criança chorar no berço para que aprenda a dormir continua a trazer prejuízos. A ciência, quando bem-feita, continua a afirmar isso.

POR QUE DEIXAR CHORAR ATÉ QUE DURMA REALMENTE FUNCIONA? OU "CÉUS, PARI O DARTH VADER!"

A mãe passou nove meses sonhando com a chegada do filho, preparando o ambiente para recebê-lo. Comprou um berço lindo, seguro e confortável, para aquecê-lo quando chegasse, onde ele dormiria como anjo sonecas diurnas e o longo e profundo sono noturno. Providenciou um pijaminha quentinho, que o ajudaria a dormir mais relaxado. Selecionou dezenas de músicas para bebês, para embalar o sono da cria.

Sonhava com uma rotina linda pós-nascimento: banhos de sol todos os dias (nos sonhos não chove), mamadas frequentes e abundantes, brincadeirinhas fofas, beijos, abraços, muito amor, banhinho de fim de tarde, pijaminha quentinho, mãe cantando uma suave canção de ninar enquanto embala docemente o bebê que, aos poucos, fecha os olhinhos e simplesmente dorme. Sonho perfeito: o bebê relaxa, dorme tranquilo e feliz até o dia seguinte, enquanto sua mãe aproveita o horário noturno para um tratamento de beleza, um retoque nas unhas, uma leitura bacana, um filme divertido, um estudo mais profundo, um chamego com o companheiro ou a conclusão de um trabalho importante.

Enfim, o bebê chega e, junto com ele, a vida real, para acabar com tudo. Tchau, sonho, um beijo pra você! Por que a vida insiste em se meter nos nossos sonhos? Os planos não saem como o esperado e, de repente, o bebê não quer dormir, simplesmente quer ficar acordado com a mãe, no colo quente e confortável, porque, afinal, ela é seu porto seguro e ele ainda não sabe que, depois de dormir vem o acordar, que o devolverá à mãe que o sono levou. Ele sabe, apenas, que "dormiu = separou".

Com a recusa do bebê em dormir, lá se vai o sonho feliz de Pollyanna. Vou chamá-la carinhosamente de Polly, porque acredito que habite em quase todas nós, ainda que se esconda bem. Polly começa a se questionar sobre o que está fazendo de errado. Será que o bebê mamou demais? Será que mamou de menos? Será que é a fralda? Cólicas? Coceira? Dor em algum lugar? Ansiedade? Será um bebê "*high need*" (não gosto muito desse nome, mas vá lá)?

Então, aquela amiga superexperiente em assuntos de maternidade, ao saber que o filho de Polly não quer saber de dormir no horário e na rotina estabelecida (no sonho), que não quer saber de se comportar e de aceitar a rotina da família, prepara sua voadora, pega impulso, sai correndo e pá!, acerta em cheio, com os dois pés, o peito cheio de leite de Polly, e dispara (sem que ninguém tenha pedido sua opinião): "Polly, amiga, meus filhos dormiam a noite in-tei-ri-nha! Isso é *manha*, minha filha. Você precisa ensinar esse menino a dormir!". Polly se sente ainda pior. Outras amigas, na tentativa de ajudá-la (todo mundo quer ajudar), também palpitam: "Polly, amiga, esse menino está te manipulando. Está de manha, de birra. Você não pode ceder, com o risco de estar criando um pequeno tirano". Além de se sentir culpada e ficar traumatizada com a palavra "amiga" dita logo após seu nome, Polly entristece. Com que facilidade seu bebezinho se transformou de um bebê normal em um manipulador de adultos! Será mesmo seu filho um pequeno tirano? Um serzinho perverso, que usa de manhas e artimanhas para manipulá-la, que fica confabulando sobre qual a melhor estratégia para manipular a tonta da mãe? Polly entra em crise: "Céus, terei parido Darth Vader?".

Polly se deprime, passa a achar que seu filho não é "como os demais", afinal "os demais" (os filhos de suas amigas) dormem a noite toda. De duas, uma: ou ela está fazendo alguma coisa errada ou terá de admitir que pariu o rei do pior lado da força, um bebê indisciplinado, manhoso, birrento, manipulador.

Polly começa a aprender a fazer o filho dormir. Descobre que existem técnicas divulgadas em livros que *garantem* que o bebê dormirá facilmente em poucas noites. Polly ouve e lê comentários sobre esses livros, gente dizendo "Funcionou! É um milagre!", enche-se de esperança, compra o livro, lê e começa a "domar o seu bebê", no melhor estilo "como domar o seu dragão".

Aprende que tudo bem deixar o bebê chorar até aprender a dormir, porque, afinal, "por trás de um filho que dorme tranquilo, há uma mãe que dorme tranquila". Polly já tinha ouvido algumas mulheres falando sobre os prejuízos de deixar chorar para "aprender" a dormir. Pesquisadores do assunto que sabiam da existência de muitos trabalhos científicos que comprovam os prejuízos do choro como forma de treinamento. Mas Polly não conhece essas pessoas, como pode dar ouvidos a gente que não conhece? "Essa história de ciência, vocês vão me desculpar, não serve para cuidar de filho, não. Até aquela grande revista já mostrou que não tem problema deixar criança chorar. Até parece que essa mulherada vai saber mais que essa revista. Estou tranquila, estou respaldada, vou continuar com meu plano. Afinal, o doutor pediatra diz no livro que é infalível e minha amiga disse que funciona, que é um milagre!"

Polly começa a colocar em prática o método de treinamento, mas acontece algo pelo que não esperava: não se sente bem, porque aquilo, para ela, não parece natural. Considerando seus próprios valores, não faz sentido fazer um bebê "aprender" com base no choro, porque o choro é um sinalizador de que algo não está bem. Como ignorá-lo? Ler é uma coisa, fazer é outra. Dói em seu coração saber que seu bebê está chorando na tentativa de mostrar que precisa dela, e ela não o atende.

Polly decide abandonar as regras e seguir seu coração. Vai até o berço, olha para seu filho: "Não, você não é Darth Vader! Venha com a mamãe, Luke!". Polly pega o filho com carinho e o aninha nos braços, junto ao peito, dá colo a ele. E ele para de chorar. Queria o colo da mãe, a presença física da mãe, seu calor e as batidas do seu coração. Nesse momento, Polly percebe que, ainda que Luke não durma no horário que ela havia planejado nem da maneira como havia pensado, uma coisa valiosa acontece: ela está tranquila com sua decisão e, por trás de uma mãe tranquila com sua decisão, há um bebê tranquilo.

Polly, então, revê o percurso e chega à conclusão de que o erro estava no sonho, porque, embora fosse um sonho lindo, pecava em um ponto: desconsiderava totalmente o bebê e sua personalidade. Em nenhum momento, ela pensou que aquele bebê não conhecia a rotina do lar aonde chegou, como acontece exatamente com todos os bebês. Ele poderia se adaptar ou não. O fato de se adaptar rapidamente não o torna um superbebê. Ao contrário, o fato de não se adaptar não faz dele um bebê-problema. Ele apenas é assim. Não quer dormir, quer ficar com a mãe, quer colo. Eu o entendo: colo de mãe é mesmo bom demais.

Mas como fica aquele papo de que deixar chorar até dormir funciona? Funciona? Claro que funciona! Vou explicar por que funciona. Façamos algumas analogias:

a) Um amigo nos pede um grande favor, que vai demandar tempo, esforço e ter de deixar nossas próprias coisas de lado para ajudá-lo. Fazemos de bom grado. Terminada a tarefa, o amigo dá tchau e se vai, sem agradecer ou nos abraçar. Qual a chance de nós o ajudarmos novamente?

b) Conquistamos uma grande vitória no trabalho, chegamos em casa animadas, felizes e compartilhamos a alegria com nosso companheiro. Contamos tudo, nos mínimos detalhes. Assim que terminamos, ele diz: "Dá um passinho pro lado, por favor? Tá passando Palmeiras e Santos". Qual a chance de fazermos a mesma coisa posteriormente?

c) Uma amiga querida combina de ligar para um café, já que faz tempo que quer nos reencontrar. Ela liga uma vez, duas, três, quatro, cinco, mas nunca podemos. Qual a chance de ela continuar tentando?

d) Um aluno de oito anos, no meio da aula, cria coragem e levanta a mão para fazer uma pergunta à professora. Pergunta e, na sequência, a professora vira as costas e continua falando sobre o que estava falando antes. Qual a chance de essa criança perguntar novamente?

e) Votamos em um candidato político. Durante o mandato, ele foi condenado pela justiça, foi decretado seu *impeachment* e ele ficou sem poder se candidatar por anos, por ter roubado uma imensa quantia destinada a projetos que ajudariam a melhorar a qualidade de vida dos cidadãos. Qual a chance de votarmos nele novamente?

Sabe por que a chance de que esses comportamentos se repitam é mínima? Porque aconteceu o que chamamos de *extinção* do comportamento. A extinção de um comportamento acontece quando uma resposta deixa de ser reforçada, ou seja, quando há *omissão* do reforço. No caso do aluno de oito anos que fez uma pergunta, por exemplo, o reforço para que ele continuasse participativo e interessado seria a professora ter dedicado atenção e empatia ao questionamento. Como o reforço não aconteceu, aquele comportamento tende a ser *extinto*. É um procedimento eficaz para obter a diminuição gradual de algo. Então, se quero que meu filho pare de chorar e aprenda a dormir, o processo de *extinção* do comportamento – não acalentá-lo, não pegá-lo no colo – está certo! Ele vai parar de chorar e, enfim, dormirá! Mas, calma, amiga, ainda não terminamos. É preciso saber tudo sobre o processo.

Voltemos aos exemplos, para responder: o que terá sentido aquela pessoa cujo comportamento não obtive resposta e, provavelmente, será extinto? Como essa pessoa se sentiu? O que sentiu no momento em que a resposta que esperava não aconteceu? É bom esse sentimento? Ele dá origem a boas coisas? Como nos sentimos quando um amigo não agradece ou não nos abraça? Como fica a relação com ele? Como nos sentimos quando nosso companheiro ou companheira não oferece a resposta emocional que esperávamos num momento importante da vida? Como será que se sentiu a amiga a quem não conseguimos dedicar um pouco de nosso tempo? Como se sentiu o menino de oito anos quando a professora virou as costas à sua dúvida? Como nos sentimos quando um político rouba os cidadãos? Não são bons sentimentos, e essa é a dimensão do problema.

Deixar chorar funciona? Claro que funciona. Um comportamento realmente se extingue quando a resposta esperada não vem. Quando um bebê chora por algumas horas, por alguns dias, querendo o colo da mãe, e a mãe, porque está colocando em prática um método que promete salvá-la, não dá aquilo que o bebê lhe pede, ele tende a parar de chorar. Agora, como será que ele se sente? O que faz crer que a frustração e a chateação que sentimos quando não recebemos resposta sejam diferentes das dele? Onde entra a regra de ouro nessa relação, aquela que sugere que tratemos os outros da maneira como queremos ser tratados?

Os métodos baseados na extinção do comportamento quase sempre são válidos. Mas será que devem ser utilizados sempre, como um "guia"? Pollyanna não conseguiu. Sentiu-se ferida, por imaginar que os sentimentos do filho também poderiam estar sendo feridos.

No método baseado em tentar extinguir o comportamento de chorar de um bebê, podem acontecer alguns problemas, previstos pela teoria psicológica. Se a mãe decidiu (mesmo que sofrendo com isso) ignorar o choro ou não pegar o bebê no colo, deixando-o chorar até que durma, mas o pai não conseguiu, ou a avó, ou a amiga, ou qualquer pessoa por próxima que se sentiu aflita com o choro da criança e invadiu o quarto, pegou no colo, vejamos o efeito. A criança sabe que pode ser acalmada por um colo, a família sabe que pode acalmar o bebê com o colo e o bebê sabe quem deu e quem não deu o colo. Se pensamos que, assim, estamos criando um tirano, desculpem, mas não é ele quem está do lado não muito bacana da força. Não acho coerente demonizar as crianças, quando somos nós quem estamos negando acolhimento, para que aprendam o que queremos que aprendam, com base no nosso sonho ilusório.

Outra questão: a própria teoria afirma que, em algumas situações, pode ser cruel privar o indivíduo da atenção de que precisa. O choro é uma dessas situações, porque é um sinalizador de que algo não vai bem, indica dor, sofrimento emocional ou outra necessidade. Se uma criança está chorando e já é possível dialogar com ela, então, que façamos isso. Mas um bebê tem no choro sua principal forma de comunicação. Não parece razoável que os ensinemos a deixar de se comunicar quando precisam de algo.

Uma última questão: o método da extinção do comportamento apresenta mais um ponto delicado. O processo de extinguir um comportamento (em nosso caso, o choro que antecede o dormir) pode produzir agressividade. Por agressividade, não estamos considerando somente a violência em si, mas a amplificação do comportamento que se quer extinguir. Se o bebê for deixado chorando, na esperança de que, não recebendo acolhimento físico, ele vá se acostumar e finalmente dormir, estejamos preparados para o fato de que ele pode, *sim*, chorar ainda mais, em vez de simplesmente dormir. Essa é uma situação prevista pela teoria.

Se o método funciona? Claro que funciona. O bebê para de chorar por extinção do comportamento e, com o tempo, por condicionamento, dorme sem chorar, ainda que seu cuidador não o embale. Se alguém disse que o bebê aprenderia "a dormir", a intenção era nos enganar.

As teorias psicológicas podem explicar nossos comportamentos cotidianos, dos mais simples aos mais complexos. Mas há que termos sempre em mente os resultados das escolhas. Não é ético ignorar uma parte do processo, apenas porque ele não é tão bonito quanto esperávamos que fosse. Também não adianta fingirmos que não existe. O ideal é conhecer tudo a fundo, para que possamos escolher. Polly não nasceu sabendo ser mãe, assim como suas amigas e as amigas das amigas, mas preferiu ouvir seu coração que, de certa forma, é muito mais coerente com o que acontece no íntimo do seu bebê. Polly pegou para si a *responsabilidade* de ser guiada por seu sentimento em relação ao filho. Pegar para si a responsabilidade é assumir riscos. Uma coisa é dizer "mas eu só fiz o que o livro mandou"; outra, bem diferente, é dizer "sim, eu fiz, porque eu quis, porque assim senti que devia fazer". Mesmo assim, para Polly, foi mais tranquilizador do que simplesmente seguir um método que, *sim*, funciona. Às custas de que, já é outra história, que nem todo mundo quer contar.

Hoje, Polly e Luke (ou Padmé) vivem mais conectados. Luke sabe que, na hora de dormir, pode contar com o colinho da mãe, do pai ou de outro cuidador, ainda que não durma do jeito que eles sempre sonharam. Quem disse que nossos sonhos contêm aquilo do que realmente precisamos para sermos felizes? É na vida – e não no sonho – que vivemos.

Cuidado devemos ter com fórmulas e métodos que salvadores se dizem. E também com os que de manipuladoras as crianças chamam. Já diria Mestre Yoda.

UM CONTO FELIZ DE NATAL

Noite quente de verão. Temperatura por volta dos 35 graus centígrados. A roupa muito quente, simples, mas bonita, comprada em loja barata, já o aguardava arrumada há alguns dias. Barba fajuta, feinha. Demos um trato nela: colamos mais manta de silicone, para dar volume. Ficou boa. Compramos um sino, no qual se lia "Hora do almoço!", frase que, com certeza, não seria notada pelas crianças. Clara, Caetano e o bebê Francisco brincavam pela casa, correndo, cantando para três bonecos que entoavam músicas de Natal, enquanto os adultos conversavam no gramado ou finalizavam a preparação dos pratos que haviam escolhido para a ceia. Éramos 15 pessoas no total, entre familiares e amigos. Noite agradável, feliz, descontraída, leve, cheia de risadas e diversão. Mesa posta no gramado, velas acesas, tudo arrumado com o amor de sempre por nossos anfitriões.

Dez da noite. Ele se levanta e o acompanhamos até o andar de cima, onde, escondido, começaria sua preparação. Calor, muito calor. Ele estava sem camisa. Para compor o figurino, vestiu camiseta branca, cuja gola apareceria por baixo do casaco vermelho. Vestiu a calça, o casaco, amarrou o cinto preto, calçou as botas, colocou a barba e, por fim, o gorro. Sentia muito calor, mas, ainda assim, lembrou-se de pedir para tirar uma pulseirinha de que a neta tanto gostava, para que ela não o reconhecesse. Coisas de que só o amor nos faz lembrar.

Lá embaixo, uma amiga vigiava para que as crianças não subissem. Então, levaram-nas até o quintal de trás, enquanto descíamos as escadas. Fomos bem ligeiro para o quintal da frente, de onde avistamos outros dois Papais Noéis, um saindo correndo pela porta principal da casa vizinha e entrando pela porta dos fundos, e o outro correndo na esquina, tentando terminar de vestir as calças. Coisas que só quem gosta de crianças se dispõe a fazer.

Dei um beijo nele, perguntei se estava bem, ele disse que estava ótimo. Abracei e agradeci: "Obrigada por estar fazendo isso". Ele respondeu: "Não tem que agradecer. Fiz pra você quando era pequena, faço quantas vezes precisar pra ela". Senti-me profundamente emocionada. Entrei correndo.

As amigas e eu corremos para o quintal dos fundos, onde os demais já entretinham as crianças com mil assuntos. Então, ouvimos os sinos: "Vocês estão ouvindo sinos?".

Clara e seu amigão Caetano pararam o que estavam fazendo. Arregalaram os olhos. Caetano gritou: "Tô ouvindo!". Se há uma coisa que guardarei para sempre é a lembrança dos rostinhos iluminados dos dois naquela hora. Era ele, estava chegando. Correram. Fomos todos para a frente da casa, onde já o avistávamos, caminhando pela rua em direção à casa: Papai Noel!

Clara se sentou no degrau, colocou as duas mãozinhas no rosto, sorrindo, chocada. Caetano abriu o portão, saiu correndo para a rua, foi em direção dele e disse: "Bem-vindo, Papai Noel, pode entrar!". Ele entrou, conduzido por seu anfitrião. O encantamento parecia não ter fim.

Com a maior desenvoltura do mundo, Papai Noel deu boa-noite a todos, cumprimentou todo mundo, disse que havia andado muito para chegar ali, mas que sabia que encontraria gente bacana. Atuação digna de prêmio. Perguntou como estávamos, como havíamos passado o ano, as crianças respondiam. Disse que tinha uns presentinhos. Distribuiu-os entre todos, enquanto Clara dizia: "*Cletinha*, Papai Noel, *cletinha*". Ele terminou de entregar os presentes. E nada da bicicletinha que ela tanto pedira... Era muito pesada, não dava para carregar no saco de presentes. Então, ele a pegou pela mãozinha e a levou até o lado da casa. Lá estava a *cletinha*! Clara deu um grito e o abraçou: "*Gada*, Vovô Noel!".

Ao final, depois de entregar os presentes e de conversar com todo mundo, Papai Noel disse, olhando para as crianças: "Sei que vocês gostam de presentinhos, mas há um motivo para que todos estejam aqui hoje, inclusive o Papai Noel: vamos comemorar o aniversário de um garotinho". Antes que pudesse terminar a frase, Caetano disse, eufórico: "É mesmo! É o aniversário do Menino Jesus!". Papai Noel continuou conversando com ele, contando a história do menino divino, enquanto todos se deixavam encantar – gnósticos, agnósticos, ateus, católicos, espíritas, indecisos, brancos e nulos.

Papai Noel, então, posou para fotos e se despediu. Antes de ir embora, pegou Clara no colo: "Papai Noel ama você. Você é uma menina especial, como é a mamãe. O Papai Noel está muito feliz por estar aqui de novo". Ganhou um abraço apertado dela e meu. Eu nem conseguia falar. Então, despediu-se e Caetano o abraçou: "Até o próximo Natal, Papai Noel!". Ele abriu o portão e, tocando o sino, saiu caminhando lentamente pela rua enquanto dizia aquilo que vinha treinando há alguns dias: "Ho, ho, ho".

Todos entraram, mas fiquei por ali e, depois de me certificar de que as crianças também já estavam dentro de casa, saí e fui ao encontro dele, para abraçá-lo forte e agradecer. Agradeci muito. Ficamos abraçados uns minutinhos, o suficiente para entender o que um queria dizer ao outro: "Vamos, vamos lá tirar essa roupa, você deve estar morrendo aí". "Tô mesmo, mas tô feliz que tá danado." Era sempre assim que ele dizia "muito" quando estava feliz.

Subimos correndo para as crianças não verem. Ajudei-o a trocar de roupa e a recolocar a pulseirinha que havia tirado. Agradeci de novo e guardei a fantasia na sacola, para o próximo ano.

Descemos. Fomos ao encontro de todos. Clara já estava em cima da bicicletinha. Olhou para ele e começou a contar tudo o que tinha acontecido: "*Cletinha* da Clara, vovô Lau. Vovô Noel deu". Ele a abraçou e perguntou mais algumas coisas. Quando todos começavam a se abraçar e a se desejar Feliz Natal, ele me abraçou e disse: "Ela é tão parecida com você. Feliz Natal, filha".

Meu pai, o Papai Noel. Fora o Papai Noel da minha infância, e começava, naquele ano, a ser o Papai Noel da infância da minha filha. Infelizmente, não houve outros anos, aquele foi seu último Natal interpretando o bom velhinho, seu primeiro e último Natal como o Papai Noel da minha Clara. O Vovô Noel.

DEVAGAR: CRIANÇAS

O ano corre, as tarefas do mundo adulto nos sobrecarregam, se sobrepõem e se acumulam. O fim do ano traz a sensação de "ufa, enfim será possível relaxar", mesmo que por poucos dias. Fazemos planos de andar pela casa de pijama, de deixar o celular no mudo, de não responder aos *e-mails*, de acordar bem cedo apenas para saborear lentamente um cafezinho bem passado, de dormir até meio-dia ou qualquer outra coisa que represente uma pausa nos tantos compromissos que devoram nosso tempo, engolem nossa energia e nos levam muitas vezes à beira da exaustão, física, mental e emocional.

Nessa correria, acabamos nos esquecendo de que as crianças também podem estar exaustas. Muitas vezes, pensamos que, por serem crianças, elas não se preocupam com nada, não se cansam com tanta facilidade, têm toda a energia do mundo e não precisam de tanto descanso assim, já que não têm "compromissos sérios" ou "grandes responsabilidades". Esse é um grande erro, fruto do "adultismo", um jeito de ver o mundo que supervaloriza o adulto em detrimento das crianças, que as considera menos capazes de decisões sobre si mesmas e menos conscientes do que se passa a sua volta, menos envolvidas na rotina por vezes massacrante das famílias, um jeito de ver o mundo que as oprime e as secundariza na ordem do dia. É o adultismo, também, que faz com que muitas famílias criem para suas crianças uma agenda de compromissos quase desumana, a fim de que desenvolvam habilidades, responsabilidades, organização, foco, meta aos três, quatro, cinco, seis aninhos. É claro que pais e mães acreditam que, agindo assim, estão fazendo o melhor para os filhos, proporcionando experiências ricas, que farão diferença no futuro e trarão melhores oportunidades. Então, matriculam as crianças na escola tradicional, na aula de inglês, no judô, no balé, na musicalização, na ginástica olímpica, no piano e em mais uma infinidade de tarefas e compromissos. No entanto, a ausência de tais compromissos excessivos também não é sinônimo de vida infantil tranquila e sem cansaço. Crianças que não seguem uma agenda corrida ou extremamente exigente, que podem levar a vida com mais flexibilidade, que não estão inseridas em rotinas tão rígidas, também podem estar bastante cansadas, porque existe um tipo de exaustão tão ou mais importante que a física: a emocional.

Engana-se quem pensa que uma criança estará sempre protegida contra as intempéries ou mudanças vividas por sua família, ainda que a família se esforce muito para protegê-la. Crianças sentem tudo. Podem não saber os detalhes das situações, mas sentem que algo está acontecendo. Sentem a tensão, vivem a dúvida, sentem o que seus pais e mães também estão sentindo. Isso não é de todo ruim, pois mostra que a criança é membro ativo e participante daquela dinâmica familiar, que não é apenas uma figurante e que as decisões tomadas também passam por elas – e muitas vezes são pensadas e tomadas justamente em função delas. Mas sempre é importante lembrar: crianças sentem e vivem o que seus pais e mães estão sentindo e vivendo, estão vinculadas a eles – pelo menos, espera-se que estejam, e de maneira positiva –, sentem suas alegrias e angústias, preocupam-se com eles.

Então, chegam as férias e as festas de fim de ano, que, para tantos, são sinônimo de brincadeira, diversão, estímulo, aventura e descoberta. Algumas famílias chegam a planejar dezenas de atividades divertidas e estimulantes para entreter os filhos. Começa a corrida contra o "tédio infantil". Corra. Brinque. Divirta-se. Chame o vizinho para jogar bola. Vamos para a colônia de férias. Invente novas brincadeiras. Não desperdice seu tempo e seu verão dormindo. Não fique aí parado, vá andar de bicicleta. Vá jogar seu novo jogo eletrônico ou testar um novo equipamento. Faça alguma coisa para se divertir. Mantenha-se ativo.

Essa associação quase obrigatória entre criança e estímulos – quando acreditamos que é preciso estimular as crianças cada vez mais para que preencham seu tempo – pode não ser tão positiva quanto pensamos. Pode ser que estejamos atropelando as crianças, sobrecarregando quem também precisa descansar. Podemos estar esquecendo de ensinar que nem sempre ausência de atividade é sinônimo de tédio e que, muitas vezes, tédio é apenas a falta de um olhar acolhedor sobre o descanso, sobre momentos de tranquilidade em meio à agitação.

Crianças precisam descansar física e mentalmente também, mas principalmente emocionalmente. As férias são ótimos momentos para isso. Os pequenos precisam ficar sem fazer nada. Entendamos que "nada" não significa ficar parado diante da TV, do computador ou de qualquer outro eletrônico. Significa, sim, *contemplação*. Contemplação, descanso, relaxamento, tranquilidade. Dormir o quanto quiser, ter conversas tranquilas e agradáveis, tomar um café da manhã com calma, paz e tranquilidade com a família, não ficar soterrada em brinquedos, curtir uma preguicinha, ouvir histórias, inventar histórias, sem apenas seguir roteiros prontos ou livros, observar o mundo ao redor calmamente.

É preciso ensinar as crianças a valorizar o tempo livre, o tempo ocioso. Mostrar que, também na ausência de atividade, elas podem se conhecer, observar, entrar em contato com consigo mesmas. Crianças são esponjas humanas, absorvem tudo ao seu redor, até durante momentos de tensão ou dificuldades. Elas também se sobressaltam, também ficam exaustas, também precisam descansar, relaxar, contemplar, ficar de pernas e papo para o ar, ouvir o silêncio que vem de si mesmas e desenvolver uma boa relação com ele.

Ensinar as crianças a acolher bem seus silêncios internos, a se relacionar bem com os momentos de ócio, é ensinar ao futuro adulto que não precisa fugir de si nem ter medo de estar só, que calmaria não significa ausência, que não é preciso ir atrás de pessoas e aventuras a todo custo e que a contemplação dá um significado ainda mais especial à vida.

Estou viajando com minha filha e assim ficaremos por mais alguns dias. Estamos hospedadas em um trailer pequeno e aconchegante. Trouxemos alguns poucos brinquedos, massa de modelar, caderno de desenho, lápis, canetas e uma bicicleta. Não temos horário para nada. Acordamos quando os olhos se abrem. Dormimos quando dá sono. Tenho observado atentamente seu comportamento. Ela desacelerou completamente, talvez pelo simples fato de termos rompido a rotina. Ela é uma criança sem agenda corrida, sem horários rígidos e com uma rotina bastante flexível. Acontece que vive tudo o que vivo, sente o que sinto, é parte ativa da família e minhas decisões sempre a envolvem. Assim, estando tão fortemente vinculada a mim, pode sentir o que sinto, viver o que vivo, ainda que em grau diferente.

Quando estávamos deitadas, descansando, eu contando para ela, no aconchego do trailer, a história de uma personagem que criei há certo tempo e que a acompanha em seu crescimento, ela se levantou, olhou para mim e disse: "Mamãe, estou adorando esta viagem". Mostrei-me feliz, disse que também estava amando viajar com ela e perguntei do que ela estava gostando mais: "Estou gostando que aqui as coisas não acontecem o tempo todo". Surpresa com a resposta, pedi que explicasse melhor o que estava sentindo: "É que, lá em casa, a gente fica fazendo, fazendo, pensando, pensando. As coisas ficam acontecendo o tempo todo. É isso, é aquilo. Muita coisa acontecendo. A gente fica feliz, depois fica triste e depois tem correria. E as coisas não param de acontecer. Aqui, a gente pode ficar de preguicinha, e sempre juntas, e descansar muito. E as coisas não acontecem o tempo todo. Perguntei: "Você gosta quando as coisas não acontecem o tempo todo, filha?". "Sim, mamãe. Eu fico cansada quando você fica cansada. A gente tem que fazer férias sempre. Férias mesmo se a gente não for viajar. Pras coisas pararem de acontecer. Todo mundo tem que descansar. Criança também tem que descansar."

Neste mundo tão corrido, não nos esqueçamos disso: crianças também precisam descansar. Precisam de ócio, de silêncio, de contemplação.

Ensinar, ainda na infância, que silêncio e solitude não são sinônimos de solidão e que calmaria nem sempre é tédio, é criar adultos que não sintam necessidade de buscar emoções a todo custo, apenas para fugir de si mesmos. Estejamos atentos: onde houver criança, que possamos ir mais devagar.

QUANDO NÃO PLANEJEI MEU CAMINHO, EU O ENCONTREI

Mais uma manhã comum de sábado. Dormi sozinha e fui acordada muito cedo por uma pequena carinhosa, que se aconchegava comigo, vinda de seu quarto: "Mamãe, já é de manhã. Ainda é cedo. Vim dormir mais um pouquinho, agarradinha com você".

Eu precisava me levantar e agilizar os preparativos para um compromisso, os planos não deram certo. Poderia ter me aborrecido e arrastado o aborrecimento sábado afora, mas me lembrei de que uma pequena me esperava, cheia do mais sincero amor. Deixei o aborrecimento de lado, voltei para a cama e me aconcheguei com ela, que me abraçou: "Isso, mamãe, vamos dormir mais um pouquinho. A gente precisa".

Acordamos juntas, entre dezenas de abraços e beijos e preguicinhas das que gostamos tanto de fazer. Só nós duas, esparramadas na cama. Então, levantamos, abrimos as janelas, fomos ao banheiro, lavamos o rosto e brincamos mais um pouco, escovando os dentes. Tomamos café da manhã ouvindo Blues Traveler, depois de abrir todas as portas e janelas e deixar o sol entrar. Vestimo-nos em meio a piadas, risadas e correrias entre meu quarto e o dela, sem saber ao certo quem era a criança.

O telefone tocou. Eram amigos nos convidando para assistir ao campeonato de windsurfe. Fomos. Clara completamente radiante com todas aquelas velas e a movimentação que acompanhava a montagem dos equipamentos, o pessoal entrando na água e domando o vento. Um pouco corria, um pouco assistia, um pouco escalava uma pedra ou conversava conosco, como entendida daquele esporte que ela via pela primeira vez.

Voltamos para casa. Eu havia combinado de passar a tarde de sábado estudando para uma prova com um grupo de amigos do doutorado. Juntas, abrimos todas as portas e janelas para receber os "amigos do doutorado da mamãe". Eles chegaram e ela foi recebê-los no portão: "É aqui, gente! Pode parar o carro ali!". Deu boas-vindas ao meu lado. Abraçou um a um: "Eu sou a Clara e é aqui que eu moro. Minha mãe mora aqui também, ela é a Ligia". Levou-os até a sala e simplesmente disse: "Podem estudar, gente". Eu já havia explicado, no dia anterior e durante a manhã, que estudaríamos muito naquela tarde, pois mamãe e os amigos tinham uma prova muito difícil para fazer: "Tudo bem, mamãe, vou ficar aqui do seu lado e cuidar de tudo".

Assistiu a um filme enquanto estudávamos, esparramada no sofá entre mil almofadas coloridas. Depois, sem que ninguém sugerisse, foi cuidar de suas plantas – ela tem um canteiro só dela – e, ao apresentá-lo aos novos amigos, fez questão de dizer: "Eu que mando em tudo aqui nesse jardim". Cuidou das plantas, voltou para a sala, sentou-se ao nosso lado, em sua mesinha e, cantando, ficou ali desenhando. Brincou com seus brinquedos, contou uma história de parto "mormal", correu muito entre a sala e o quintal, cuidou das bicicletas. Terminando nossos estudos, saímos para aproveitar o início da noite na beirinha do mar. Ela conosco, sempre sorridente, falante, brincalhona e parceira.

Pediu seu tradicional pastel de vento – que o garçom apelidou de "Pastel Minuano da Clarinha" – e tomou suco de limão. Correu muito na praia, pés descalços na areia, enquanto descansávamos de horas e horas de estudo, ríamos e conversávamos. Cansada, aconchegou-se no meu colo e, quando pensei que ia dormir, disse bem alto: "Mãe, hoje, eu ainda aguento um churrasco!". Mas, como a mamãe sabe até onde vai a resistência da filha – e a sua própria, embora tantas vezes pareça que não –, voltamos para casa, despedimo-nos de nossos amigos, dissemos a eles que são sempre bem-vindos e nos recolhemos.

Clara tomou um longo banho ao som de "Love of my life", cantada por nós duas juntas, e dormiu.

Jamais imaginei que, um dia, teria uma amiga tão companheira, tão cúmplice, tão parceira, que, ao aceitar acolhimento, também me acolheria, que, ao aceitar meu cuidado, também cuidaria de mim e me apoiaria em cada passo do caminho.

Um dia, quando estava grávida, uma pessoa que não conhecia muito bem se aproximou de mim e disse: "Essa menina que está aí será sua maior companheira de vida". Eu não sabia que era uma menina. Eu não sabia que aquela pessoa tinha toda razão. Levei 32 anos para encontrar minha filha Clara. Não a planejei. Ainda assim, ela chegou e me ensinou milhões de coisas. Continua ensinando, todos os dias, em cada situação. Ensinando a real dimensão do amor, o poder da compreensão e da sinceridade, o poder e a magia da empatia, do olho no olho, de se abaixar para se dirigir a alguém que não alcança nosso olhar, de dizer a verdade, de não culpar outra pessoa por seus problemas, de se acalmar, de se doar, de ser companheira de alguém e, principalmente, de entender verdadeiramente que não planejar viver algo não é sinônimo de desvio de rota, pois foi somente quando não planejei meu caminho que o encontrei.

Grata, filha. Você tem apenas quatro anos e me ensinou a lição mais importante desta vida, que doutorado nenhum seria capaz de me ensinar.

CRIAÇÃO COM APEGO: NOS FAZ CRESCER E NOS CURA

Apego. Uma palavra, dois significados. Muito se tem falado ultimamente sobre não se apegar, no sentido de não se agarrar a bens materiais, a condições de vida, a pessoas (com a conotação de não se apegue, deixe-a ir), a objetos, a ideais, a emoções e padrões de comportamento. Visto por esse prisma, o desapego é uma coisa boa, algo a se conquistar. Evita sofrimentos, evita falsas ideias de segurança, evita a paralisação, estimula o crescimento e nos faz ponderar melhor sobre as coisas.

Mas apego também tem outro significado, também é sentimento de afeição, de simpatia por alguém, de afeto, amizade, amor, benevolência. Por esse prisma, o apego é algo muito bom, que todos buscamos. Quem não quer ser amado, tratado com afeto, com benevolência, com solicitude, com empatia?

No tópico seguinte, "A criação com apego e a neurociência", tratarei do *attachment parenting* que, em português, tem a tradução não muito precisa de "criação com apego". Digo que não é uma tradução muito precisa, porque, ao utilizar uma palavra com duplo sentido, damos duplo sentido também à expressão. É muito importante que esclareçamos que a criação com apego se refere à segunda conotação de apego mencionada. É uma criação baseada na hipérbole do afeto, na entrega, no amor, na empatia, na disponibilidade, na presença, na reciprocidade, na compreensão e, sobretudo, no estabelecimento de vínculos afetivos saudáveis e seguros. Não no rancor, na doutrinação, no querer ensinar alguém à força, no entendimento de que existe um superior – o adulto –, que deve ser obedecido, e um inferior – a criança –, que não tem voz.

Portanto, quando dizemos "criação com apego", não estamos falando em criar crianças negativamente dependentes dos pais, despreparadas para a vida, apegadas a bens físicos. Estamos falando de crianças amadas com tal entrega, dedicação, presença e disponibilidade, que isso as torna seguras. Quanto mais sabemos que alguém está ali para nós e, junto com ele, está também o seu amor, mais seguros nos tornamos. Segurança emocional traz coragem, firmeza nos passos pelos caminhos da vida, tranquilidade e paz interior.

Quando alguém diz que não gosta da ideia de criação com apego, porque isso tende a criar pessoas inseguras, carentes, dependentes, não faz a menor ideia do que está falando. Quando alguém diz que criação com apego não estimula a independência e a responsabilidade, também não faz a menor ideia do que está falando. A criação com apego gera exatamente o oposto. Inseguro se torna quem sabe que não adianta chamar pelo pai ou pela mãe que não será atendido; carente se torna quem recebe negativa ou desprezo em lugar de presença e disponibilidade; dependente se torna quem não se sente confiante o suficiente para se desprender. A falta de amor gera crianças introvertidas, cruéis, violentas, praticantes de *bullying*, preconceituosas, agressivas. Algumas pessoas dizem, ainda, preferir criar filhos com certa distância emocional, por saber que a separação é inevitável, seja a separação curta da escolinha, seja a separação longa, que a idade adulta traz de uma forma ou de outra. Se pensarmos assim, ninguém mais amará ninguém, ninguém mais buscará a união, a parceria, a comunhão, por saber que, mais cedo ou mais tarde, todos nos separaremos.

O que queremos fazer com o tempo de proximidade que nos é concedido na vida em geral ou como mães e pais? Queremos criar filhos com afeto, dedicação e presença ou preferimos criá-los com uma dose de afastamento para evitar sofrimento? Fazendo a última opção, estamos nos iludindo e aumentando a possibilidade daquilo que queremos evitar, o sofrimento. Nós nos queixamos diariamente da forma como as pessoas em geral estão se comportando: com individualismo, egoísmo, egocentrismo, falta de empatia ou compreensão. Mas nos esquecemos de que isso é estimulado desde a infância. Quando nos tornamos mães e pais, temos a grata oportunidade de ajudar a mudar o mundo, pelo nada simples fato de que criar boas pessoas para o mundo é ajudar a melhorá-lo. Para quem diz "não deposite sobre mim essa responsabilidade", digo: não fuja dela, isso é o que de melhor você pode fazer não só por seus filhos, mas por todos, principalmente por você.

Criar filhos com amor ajuda a ressignificar a própria história.

A CRIAÇÃO COM APEGO E A NEUROCIÊNCIA

O que determina as características de personalidade de uma pessoa? O que determina uma pessoa deprimida, ansiosa, paranoica ou portadora de outro transtorno emocional? A constituição genética? O ambiente? As vivências? O suporte emocional que recebe? O grau de afeto na infância? Coisas que ainda não sabemos e que a ciência ainda não explica? Sim, tudo isso.

Qual desses fatores tem mais ou menos peso nessa matemática misteriosa e inexata? Não há resposta clara para essa pergunta. Não sabemos ao certo, de forma que não podemos controlar essas mazelas. Mas, se sabemos que determinadas práticas, situações e experiências contribuem decisivamente para que não apareçam, então, nós nos apoderamos desse conhecimento, na tentativa de evitar sofrimento. Não é garantia de que conseguiremos, mas estaremos assumindo nossa parte de responsabilidade.

Não temos como controlar quais genes vamos passar – ou já passamos – para nossos filhos. Não sabemos, no que diz respeito à constituição biológica, quem são ou o que há dentro deles, qual gatilho está pronto para ser acionado para o que é bom ou o que não é tão bom assim. No entanto, podemos, pelo menos em parte, no dia a dia, dentro de casa, nas experiências cotidianas da família, selecionar os ambientes e as experiências aos quais queremos expor nossos filhos. Aí entra a criação com apego, tradução bastante imprecisa da expressão *attachment parenting*, que vem recebendo críticas descabidas de gente que não a conhece, não a compreende e, portanto, não pode falar com propriedade sobre ela. Num mundo onde o apego emocional vem sendo ridicularizado com a mesma intensidade com que se incentiva e se fortalece o apego material, ainda na infância, virou piada dizer que amamentamos um filho de mais de dois anos ou que procuramos compreender seus anseios e inseguranças, em vez de agir autoritariamente, ou que evitamos deixá-lo chorar. Pessoas presas a seus preconceitos, ligadas ao que o senso comum propaga como verdade inquestionável, ainda que fruto da ignorância, tendem a associar a criação com apego à falta de limites, à permissividade, construindo em suas mentes um falso perfil das mães e dos pais que assim criam seus filhos como seres irresponsáveis, que não impõem limites aos filhos, como se a oferta desmedida de apego e amor fosse contribuir para pessoas naturalmente sem respeito pelo espaço alheio, físico e emocional, numa clara e clássica inversão de valores pós-moderna, marcada pela predominância do automático sobre o intuitivo, do mecânico sobre o emocional, do artificial sobre o natural. O que se vê, na realidade, é claramente o oposto: jovens sem limites por não terem recebido nenhuma atenção em casa, por não terem tido a presença carinhosa das mães ou dos pais, ou porque foram vítimas de maus-tratos emocionais ou físicos. A criação com apego não tem nada de permissiva. Muito pelo contrário, busca ensinar e mostrar os limites próprios da pessoa e seus limites no mundo. Seus ensinamentos e suas orientações são passados com base em conceitos de amor, compreensão e respeito, não na base da força e do autoritarismo, do mais forte para o mais fraco.

A expressão *attachment parenting* foi utilizada pela primeira vez por um médico, o doutor William Sears, com base na teoria do apego, que leva em consideração o fato de que a criança tende a criar, com seus cuidadores, um vínculo emocional bastante forte, *que pode gerar consequências por toda a vida*. A criança busca proximidade com o outro e quer se sentir segura quando ele está presente. As ideias e práticas da criação com apego subentendem que os pais ou cuidadores estejam emocionalmente disponíveis, a fim de promover o desenvolvimento socioemocional da criança de maneira segura e amorosa e a evitar que a criança desenvolva o que se chama de apego inseguro, aquele baseado no abandono.

Na década de 1950, Mary Ainsworth e John Bowlby sugeriram que a privação do principal cuidador durante a infância poderia levar ao desenvolvimento de adultos deprimidos ou hostis ou, ainda, com problemas para se relacionar de maneira saudável com outras pessoas. Isso na década de 1950, quando pouco se sabia sobre o modo como o cérebro processava a depressão, a ansiedade e outros transtornos afetivos. Com o passar do tempo, alguns pesquisadores, na década de 1970, começaram a divulgar resultados de pesquisas comportamentais com primatas, mostrando que o rompimento da ligação entre mãe e filhote levava a comportamentos violentos e agressivos no primata adulto. Mas era apenas um estudo experimental, e as pessoas tendem a repelir o que não é testado em humanos, ainda que a psicologia comportamental, a neuropsiquiatria e a neurobiologia tenham sido construídas sobre observações comportamentais de animais e extrapolações biológicas.

De acordo com a Attachment Parenting International (API), uma organização sem fins lucrativos que busca "orientar pais e cuidadores para uma educação segura, empática, rica em afeto e amor, visando criar laços familiares mais estreitos e, assim, um mundo mais compassivo", existem oito princípios que promovem o apego saudável e seguro entre o cuidador e a criança, chamados de Princípios para uma Educação Intuitiva:

1. Preparar-se verdadeiramente para a gravidez, o parto e a maternidade/paternidade.
2. Alimentar o filho com amor e respeito.
3. Responder às solicitações da criança com sensibilidade.
4. Estar atento à qualidade do toque.

5. Prezar pela qualidade física e emocional do sono da criança, de forma que ela se sinta segura dormindo.
6. Sustentar atitudes carinhosas.
7. Praticar a disciplina positiva, baseada no reforço das boas atitudes.
8. Buscar o equilíbrio na vida familiar.

Embora outras práticas tenham sido associadas à criação com apego – como o parto natural, o parto domiciliar, a cama compartilhada, a amamentação continuada, a desescolarização, a vida comunitária –, não existem regras, normas ou padrões rígidos. Não há ditadura, ao contrário do que dizem os que não querem nem saber do que se trata. Há liberdade de escolha por práticas que tenham a ver com a cultura familiar e que, ainda assim, promovam o apego seguro entre pais e filhos.

Isso não é papo de bicho-grilo, alternativo, natureba ou seja lá qual apelido pejorativo que, por puro preconceito ou desconhecimento, queiramos dar a quem adota a criação com apego, que é coisa de gente muito questionadora, principalmente do ponto de vista da importância da emocionalidade para o bom desenvolvimento das crianças. São pessoas que querem olhar para além do senso comum e que se importam com a qualidade das pessoas que estamos deixando no mundo, com a qualidade da saúde emocional de nossos filhos e a qualidade de vida que terão no futuro. Pessoas que, a despeito das diferenças, comungam de um ponto fundamental: veem na criança mais do que um pequeno corpo, veem uma vida a se realizar, uma infinita possibilidade de amor e de crescimento, veem um mundo em constante vir a ser.

Não existem regras a serem seguidas nem dogmas; não é uma religião. Basta apenas saber que a qualidade do afeto que as crianças recebem tem, sim, tudo a ver com quem ela vai se tornar no futuro. Ao contrário do que acontecia na década de 1950, hoje, a ciência de ponta já tem condições de mostrar onde e como as mudanças acontecem nos indivíduos criados com amor e compará-los com os que são criados com vínculos emocionais frágeis ou inseguros.

A título de exemplo, há pouco tempo, foram publicados, no periódico *Proceedings of the National Academy of Sciences of the United States of America* (PNAS), os resultados de um estudo que mostra que o bom cuidado materno (eu leio "principal cuidador") na infância leva ao aumento de uma estrutura cerebral chamada hipocampo. Estudei bastante as funções do hipocampo em meu mestrado e no meu primeiro doutorado, quando estudei a neurobiologia da ansiedade e da depressão. De acordo com esse estudo, há uma clara relação entre os fatores psicossociais da infância e as alterações no tamanho do hipocampo e da amígdala, estruturas cerebrais relacionadas à memória de curto e longo prazo e ao comportamento emocional, respectivamente. Isso mostra que existe uma ligação entre as experiências afetivas da infância e a forma como o cérebro se desenvolve. Os pesquisadores estudaram, por meio de técnicas de neuroimagem, que permitem visualizar o cérebro sem procedimentos invasivos, as características cerebrais tanto de pré-escolares deprimidos quanto de crianças emocionalmente saudáveis. Concluíram que o cuidado materno (eu leio "do principal cuidador") recebido na primeira infância teria, sim, ligação com o tamanho do hipocampo, o que levaria, também, a diferentes padrões de resposta ao estresse. Crianças emocionalmente saudáveis apresentaram hipocampos maiores quando comparadas às crianças deprimidas, e isso pode ser relacionado ao grau de cuidado materno (de novo, "do principal cuidador") recebido quando eram menores. Embora quase todos os cuidadores do estudo tenham sido mães, os autores acreditam que isso possa ser extrapolado para qualquer cuidador que seja o principal responsável pelos cuidados afetivos com a criança (mãe, pai, avó, avô ou outro).

Já faz tempo que a ciência mostra que a modificação de um comportamento muda também o cérebro do indivíduo, causando uma nova modificação do comportamento. É nisso que se baseia, por exemplo, a psicoterapia cognitivo-comportamental. A mudança de comportamento altera a estrutura cerebral e essa alteração muda o comportamento. Um círculo sem fim. Sabendo disso, é fácil compreender que a forma como se trata uma criança altera seu cérebro. Esse cérebro, assim alterado, promoverá comportamentos alterados. Quando criamos nossos filhos com apego seguro, estamos moldando cérebros que podem atuar com todo seu potencial, sem amarras, sem más resoluções, sem entraves. Se nos esquivávamos do conhecimento sobre essa forma de maternar e paternar, por puro preconceito, achando que era coisa de gente antiquada, atrasada, com pouco conhecimento, de bichos-grilos, ingênuos, naturebas, alternativos e afins, tratemos logo de buscar uma nova justificativa. A ciência moderna, a neurociência de ponta, está ao lado de quem opta por maternar ou paternar com afeto e apego, mostrando que estamos certos ainda que tenhamos optado por isso de maneira intuitiva e não científica.

Se quisermos, é possível remodelar nós mesmos nosso próprio cérebro e mudar nosso comportamento, abrindo um pouco a mente, deixando de lado a discriminação e o preconceito baseados no senso comum, para aceitar que não há nada melhor do que criar uma criança com amor, sem ressalvas, sem poréns, sem medo, deixando o instinto falar e o apego rolar solto. Num mundo onde o apego material é reforçado e incentivado, prefira o apego emocional seguro, fruto da abundância, não da falta.

SOMOS TODAS MÃES ALHEIAS

Um dia, li uma frase sábia da amiga Sarah Helena. Por bastante tempo, ressoou em minha mente, não só por ser bela, mas por também conter meu sentimento:

> Só posso dizer que a dor de uma mulher é a de todas e eu partilho dessa dor como se fosse minha, porque é de uma irmã minha.

❈

Sinto exatamente isto: dor pelo que está vivendo uma irmã minha, que aguarda o filho de dois meses se recuperar de uma cirurgia cardíaca. Sinto dor e angústia, porque essa deve ser uma das maiores provações de uma mãe e de um pai.

Ter filhos é precisar estarmos preparados para sermos forte nas horas em que estaríamos mais frágeis, é encontrarmos forças que nem sabíamos possuir, é exercitarmos a confiança no fluxo natural da vida, é amarmos demasiadamente, a despeito das inúmeras possibilidades.

Ter filhos também é nos tornarmos "mães alheias": sabermos nos condoer da angústia de outra, colocando-nos em seu lugar; sabermos sentir a dor de uma criança como nossa.

Ter filhos é também nos tornarmos um pouco mãe dos filhos alheios. Por isso, a violência infantil nos agride e choca; por isso, tentamos combater as formas autoritárias de educação, por meio da conscientização e da informação; por isso, pedimos conselhos; por isso, damos conselhos; por isso, algumas discussões surgem, porque queremos ver as crianças sendo criadas com a maior dose de amor possível.

Mães formam uma rede muito mais poderosa do que podemos imaginar. Tenho vivido experiências que comprovam isso. É uma pena que, enquanto umas se apoiam, outras fiquem se confrontando pela verdade absoluta sobre o bem maternar, como se o absoluto pudesse existir. A única coisa que conheço de absoluto é a capacidade infinita que temos de amar essas crianças que chamamos de filhos, sejam os nossos, sejam os de nossas amigas e companheiras. De resto, é tudo muito relativo.

Tudo o que quero – se pudesse querer alguma coisa – é que esse bebê se recupere logo e volte para casa com a mãe e o pai. Tudo o que quero é que essa mãe seja acalentada durante a recuperação de seu filho.

> Solidários, seremos união. Separados uns dos outros, seremos pontos de vista. Juntos, alcançaremos a realização de nossos propósitos. (Bezerra de Menezes)

DESLIGUE A CÂMERA E ACOLHA O OUTRO

Circula por aí um vídeo em que um garotinho bem pequeno se despede do peixinho dourado que morreu e o joga no vaso sanitário. A criança lida naturalmente com a situação de perda e é orientada pela sua mãe a jogar o peixinho no vaso, despedir-se e dar descarga, o que o menino faz, sem problemas. Ao se dar conta de que a água levou o peixinho, o menino começa a chorar, sentido com a perda. Senti pena, não porque o menino vivenciou uma situação de perda, mas pelo tipo de "acolhimento" que recebeu. Chocou-me o fato de o filho estar chorando pela perda do peixinho de que gostava e a mãe continuar filmando. Para mim, pareceu óbvio que era o momento de desligar a câmera e aninhar a criança nos braços. É possível que aquela tenha sido sua primeira perda. O que era mais importante, registrar o momento de jogar o peixinho no vaso ou cuidar das emoções do menino com desvelo?

Sinto que o intuito daquela mãe era apoiar o filho naquele momento, e não constrangê-lo ou expô-lo. A voz dela é carinhosa e ela o abraça. Mas o vídeo reflete uma atitude frequente nos dias de hoje: a banalização do sofrimento. O sofrimento, do mais simples ao mais intenso, tem sido encarado como oportunidade mais para registro que para acolhimento. Pessoas que caem nas ruas são fotografadas. Acidentes de trânsito são fotografados. Brigas são filmadas, postadas nas redes sociais e compartilhadas. O que isso diz sobre nós? Diz que estamos incapazes de acolher a crise, a dor e o sofrimento humanos e de atuar como mediadores. Queremos ver sangue, queremos ver confusão, estimulamos e incentivamos o mal-estar coletivo. Estamos mais preocupados em constranger que em acolher.

Essa problematização sobre um vídeo aparentemente corriqueiro ajuda a refletir sobre a forma como estamos acolhendo o choro das crianças e, assim, ensinando-as a acolher a dor do outro ou a desprezar a dor do outro. O que fazemos quando nossos filhos estão chorando? Nós os mandamos ficar quietos? Engolir o choro? Dizemos que não há motivo para chorar? Contamos até três para que o choro passe? Ignoramos o choro, para que, assim, a criança "aprenda" (diga-se, seja treinada) que não vai conseguir o que quer? O que fazemos com o choro infantil? O choro da criança é, por vezes, a única ou mais contundente forma de dizer que não está bem. Pode ser causado por algo grave ou não, o fato é que manifesta tristeza, desagrado, incômodo, desamparo. Ignorar o choro ou tratá-lo com indiferença, além de não amparar nem acolher a criança, ensina a ela que é assim que tratamos a dor das pessoas, como se nada fosse. Daí para a banalização dos sentimentos é um pulo. Na verdade, já é a própria banalização. Quando somos ignorados em nossas dores, substituímos o acolher pelo adquirir. Compramos afetos, compramos sentimentos em cápsulas, transferimos para coisas a falta que sentimos do humano. E isso vende. De companhia a medicamentos, passando por objetos de uso pessoal e todo tipo de futilidade.

Acolher o choro da criança é acolher o humano nela, em nós, em todos. É o momento de desligar a câmera, o computador, o celular, de pausar a conversa, de baixar o som, de interromper a atividade, de ir até lá, agachar, abraçá-la e dizer: "O que foi? Venha aqui. O que está errado? Como posso te ajudar?". Acalmá-la e aninhá-la, enxugar carinhosamente seu rosto e dizer: "Vamos respirar fundo e nos acalmar. Estou aqui com você".

Certa vez, trafegando por uma rodovia, deparei-me com uma moça chorando copiosamente, caminhando sem direção, debaixo de um sol muito quente. Pedi que parassem o carro e desci. Fui até ela, que me olhou como se eu fosse louca, como se quisesse roubar sua bolsa ou fosse esfaqueá-la a qualquer momento, até que eu disse: "Vi você chorando. Há algo que eu possa fazer para ajudar? Quer que a leve a algum lugar?". Ela percebeu que era só ajuda que eu queria oferecer e chorou mais. Perguntei novamente como poderia ajudá-la e ela simplesmente disse: "Já está ajudando". Respeitei o direito dela de estar sozinha, despedi-me e fui embora. Havia me distanciado, quando ela disse: "Obrigada por ter parado para ver se eu precisava de algo. É também por isso que estou chorando. As pessoas não se importam mais com as outras". Ela tinha razão. Quase chorei também.

O choro não precisa ser calado ou banalizado, precisa ser acolhido, entendido e transmutado em empatia, fortalecimento e vínculo. Vamos desligar nossas câmeras, filmadoras e equipamentos e ligar o humano em nós. É assim que nos conectamos, sem postar nem compartilhar a dor alheia nas redes sociais.

A ARTE E A CIÊNCIA DE APRENDER A CAMINHAR

Criança merece viver como criança. Merece conviver com outras crianças de maneira afetuosa. Merece estar o maior tempo possível com os pais. Merece estar junto com quem as ame. Merece ter liberdade para se desenvolver, correr, brincar, cair e levantar – assim é que aprendemos que temos força e habilidade para superar as quedas. Merece ser respeitada, orientada com doçura. Merece participar de momentos de confraternização, ser estimulada de maneira saudável, comemorar conquistas.

É na criança que aprendemos uma parte de quem somos. A criança é um ser humano em pleno desenvolvimento, em plena construção, é o adulto do futuro, quem estará cuidando do mundo daqui a 20 anos. A criança é um ser humano que se desenvolve numa velocidade incomparável, e isso não é fácil.

Pensemos em como estava a vida há um ano. Pode ser que tenhamos vivido muitas mudanças, mas também pode ser que a vida tenha seguido o curso de maneira tranquila, sem sobressaltos. Ainda que tenhamos passado por muita transformação e momentos de crescimento, nada é comparável ao que vive uma criança, principalmente a bem novinha. Com certeza, não dobramos ou triplicamos de peso. Ainda que tenhamos nos tornado vegetarianos ou decidido comer carne, nossa alimentação não foi assim tão revolucionada a ponto de conhecermos um sabor diferente por dia. Ainda que tenhamos nos tornado ginastas olímpicos ou mestres de ioga, com certeza não descobrimos os infinitos movimentos de nosso corpo nem toda a potencialidade dele. Com toda a certeza do mundo, não deixamos de andar com duas pernas para nos movimentarmos sobre quatro apoios, a não ser que tenhamos lido Kafka ou estejamos enfrentando um transtorno psiquiátrico grave.

Admiro e respeito muito os bebês, porque eles mudam muito em pouco tempo. Nascem muito pequenos e, em um ano, duplicam ou triplicam de peso, duplicam de tamanho, aprendem palavras, percebem os próprios gestos, conhecem as próprias habilidades, inserem-se no mundo, experimentam coisas novas, comidas novas, e aprendem a andar.

Como gostaria de me lembrar do dia em que dei meu primeiro passo independente. Como gostaria de lembrar do que senti quando coloquei um pezinho à frente, sustentei-me em meu próprio corpo e levei o outro pé adiante, sem perder o equilíbrio. "Caramba! Eu me movi usando só dois dos meus quatro membros!" Como gostaria de me lembrar do momento em que percebi que, usando apenas dois membros para me locomover, ficava com os outros dois livres para carregar coisas, alcançar coisas. Como bióloga, valorizo muito o ato de caminhar sobre duas pernas. Como cidadã, valorizo muito que se possa continuar a caminhada, com condições ideais para isso, ainda que as duas pernas tenham sido substituídas por duas rodas ou por qualquer tipo de ferramenta que nos permita continuar. Sei como foi importante para nossa espécie esse ato. Foi quando nos colocamos sobre dois apoios, e não mais quatro, que nossos olhos, antes quase laterais, passaram a se deslocar um em direção ao outro, assumindo posição frontal. Foi quando nos colocamos sobre duas pernas e levantamos o tronco que vimos quanta coisa existe acima de nossas cabeças, acima de nossa própria existência como seres. Foi quando percebemos que podíamos alcançar o que antes era inalcançável. E carregar coisas, buscar coisas, transportar nossas coisas para outros lugares. Foi quando conseguimos carregar nossas crianças no colo. Foi também quando nosso quadril foi se estreitando, diminuindo o canal de parto, tornando um pouco mais difícil dar à luz quando nos comparamos aos mamíferos quadrúpedes. Essa é uma das origens da hipervalorizada dor do parto. Sermos bípedes nos ajudou a melhorar nossa habilidade motora, trouxe novos horizontes.

Quando o sociólogo e filósofo Edgar Morin, autor do incrível *Sete saberes necessários à educação do futuro*, afirma que o hominídeo se diferencia do chimpanzé não pelo peso do cérebro nem pelas aptidões intelectuais, mas, sim, pela locomoção bípede e a posição vertical, compreendo o que ele quer dizer. Ele não está falando do componente motor da locomoção bípede. Está olhando para o futuro e analisando tudo o que nos foi permitido alcançar em consequência do andar bípede. Concordo com ele. Com certeza, nosso cérebro precisou de milhões de anos para chegar ao ponto de favorecer o andar bípede. E, com mais certeza ainda, foi o andar bípede que estimulou a formação de novas redes neuronais, novas conexões e ligações entre áreas cerebrais. Embora isso tenha levado centenas de milhares de anos em nossa espécie biológica, há um momento em que podemos testemunhar isso acontecendo: quando nossas crianças, nossos filhos estão crescendo.

O bebê que começa a caminhar de maneira independente está passando por muitas mudanças, e passará por muitas outras a partir desse momento. Seu cérebro se rearranjará, bem como sua percepção do mundo, sua percepção de limites e de capacidade. Por isso, é importante uma orientação familiar consciente nessa etapa. É uma revolução, e penso que é um "compacto evolutivo", que todos vivemos em dias, meses e anos. Por isso, a criança que começa a andar merece ser amparada, orientada, protegida e receber o máximo de atenção possível. Não é um momento fácil para ela.

Eu me preparei para esse momento da minha filha, lendo, informando-me, estando conectada a ela. Sabia que ela exigiria mais de mim depois dessa fase. Sabia que as noites que sucederiam seus primeiros passos independentes seriam acompanhadas de muitos despertares, de um sono agitado, de momentos conflituosos para ela, afinal, são dezenas de novas percepções e centenas de novos rearranjos cerebrais. Isso era teoria para mim até o dia em que Clara deu os primeiros passinhos.

Em 12 de outubro de 2011, reunimos um grupo de mães e pais no que chamamos de *slingada*, para celebrar o Dia das Crianças, divulgar o uso do *sling* como forma afetuosa de carregar os filhos e, assim, marcar de maneira singela a "Semana Internacional de *Babywearing* e Incentivo ao Uso de *Slings*". De 20 a 30 pessoas caminharam pela Lagoa da Conceição, em Florianópolis. Uma coisa linda de se ver, aquelas pessoas carregando os filhos bem juntinho ao corpo. Coisa linda de se ver, um monte de crianças felizes no Dia das Crianças. Numa parada, a Clara começou a andar. Quando a vi dando passinhos sem apoio, independente, fiquei paralisada. A única reação que tive, além dos olhos cheios d'água, foi olhar para o pai dela, levantar os braços e dizer, junto com ele: "Nosso bebê cresceu". Foi um dos dias mais emocionantes de minha caminhada como mãe. Os amigos comemoraram junto conosco. Ganhei um abraço de uma companheira de maternagem que, pouco antes, havia vivido a mesma experiência: "Bem-vinda ao grupo das mães que agora correm com seus filhos".

Naquele momento, percebi claramente, mais uma vez, os benefícios de ir ativamente em busca de boas informações. Eu havia me preparado para aquela nova conquista. Estava consciente de que minha filha poderia passar por certa agitação natural, decorrente da mudança. Então, não me espantei com o fato de ela ter acordado todas as noites daquela semana, de ter acordado chorando assustada duas vezes, nem com o fato de ela parecer um pouco aflita. Eu sabia que a vida dela estava mudando radicalmente, que seu cérebro estava em plena transformação, que ela estava processando novidades física e emocionalmente. Naqueles dias e noites, eu e o pai dela – a quem fui passando todas as descobertas que fazia enquanto lia sobre aquela fase – fizemos questão de ir atendê-la com muito amor, respeito e admiração pelo seu crescimento, entendendo o que se passava. Acho que ela sentiu nossa tranquilidade e acabou se tranquilizando também. O que poderia ter sido uma experiência de irritação, posto que todos os pais e mães sabem como cansa acordar inúmeras vezes à noite, transformou-se numa experiência de compreensão e acolhimento.

Naquela noite em que ela deu os primeiros passinhos, escrevi um bilhete para ela:

> Filha querida, bem-vinda ao mundo dos seres bípedes. Você vai cair algumas vezes, não vou te iludir, mas estarei em todas pra te proteger, ainda que esteja longe. Não se esqueça nunca de que, embora agora você pareça muito alta para quem esteve sobre quatro apoios, ainda falta um infinito a alcançar. E tenha calma pra voar. Um filósofo chamado Nietzsche uma vez disse que *aquele que quer aprender a voar um dia, precisa primeiro aprender a ficar de pé, caminhar, correr, escalar e dançar; ninguém consegue voar só aprendendo voo.* Ouça sua mãe: eu tentei muito e não deu certo. Tive que voltar para aprender a caminhar todas as vezes que me atirei loucamente, às vezes, com uma asinha quebrada, às vezes, não sentindo nem a perninha, nem o biquinho, nem nada. Mas nunca deixei de tentar. E, se tiver pedra no caminho, filha, ou gente se fingindo de pedra, lembre-se sempre de que você é um passarinho! E que eles passarão! Com todo o amor que é possível. Sua mãe".

❋

4. EDUCAR COM AFETO

Prefácio: Andréia C.K. Mortensen

Dentro do tema a seguir, destaco dois textos que merecem profunda reflexão. O primeiro, "Uma história cotidiana de angústia, desencontro, amor e reencontro" é um relato muito forte e significativo. Acompanhei a situação quando ocorreu, tempos atrás, e fiquei muito tocada. Quantos de nós já presenciamos agressões (físicas ou verbais) entre estranhos, às vezes envolvendo crianças, e não sabemos como agir, ou simplesmente paralisamos, ignoramos, fugimos? Não há manual de como intervir quando se testemunha uma agressão. Após a leitura dessa história, porém, somos convidados a ponderar sobre vários aspectos, e aprendemos que temos que acolher a vítima, sim, mas o agressor também.

Quando nos deparamos com uma criança violentada, temos que olhar também para o adulto que lhe impôs a violência. Muito frequentemente, observamos um ciclo de violência repetitivo, no qual a criança que cresceu negligenciada ou violentada torna-se também um agressor no futuro. Nesse sentido, nos deparamos com a incógnita de como quebrar esse ciclo de violência: com mais violência, mais castigos, mais restrições e proibições?

Ligia nos convida a pensar que a única maneira de quebrá-lo e de prevenir mais violência é acolher, amar, respeitar, mostrar empatia. Se desejamos um mundo menos violento, temos que perceber que o caminho definitivamente não passa pela proposta de mais violência, por mais que nos transtorne testemunhar a agressão da vítima.

Como cientista, é muito natural que eu procure relações causais, correlacionais, pesquise temas que me interessam e sobre os quais conversamos no dia a dia. Por isso, chamou-me a atenção um segundo texto – "Como se cria um atirador? Reflexões sobre tiroteios em escolas" –, no qual Ligia discorre novamente sobre o ciclo da violência e cita estudos sobre essas terríveis tragédias envolvendo tiroteios em escolas. Num desses estudos, os autores declaram que um estilo parental autoritário (com frequentes punições físicas e emocionais) resulta em prejuízo do desenvolvimento emocional das crianças. E vão além, afirmando que um estilo parental indulgente e permissivo pode ser tão prejudicial quanto o autoritário. Esses resultados podem surpreender, mas o fato é que, em ambas as situações, os pais não orientam os filhos e são distantes em relação à rotina deles; essa falta de vínculo pode ser desastrosa no futuro.

Assim, no decorrer do livro, Ligia consegue nos "abalar" várias vezes, nos fazendo refletir e convidando à mudança de paradigmas. Após a leitura, sentimos cumplicidade, companheirismo, conexão. Aprendemos que as crianças podem nos ensinar muito e o quanto nos enganamos achando que nós é que ensinamos a elas.

UMA HISTÓRIA COTIDIANA DE ANGÚSTIA, DESENCONTRO, AMOR E REENCONTRO

O celular tocou e atendi, empurrando o carrinho de compras em direção às gôndolas de meu interesse, quando ouvi gritos muito nervosos de criança. Choro, misturado com grito, misturado com raiva, misturado com desespero. Todos pararam o que estavam fazendo. Tentei me concentrar no telefonema. Não consegui. Encerrei a conversa, dizendo que ligava depois. Sou daquele tipo de pessoa que, ouvindo gritos, vai ver se pode ajudar. Não consigo agir como se gritos nada fossem, como se não houvesse alguém sofrendo ou com problema.

Parei no corredor e consegui avistar, muitos metros adiante, uma mãe e uma criança. A criança – um menino entre cinco e seis anos – estava sendo puxada pela mãe, que, aparentemente, falava ao celular e parecia muito envergonhada com o escândalo do filho. Ela no celular, e o menino se esgoelando: "Para, mãe! Para, mãe!". Gritava isso repetidamente e, não recebendo resposta, entrou em um surto nervoso, no qual nem se conseguia ouvir o que dizia. Era muito grito, muito choro, muito desespero. A mãe, visivelmente consternada, focava toda a atenção na conversa ao celular, como se aquela conversa fosse capaz de tirá-la da situação. Ela caminhava rápido, puxando o filho pela mão, que ia sendo arrastado, gritando, olhando para trás, com o braço esticado, como se quisesse continuar no mercado. Não conseguindo puxar o menino sem arrastá-lo pelo chão, a mãe lhe deu duas bofetadas, puxou-o pela orelha e pelo cabelo. O menino continuava gritando, nervoso e desesperado. A mãe lhe deu dois tapas fortes e puxou sua orelha, ainda ao telefone. Então, simplesmente guardou o aparelho – foi quando percebi que não havia ligação nenhuma, era uma "fuga social", uma forma de fugir "socialmente" daquele momento desagradável –, puxou o filho por uma das pernas e por um dos braços e o carregou assim. A criança continuava a gritar.

O supermercado fica dentro de um *shopping*. Mãe e filho já haviam saído do mercado e caminhavam pelo corredor. Eu também. Larguei meu carrinho e fui atrás, observando tudo. Temia pelo menino. Era visível que ela perderia o controle a qualquer momento e bateria nele. Eu não podia pensar em ir embora com aquele menino em risco. Enxerida? Bisbilhoteira? Vigia da moral e dos bons costumes? Não sou nem um pouco moralista nem acho que as pessoas devam se meter na vida dos outros, exceto quando os outros estão correndo risco. Crianças, especialmente. Sou o tipo de pessoa que, ao ver um adulto bater em criança, faz questão de constrangê-lo. Violência contra criança não dá, simplesmente não dá. Não é porque temos filhos que temos o direito de agredi-los. Existem leis que protegem os menores e uma de nossas funções de cidadãos ativos e conscientes é, também, a de protegê-los. Não sou daquele tipo que assiste a tudo de camarote com o dedo (e a língua) em riste para criticar, julgar e apontar, sentadinha em sua cadeira estofada, sem fazer nada. Ou enquanto há, atrás de si, um passado de descaso e/ou agressão com os próprios filhos, mas, ainda assim, sentindo-se apta a criticar o outro.

A mãe se dirigiu a uma loja, arrastando o filho. Gritos e mais gritos. Bastante constrangida, mas ignorando-o sumariamente, ela procurou algo em uma prateleira, achou – o menino gritando –, colocou na cesta – o menino gritando –, e seguiu em frente. Eu atrás. Foi para a fila do caixa. Segurava o menino pelo braço. Ele tinha se atirado ao chão, vermelho de tanto gritar, as lágrimas correndo. Na fila, na frente deles, uma moça com três filhas maiores. Em razão dos gritos, a mãe das três filhas se virou e deu de cara com a mãe do menino, que, ao fitá-la, desabou a chorar. Colocou a mão no rosto e teve a maior crise de choro que já presenciei. Largou a mão do filho. Ele gritava, ela chorava. Uma situação muito difícil, de dar pena.

Como os gritos do menino pioravam a cada momento, a mãe das três filhas foi acudi-lo. A mãe dele ficou chorando. Chorando muito. Sozinha. Não aguentei mais. Enquanto a mãe das meninas acalmava e amparava o menino ("Querido, olhe pra mim, olhe aqui pra mim. Você quer tomar um sorvete? Vamos, vamos levar a mamãe pra tomar um sorvete?"), fui até a mãe, coloquei o braço em volta de seus ombros e apenas disse: "Você quer tomar uma água ou um suco? Vamos? A gente vai com vocês". Ela chorava muito e simplesmente disse: "Quero", quase sussurrando, sem me olhar nos olhos. Virei-me para a mãe das três filhas e disse: "Vamos todos?". A mãe das meninas pediu para a filha maior permanecer na fila do caixa, pagar as compras e encontrá-la no café em frente. A mãe do menino deixou cair a cesta com a única coisa que havia separado. A mãe das meninas deu a mão ao pequeno. Eu fui na frente, com a mãe dele e a pequena turma atrás. Todos da fila nos olhavam. Sentamos todos a uma mesa. A mãe das meninas pediu uma água, um sorvete para o pequeno e se dedicou exclusivamente a ele. A crise de choro havia cessado, mas os soluços persistiam. Um silêncio constrangedor entre a mãe dele e eu. Foi quando ouvimos a mãe das três filhas: "Mas por que você estava chorando tanto? Você quer me contar?". Ele respondeu, entre soluços: "Meu carrinho caiu lá no mercado". "E você quer tentar procurá-lo?" "Quero." Então, a mãe das três filhas se virou para a mãe dele e perguntou: "Ele trouxe um carrinho?". "Sim, trouxe", sussurrou a mãe, com uma expressão que nem sei definir. "Mas eu não sabia que tinha caído." "Tudo bem se eu for com ele até lá, tentar achar? Minhas filhas ficam aqui, com vocês", propôs a mãe das três filhas, como se dissesse "confie em mim, estou confiando em você". "Tudo bem, pode ir, sim." E lá se foi a mãe das três filhas com o menino. Nós ficamos. Então, perguntei à mãe do menino se queria conversar. Disse que tinha visto tudo e o quanto ela estava se sentindo envergonhada, mas que não havia motivo para se envergonhar, porque todo mundo que tem filho consegue entender pelo menos um pouco. Ela voltou a chorar. Entre um suspiro e outro, tentou me dizer o que sentia. Disse que havia se separado recentemente e que estava muito difícil para ela, simplesmente não estava conseguindo lidar com o filho, que obviamente também estava sofrendo. Mas não sabia o que fazer, estava se sentindo muito sozinha. Embora morasse no mesmo terreno que a mãe, o irmão e outros familiares, estava muito sozinha. Chorava muito.

Eu? Bom, eu já estava chorando junto fazia tempo. Claro que consegui me colocar no lugar dela. Acho que toda mulher consegue se colocar nesse lugar: sentir-se só, ver-se só, sentir-se em profunda dificuldade e não poder deixar transparecer, ter de segurar a onda, fazer sacrifícios emocionais, com medo de que seu sofrimento respingue num filho, numa filha. Só conseguia ouvi-la e segurar a mão dela, e colocar mais água no copo. Por fim, disse a única coisa que senti que podia dizer: "Entendo como você se sente. De verdade, mesmo, porque criar um filho parece, em muitos momentos, algo muito solitário, embora estejamos cercados por pessoas. Mas acho que todo mundo se sente assim. Todo mundo pode passar por isso, muita gente passa por isso, muita gente mesmo. Tem muita gente que deixa de passar por isso, não porque queira, mas porque tem medo de enfrentar o desconhecido. E ninguém tem uma fórmula mágica. Ninguém. Não vou te dizer filosofias, não. A realidade, muitas vezes, não deixa brechas para a filosofia. Mas tem uma coisa que pode te ajudar: isso que acabou de acontecer. Você viu por que ele estava gritando?". "Pois é... pelo carrinho, mas eu não sabia que tinha caído..." "Vocês não se falaram. Não se comunicaram. Um não olhou no olho do outro nem disse o que precisava dizer. Foi só isso. Então, não sei o que te dizer nessa situação, além disto: tentem se ouvir mais. Se são só vocês dois na maioria do tempo, vocês precisam se ouvir. Precisam ser confidentes. Um precisa ouvir o outro. Ele só gritou assim o tempo todo, porque não conseguiu sua atenção. Eu sei que está difícil pra você, mas pra ele também está. E ele apanhou. Não bata, mesmo que esteja no seu limite, não bata."

Eu entendia que ela não havia dado atenção ao filho porque estava sofrendo muito também, mas não dar atenção ao filho não a aliviou do sofrimento nem resolveu sua angústia, pelo contrário, piorou tudo. Ela ficou pensando, assoando o nariz e, então, chegou a mãe das três filhas com o menino. Ele com o carrinho na mão, rosto inchado de chorar, lábios comprimidos de criança que acaba de achar algo do qual gosta muito. Sentou na cadeira e ficou mexendo no carrinho, de cabeça baixa. Olhei para a mãe das três filhas. Cruzamos nossos olhares, mas não conseguimos dizer nada. Ela apenas colocou as duas mãos sobre o peito, como se pudesse também sentir aquela dor. Claro que podia. Todas nós podíamos. Tanta dor naquele curto episódio. Por pura humanidade, no sentido de "ser humano", por pura falta de comunicação, por pura falta de confiança, da mãe no filho, do filho na mãe. Falta de confiança no fato de que, sim, podiam confiar um no outro! Podiam contar um com o outro! Eles dois eram, agora, todo o núcleo familiar, sem mais ninguém, precisavam ter total confiança um no outro.

Depois que o menino chegou com o carrinho, ficou um clima estranho. A mim, só restou dizer: "Querido, senta aqui do ladinho da mamãe. Você já está melhor, a mamãe também. Já está tudo bem". Ele logo sentou e perguntou se ela queria sorvete, ela disse que sim. Dei um abraço muito forte nela (e ela em mim, o que também me fez muito, muito bem). Perguntei ao menino se podia dar um beijo nele e ele deixou. A mãe das três filhas disse que ficaria mais um pouco (a caçula estava comendo). Despedi-me dela e, em seu ouvido, disse: "Obrigada". Ela apenas respondeu: "Obrigada".

Saí caminhando lentamente de volta ao supermercado. Meu carrinho ainda estava no mesmo lugar. Nem quis pegar o que faltava. Fui ao caixa, paguei e fui embora. Coloquei as coisas no porta-malas, sentei no carro, fechei a porta e chorei. Chorei por tudo. Chorei por nada, por a vida ser confusa, por ser simples, por a comunicação ser difícil, por tanta coisa ser demasiadamente fácil e difícil ao mesmo tempo, por estarmos tão cheios de amigos, por estarmos tão sozinhos, por pensar na dor daquela mãe, que também podia ser a minha, por pensar naquele menino gritando por seu carrinho, por pensar na minha filha, por pensar que quero poupá-la de toda dor do mundo, por saber que essa é uma missão fadada ao fracasso.

Decidi contar essa história por dois motivos. Primeiro, muitas vezes, vemos uma mãe ou um pai enlouquecidos diante de uma criança, atacando-a violentamente e temos o ímpeto de atacar os pais também. É natural. Não dá para ver a imensa injustiça da violência contra um ser indefeso, que é a criança, sem nos abalarmos. Nada, nada justifica a violência contra a criança, mas é preciso lembrarmos que, embora ali seja a criança quem precisa de mais ajuda, não é somente ela. O adulto também precisa. O problema é que nem todos querem ser ajudados. Muito poucos conseguem ver que os problemas sérios da vida cotidiana os tiram do prumo e que é o lado mais fraco que sofre mais. Quem não quer ver, às vezes, passa a vida fugindo, perpetuando ciclos de agressão.

O segundo motivo é que, em um momento de dificuldade com um filho, um momento de gritos, choro, crise, paremos tudo o que estivermos fazendo. Abaixemo-nos até ficar na altura dos olhos da criança. Seguremos os bracinhos dela e digamos: "O que foi? O que aconteceu? Me diga: o que eu posso fazer pra te ajudar?". A resposta tanto pode ser uma angústia facilmente solucionável quanto algo inalcançável, o importante não é se conseguimos ou não fazer o que a criança quer, mas que estejamos ali para ouvi-la, que eles tenham nos olhado nos olhos e nós nos olhos deles, que tenha se estabelecido um contato importante, um vínculo de confiança, um "ouvir". Todo mundo quer ser ouvido. Ninguém quer ser ignorado em suas angústias.

Se pudermos resolver facilmente, resolvamos. Se não pudermos, expliquemos por que não podemos. Se a crise continuar, continuemos a ouvir, a perguntar, a dar atenção. Paremos o que estamos fazendo, paremos de caminhar, desliguemos o telefone, paremos de digitar e digamos: "Estou aqui. Estou com você. Me dá um abraço". Às vezes, as crianças nem conseguem o que querem, mas se sentem tão amparadas e protegidas que se deixam abraçar e se acalmam. Todo mundo tem mais condição de ouvir e entender quando está calmo.

O episódio do supermercado mexeu muito comigo. Fui dormir agarrada na minha filha, pensando naquelas pessoas, em como estariam naquele momento, torcendo para que estivessem bem, para que um tivesse encontrado apoio no outro. É também para isso que mães, pais e filhos seguem juntos em uma mesma caminhada.

NÃO SE COMBATE A VIOLÊNCIA OLHANDO SOMENTE PARA A VÍTIMA

No texto anterior, contei uma situação de violência contra uma criança. Este texto remete àquele, a fim de: 1) evitar que haja qualquer tipo de interpretação equivocada sobre meu comprometimento diante da violência familiar contra crianças; 2) levantar um ponto bastante complicado e polêmico na complexa questão da violência contra a mulher, o idoso, a criança ou qualquer outro ser humano. Esse posicionamento é importante em razão do meu trabalho no acolhimento de mulheres violentadas, que não podem ter qualquer tipo de dúvida sobre meu compromisso contra a violência.

Quem acompanha meu percurso de pesquisadora interessada no estudo da violência em saúde sabe qual é minha posição em relação à violência contra crianças, mulheres ou qualquer ser vítima de violência. Jamais me preocuparei em acolher, primeiro, o agressor. Nunca me preocupei em acolher agressor algum, pelo contrário. Quero salvar o agredido e, todas as vezes que intervim, foi para "atacar" o agressor e evidenciar seu comportamento violento. Porém, em pouco mais de três anos de dedicação ao estudo da violência, percebi que esse comportamento é tão eficaz no combate à perpetuação do ciclo da violência quanto não fazer nada. É preciso considerar outros pontos, para que não sejamos superficiais, iludidos ou deslumbrados com nosso poder, se quisermos, de fato, contribuir para a erradicação da violência.

Primeiro: quando interferimos em uma situação de violência como a que descrevi no tópico anterior – mãe batendo em filho –, achar que estamos salvando a criança é ilusão, para acalmar nossa consciência: "Sou bacana, impedi uma criança de ser agredida". Não impedimos. Impedimos apenas de ver a agressão. Vamos virar as costas e a agressão vai continuar em casa. Às vezes, com ainda mais força, porque o agressor é vingativo, desconta sua ira sobre o agredido quando é constrangido.

É preciso, com urgência, acolher a vítima, o agredido. Após acolher e amparar a vítima, *sim*, é preciso olhar para o agressor, exatamente o que aconteceu na situação que descrevi: a criança já havia sido acolhida, já estava recebendo atenção e cuidado, começou a receber esse acolhimento assim que a mãe desmoronou – sábia decisão da mãe das três filhas, porque qualquer pessoa que tentasse intervir no meio da agressão seria fortemente agredida também, provavelmente fisicamente, por aquela mãe totalmente descontrolada. Depois de desmoronar, a mãe baixou a guarda. Como a criança já estava recebendo acolhimento, pareceu-me coerente com os princípios humanos que defendemos acolher aquela mulher. Aliás, pareceu-me a única coisa que realmente poderia prevenir violências futuras, em casa, no dia seguinte ou em qualquer outra situação de descontrole. É uma questão de coerência com o que defendemos em todas as demais áreas. Quando trabalhamos com mulheres violentadas no parto, por exemplo, nós as acolhemos, mas o fato de acolhê-las não impede que o agressor (profissional da saúde) violente novamente outras mulheres. A única coisa que pode efetivamente diminuir o potencial violento desse sujeito é informação, esclarecimento. Ignorar o agressor não contribui em nada para a mudança, embora nos dê a falsa sensação de que, por termos acolhido o violentado, fizemos uma coisa boa e somos legais.

É fundamental que saibamos também que, nos países em que houve diminuição nas taxas de violência contra a criança, foram feitos grandes esforços de educação familiar, de educação para a disciplina positiva, em que as famílias agressoras receberam orientação para a mudança de comportamento. Isso funciona e não é, nem de longe, vitimização do agressor. É reconhecimento de que pode até ser legal segurar a mão de alguém na hora e impedir que bata numa criança, mas não mudará a violência à qual essa criança estará exposta quando ninguém estiver olhando.

É preciso atuar também sobre o agressor. Nunca apenas sobre o agressor, nunca antes o agressor, mas também ele. É preciso sempre considerar o agressor e o que fazer com ele, pois o que for feito focando exclusivamente o agredido, a vítima, não interromperá o ciclo da agressão em definitivo, seja em casos de violência contra a mulher, contra o idoso, seja em casos contra a criança, em qualquer de suas formas.

Primeiro, sempre, acolhamos a vítima, depois, precisamos agir sobre o agressor, mesmo que seja mais difícil e mais polêmico. Agir sobre o agressor não subentende contemporizar a violência, mas lutar para que ela não faça novas vítimas.

DOS DIREITOS RADICAIS DAS CRIANÇAS

Toda criança tem direito de explorar livremente o ambiente onde vive, de interagir com o ambiente natural, de experimentar novas sensações e afetos, de admirar o mundo, de ser estimulada a respeitar todas as formas de vida, de se sentir parte delas, de sentir cheiro de flor, de água, de riacho, de comida fresquinha, de casa limpa.

Toda criança merece expandir seus horizontes e seu olhar, conhecer outras formas de viver e outros hábitos de vida.

Toda criança precisa ser levada em consideração nas decisões familiares.

Toda criança merece ser incluída ativamente nos programas da família, não como "bagagem", mas como parte que influencia escolhas.

Toda criança tem direito e merece interagir com outras crianças, principalmente com aquelas que vivem de maneira diferente, pois isso constrói o respeito e a equidade.

Toda criança merece receber uma educação livre de preconceitos e discriminações, merece saber que amor não escolhe sexo, cor, classe social, etnia, nacionalidade.

Toda criança merece passar menos tempo diante da TV e mais tempo junto à natureza.

Toda criança tem direito de saber de onde vêm seus alimentos e de conhecer aqueles que realmente são bons para ela, de saber se o que é oferecido a ela é realmente saudável, benéfico, se fará realmente bem ou se é apenas reflexo do despreparo de quem oferece.

Toda criança merece que seus medos sejam compreendidos e acolhidos, nunca ridicularizados, nunca menosprezados, nunca ignorados.

Toda criança precisa se sentir parte do todo, influenciando-o e sendo influenciada por ele e ser respeitada como ser integral, recebendo o que de melhor houver em cada contexto.

Toda criança que chora precisa ser acolhida e compreendida, jamais ignorada.

Toda criança precisa ser protegida contra todas as formas de alienação.

Ao mesmo tempo, toda criança precisa e merece ser protegida contra todo tipo de violência, a fim de que aprenda que um mundo cordial é possível e que a violência se alimenta de si mesma.

Toda criança merece ser protegida contra riscos desnecessários ou situações que representem perigo, qualquer que seja ele.

Toda criança merece que sua saúde e sua integridade física sejam respeitadas, sem receber medicamentos sem necessidade.

Toda criança precisa saber que sempre haverá quem a ajude, quem a proteja, quem lute por ela.

Acima de tudo, toda criança merece ser olhada como uma semente já germinada, mas sedenta daquilo que a fará grande, forte e viçosa, e nutrida com o mais puro amor e a mais total disponibilidade.

Nenhuma criança é ônus. Nenhuma criança é empecilho. Nenhuma criança é dispendiosa. Se uma criança for vista desse modo, o problema está em quem vê.

Tudo isso parece óbvio, mas infelizmente não é. Se fosse, não nos depararíamos com situações que ignoram o bem-estar da criança, minimizando-o ou preterindo, em nome do adulto e de suas necessidades. É preciso lembrar que as crianças têm direitos fundamentais que vão muito além dos enumerados na Declaração dos Direitos da Criança. Direitos que passam por mais sensibilidade, por mais acolhimento, mais afeto, mais entendimento, mais entrega e acesso, mais verdade, mais sinceridade, menos subterfúgios e desculpas.

Crianças não são extensões dos pais. Crianças não são propriedade deles. Crianças não são receptáculos vazios, nos quais inserimos nosso despreparo. Elas são novos seres, que merecem um mundo novo, uma nova forma de viver neste velho mundo, que valorize o sentido básico da infância, sua essência mais profunda, sua raiz primordial.

Em um mundo de moderações e contemporizações, onde ser complacente com a violência é visto como ser "moderado", onde aceitar uma palmada, um xingamento é visto como ser "tolerante" com diferentes formas de cuidado parental, em um mundo como esse, o que as crianças precisam é de um olhar mais radical sobre elas. Um olhar radicalmente contra a violência. Radicalmente contra a negligência. Radicalmente contra o abandono. Um olhar que busque a verdadeira raiz de ser criança. Se esse é o nosso olhar, saibamos que não estamos sós: a radical que mora em mim saúda a radical que mora em você.

"Radical" não é uma ofensa. "Ser radical" não é um desvalor, embora, em um mundo de "moderados", as pessoas se esforcem tanto para que pareça ser assim. É sempre bom lembrar que quem não é radicalmente contra a violência à criança é cúmplice dessa violência.

BULLYING:
INVISÍVEL, NATURALIZADO E FAZ SOFRER

Quando tinha oito para nove anos, precisei mudar de escola. A escola anterior organizou uma excursão cheia de falcatruas e o que deveria ter sido uma experiência encantadora foi um desastre. Resultado: crianças com medo, pais indignados, processos contra a escola e contra a empresa de turismo. Muitos alunos foram transferidos para outras instituições de ensino na metade do ano letivo. Eu fui um deles.

Com a ajuda de uma amiga da família, minha mãe conseguiu para mim uma vaga em um dos melhores colégios da cidade em pleno agosto, um colégio particular caro que concentrava dezenas de crianças de famílias tradicionais ou novas ricas da cidade. Estudei lá até o ensino médio.

Nossa situação financeira não era ruim, mas não era como a das demais famílias. A escola era custeada pela multinacional onde meu pai trabalhava, como benefício incorporado ao salário. A educação que recebíamos em casa nem de longe valorizava facilidades financeiras. Fomos criadas para dar o devido valor ao dinheiro, nem mais, nem menos, e para nos sabermos filhas de gente trabalhadora. Não fomos incentivadas a consumir roupas ou tênis de marcas famosas, nem a achar que o dinheiro nascia nos canteiros da casa. Tudo era bastante suado e batalhado e não havia grandes luxos. Com certeza, o maior deles era podermos estudar em um colégio como aquele.

Voltando ao momento da transferência no meio do ano letivo, para uma turma cujos alunos se conheciam desde a pré-escola, fui alvo de *bullying*, tanto por ser estranha ao grupo quanto por ser quem era: alguém que não aceitava desrespeito, ofensas, distratos ou qualquer tipo de intimidação sem que houvesse confronto. Lembro-me do primeiro dia de aula como se fosse hoje: crianças sentadas em carteiras dispostas em duplas, uma dupla atrás da outra, de frente para o quadro-negro. Todas uniformizadas em cinza e branco, com uma camiseta em que o nome da escola se destacava em vermelho. Cheguei muito constrangida. Fui acolhida pela professora, que me apresentou como "a aluna que precisou mudar de escola no meio do ano" e me orientou a sentar ao lado de um menino da minha idade. Ele prontamente disse: "Do meu lado, não!". A professora o repreendeu e me conduziu até lá.

Excelente. Estava eu, então, sentada ao lado de alguém que não me queria ali. Todos ao redor começaram a brincar com ele, como se fosse muito grave alguém desconhecido sentar ao lado de um aluno já conhecido da escola. Ignorei as brincadeiras, engoli a vontade de chorar que brotava com toda força em mim, sentei, abri minha mochilinha, peguei meu estojo, abri e tirei de dentro dele dois lápis e uma borracha.

A professora continuou a aula de onde havia parado, talvez contando com o fato nada óbvio de que uma criança de oito anos não precisaria de um acolhimento melhor diante de tamanha mudança. De costas para a turma, escrevendo no quadro, ela não pôde acompanhar o que me aconteceu naquele momento. O menino ao lado de quem me sentei passou a me ridicularizar. Falava que minha mochila era feia, que meu uniforme estava grande demais, que eu parecia zangada, que meu estojo era esquisito, incentivado por um pequeno grupo, enquanto os outros apenas dirigiam a mim um olhar solidário: "Não ligue, eles fazem isso com todos".

Como a professora não estava percebendo e o menino recebia reforço dos colegas e percebia meu constrangimento, a intimidação foi aumentando. Jogava meus lápis no chão, jogava meu estojo para outros colegas, abria minha mochila. Foi quando decidi pedir que parasse, mas meu pedido piorou a situação. Ele jogava minhas coisas, ofendia, ria de mim, e a professora de costas, ignorando o que estava acontecendo ou apenas pedindo silêncio: "Xiiiu!". Eu pedia que ele parasse, dizia que meu estojo e meus lápis eram novos, pedia para não jogá-los no chão. Ele ignorava. Tudo ia parar no chão. Quando eu conseguia recolher um, outro já estava lá. Então, em uma medida desesperada e angustiada, fiz o que jamais havia feito: levantei-me, peguei a cadeira, sustentei-a no ar e joguei com tudo sobre ele. A "aluna que precisou mudar de escola no meio do ano" havia acabado de jogar uma cadeira sobre um menino bem popular daquela escola desconhecida e conseguido chamar a atenção da professora para o que estava acontecendo havia quase uma hora.

Quem foi rotulada de "problemática"? Certo, eu. Fui imediatamente levada à direção da escola, enquanto telefonavam para meus pais. O que eu havia feito tinha sido, de fato, muito errado. A diretora era uma senhora cordial e simpática. Minha simpatia por ela foi imediata. Percebi que a dela por mim também. Enquanto meus pais não chegavam, ela foi me perguntando por que eu havia feito aquilo, contando que eu havia machucado bastante o colega, que o nariz dele havia sangrado. Perguntou o que eu achava daquilo. Lembro-me da minha resposta: "Sim, fiz uma coisa muito errada e nunca fiz isso a ninguém. Mas eu estava sendo xingada, minhas coisas estavam sendo jogadas no chão, eu não sabia o que fazer. Pelo menos, isso parou e ele não fará mais".

Meus pais chegaram. Eu estava apavorada. A diretora conversou com eles. Eu não entendia nada, mas, pelo semblante dela, parecia que tudo ficaria bem. Foi quando, talvez em uma tentativa de conciliação, ela perguntou: "E então, Ligia, agora que você sabe que o que fez foi errado, me diga: você não fará isso de novo, não é?". Sob o olhar dos meus pais, muito sinceramente respondi: "Farei. Se ele me xingar ou me maltratar novamente, farei. Ninguém tem o direito de maltratar o outro. Se ele me maltratar, eu vou me defender".

Achei que quebraria o recorde mundial de expulsão mais rápida da escola, após poucas horas de matrícula. Mas a diretora, a despeito do constrangimento máximo dos meus pais, olhou para mim, riu francamente e disse: "Você é uma menina justa. Sei que não fará". Fui para casa, voltei no dia seguinte e ninguém mais me ofendeu ou me maltratou até a semana seguinte.

Por alguns anos, sofri *bullying* naquele colégio. Uma das alternativas que temos para sobreviver em um meio hostil é incorporar a violência à própria prática. Eu, aquela menina "justa", também me tornei uma *buller*. Minha autoestima de criança e pré-adolescente era minada por um mesmo grupo, e eu me tornava uma agressora. Por pelo menos dois anos, atormentei a vida de uma colega, e ela a minha. Fomos "inimigas", quando tudo o que precisávamos era nos unir, já que ambas eram oprimidas e agredidas. Não há um só dia da minha vida em que eu não sinta muito por isso. Em todos esses anos – já se passaram mais de 20 –, eu a procurei. Quando surgiu o Orkut, lembro-me de tê-la procurado lá. Não encontrei. Há poucos meses, eu a encontrei numa rede social, mas confesso que ainda não consegui pedir desculpas a ela como deveria. Tenho medo de que ela se ofenda, de que reviva más lembranças, de que já tenha enterrado tudo e eu vá lá, novamente, importuná-la. Só de lembrar, tenho vontade de chorar. Sofremos tanto, quando a união podia ter nos salvado.

Por muitos anos, sofri as consequências do *bullying* constante. Chorava muito, estava constantemente irritada, não gostava que brincassem comigo de nenhuma maneira. Para sobreviver àqueles longos anos, tornei-me exímia esportista. Era a primeira a ser escolhida nos times em todas as modalidades. Tornei-me a queridinha dos professores de educação física. Tornei-me, também, aluna muito dedicada em todas as demais disciplinas, e as altas notas me davam uma espécie de "aval" para confrontar os professores por suas más condutas ou más práticas de ensino. Quando percebi, havia me tornado amiga daqueles que, por tantos anos, haviam me constrangido. Quando percebi, os valentões de outrora haviam se tornado meus amigos.

Bem, não é surpresa que eu não tenha querido manter essas amizades. Não tenho orgulho dessa fase da minha vida. Uma fase que, do ponto de vista familiar, também acumulava más experiências e dificuldades, que culminaram com o desemprego do meu pai e a separação dos meus pais. Foi quando precisei ir da escola particular de elite diretamente para a escola pública noturna, sem escalas. Essa mudança foi um choque para mim, que sempre sonhara em estudar em boas universidades e me formar com pompas. Achei que havia perdido a oportunidade, que minhas chances haviam ficado para trás. Sofri muito com todas aquelas mudanças.

Há muitos anos, sei que foi muito mais que um choque, foi minha salvação. Somente alguns anos depois consegui entender a grande chance que havia tido na vida, de sair de uma bolha e conhecer pessoas que batalhavam pela vida. Na escola pública, fiz grandes amigos, fui acolhida e respeitada, amparada e fortalecida. Foi quando me senti crescida pela primeira vez. Jamais sofri novamente qualquer tipo de constrangimento ou outra forma de *bullying* – até o advento do *blog Cientista que virou mãe*, que me rende dezenas de manifestações impregnadas de rancor, onde as pessoas me chamam de "radical", "comunista", "esquerdista" e essas coisas que são dirigidas a mim como se fossem xingamentos e que me enchem de certeza de estar no caminho certo.

Minha história é uma entre muitas que, infelizmente, não têm um mesmo final, digamos, "feliz". Muita gente, por ter sido vítima de *bullying*, perdeu-se pelo caminho. Não é raro ouvirmos histórias de crianças ou jovens que desenvolveram grave embotamento afetivo em razão de anos de ridicularização, preconceito, discriminação ou outro tipo de violência. O *bullying* é, infelizmente, comum, frequente e – o que é pior – naturalizado, visto como uma fase "natural" da vida. Não é nem deve ser visto assim. O *bullying* é violência e não pode ser minimizado. Ele não acontece somente entre crianças e jovens, muitos adultos sofrem e cometem *bullying*. Muitas vezes, contra os próprios filhos, contra os próprios alunos.

Fui vítima do *bullying* de uma professora de matemática chamada Sandra. Ela trabalhava naquela mesma escola onde eu já sofria *bullying* de outros colegas. Não é surpresa que matemática sempre tenha sido um problema acadêmico para mim. Infelizmente, não fui alvo único. Essa professora tratava com escárnio e desdém muitos dos alunos, embora dissesse que era apaixonada por este, aquele e aquela outra. Depois de muitos anos, tornei-me professora, mas jamais compreendi como era possível agir assim. Sempre tive por meus alunos o mais profundo respeito e não é raro encontrar muitos amigos entre meus antigos alunos. Vejo que, além do preparo individual, há também uma questão de como encaramos nossos papéis como professores, educadores, mães e pais, como cidadãos, enfim.

Quando decidi escrever este tópico, estava imersa em dados sobre vítimas de *bullying* no Brasil, pesquisando para escrever o capítulo de um livro. Quase enveredei pela abordagem mais acadêmica, mostrando porcentagens, consequências, citando estudos e tudo mais. Mas optei por contar o meu caso. Muita gente viveu coisas parecidas com a que contei, mas acabou naturalizando a situação, achando que é assim mesmo, que isso não passa de brincadeira de criança. Isso não pode acontecer: *bullying* é uma forma de violência, bastante cruel, uma violência moral, emocional, psicológica. Naturalizar comportamentos cruéis é amplificar o sofrimento de quem o vive.

Se sabemos de alguma criança, adolescente ou mesmo adulto que esteja sofrendo *bullying*, não ignoremos, não deixemos de lado, não naturalizemos nem tornemos a situação invisível. Falemos sobre o assunto, chamemos a atenção dos responsáveis, evidenciemos. Assim ajudaremos pessoas que talvez não estejam tendo coragem para reagir.

PALMADA ENSINA, SIM

Muitas pessoas acreditam que um tapa – uma palmadinha – ensina a criança a não repetir aquilo pelo que está sendo punida. No entanto, o tapa ensina outra coisa: que, se ela repetir aquilo e o adulto souber, ela apanhará e sentirá dor. Por essa lógica, bastaria, então, fazer aquilo apenas quando o adulto não estivesse vendo ou esconder o que fez.

Por esse prisma, palmada ensina muitas coisas: que somos passíveis de violência; que a violência é justificável quando achamos que é; que amor e violência podem andar juntos; que, para escapar da violência, basta agir escondido. E ensina a mentir.

Se é isso o que pretendemos na educação de nossos filhos, a palmada é uma opção. É por isso, e para isso, que se defende a palmada, mesmo quando os argumentos são frágeis, incoerentes, falsos, podendo ser desconstruídos sem muito esforço.

Porém, se o que desejamos é ensinar as crianças a serem responsáveis, colaborativas, compreensivas, solidárias e coerentes, a palmada deixa de ser uma opção. Se o que desejamos é orientar e ensinar limites através do amor e do acolhimento, se o que queremos é ensiná-las pelo bom exemplo, ensiná-las a tomar boas decisões e a fazer boas escolhas, sabemos que a palmada ou qualquer outro tipo de violência não é uma opção.

Quando batemos em uma criança, porque ela saiu correndo pela rua e quase foi atropelada, estamos ensinando que ela não pode fazer isso, porque apanhará. Essa é a relação de causa e consequência que ensinamos, e é fácil perceber o risco disso. Na nossa ausência, por não ter entendido o perigo na situação, a criança sairá correndo, afinal, o perigo – apanhar da mãe ou do pai – está ausente. Transferimos o perigo da situação que pode comprometer a integridade da criança para nós. A palmada produz esse tipo de relação equivocada: a transferência do perigo da situação arriscada para a pessoa de quem agride a criança.

No entanto, essa talvez não seja a pior inversão produzida pela violência. A mais deletéria e prejudicial talvez seja ensinar às crianças – os adultos do futuro – que amor e violência podem andar juntos, que são parceiros, que se reforçam. É isso o que tantos pais e mães fazem quando dizem: "Eu bato por amor. Bato para ensinar, porque amo meus filhos". Isso ensina algo extremamente perigoso: o amor tem licença para agredir. O amor é motivo para violentar e a violência pode ser aceita quando há amor.

Imaginemos uma criança que passe a vida sendo agredida e ouvindo essa justificativa. Sem que ela perceba, sem que passe pelo crivo de sua consciência, embutida nos recônditos de sua essência, está sendo construída a noção de que amor e violência caminham juntos. Quem aprende a pensar assim se torna vítima ou agressora, em nome do amor.

Também por essas questões – que fogem à análise quando falamos apenas superficialmente da educação violenta e que são deixadas para trás quando pais e mães que batem tentam se justificar –, é que hoje centenas de famílias buscam ativamente formas de educar que excluam a violência, que sejam baseadas na empatia, na cooperação, no entendimento de que as crianças, como todas as outras pessoas, não podem ser agredidas.

Não é tarefa fácil. Exige de nós o entendimento e a aceitação de nossas próprias limitações. Exige, muitas vezes, a aceitação e a reconstrução do próprio passado, principalmente se fomos vítima de violência quando crianças. Mas criar filhos não deve ser encarado do ponto de vista da facilidade. Estamos falando de seres humanos, de novos cidadãos, de um futuro que pode ser diferente. Facilidade não deve ser a meta nesse caso. Se for, estaremos fadados a perder uma das maiores oportunidades de mudança e transformação social: a mudança pelas pessoas, pela educação, pela empatia.

Por isso, depois de muitas discussões positivas e de textos escritos, minha querida amiga Andréia C.K. Mortensen e eu decidimos organizar algumas ideias sobre a educação não violenta e a possibilidade concreta, prática, real de criar filhos sem qualquer tipo de violência – emocional, verbal, física. Essas ideias foram reunidas no livro *Educar sem violência: Criando filhos sem palmadas* (Papirus 7 Mares, 2014). Nosso trabalho em busca de uma infância respeitada e respeitosa é realizado com o mais genuíno sentimento de que as pessoas podem mudar, podem reformular seus atos, fazer uma autocrítica e buscar melhorar suas relações.

Desculpem-nos se doer, se ficarmos emocionalmente vulneráveis, não é esse o intuito, mas pode acontecer. Se acontecer, saibamos que também estamos em transformação e que o fruto de nossa transformação, além da educação respeitosa e não violenta de nossos filho, será a aceitação de nossa infância e de nossa história.

Sejamos todos bem-vindos a essa conversa. Não desistamos. É possível sair do senso comum, que incentiva a violência, para fazermos diferente.

VAMOS FALAR DA SUÉCIA?
VAMOS, DEPOIS DE FALAR DO BRASIL!

Em 2012, o Disque 100 – Disque Direitos Humanos – registrou um recorde de denúncias de maus-tratos contra crianças no Brasil. Foram mais de 130 mil novos casos, mais de 70% de todas as denúncias feitas, um aumento de 50% comparativamente ao ano de 2011. Não podemos dizer, com base nesses dados, que as crianças estão sofrendo mais violência. A única coisa que podemos dizer, com certeza, é que as pessoas estão denunciando mais. Isso mostra que vale a pena falar sobre o assunto.

Crianças continuam a ser violentadas – física, emocional e sexualmente –, além de negligenciadas, o que também é uma forma de violência. Segundo o Sistema de Notificação de Agravos de Notificação (Sinan) do Ministério da Saúde, em 2011, foram registrados mais de 39 mil atendimentos declaradamente relacionados à violência contra crianças. Nacionalmente, a faixa de maior nível de atendimento é, de longe, a de crianças menores de um ano, com 118,9 atendimentos a cada 100 mil crianças. Depois, vêm os adolescentes, com mais de 80 casos atendidos a cada 100 mil adolescentes. Para crianças entre 5 e 14 anos, há registros altos de reincidência no atendimento, o que significa que são crianças recorrentemente expostas à violência.

Quais são os tipos de violência aos quais essas crianças são submetidas? Prevalece a violência física, com mais de 40% de atendimentos. Em segundo lugar, vem a violência sexual, notificada em 20% dos atendimentos. Em terceiro, a violência moral ou psicológica, com 17%. Negligência e abandono vêm a seguir, representando 16%

das notificações, com forte predomínio na faixa etária de menos de um ano a quatro anos.

Quem são os autores da violência? Os pais, em 39% dos casos, principalmente até um ano de vida. A partir dos cinco anos, o autor vai mudando para amigos e conhecidos da família, mas os pais continuam a ser os principais agressores.

Quem apanha mais, meninos ou meninas? Meninas. Elas são as vítimas preferenciais entre os menores de um ano, representadas pela taxa de 67,8%. Violência de gênero desde que nascemos. Aos dez anos, a proporção de violência física entre os sexos é praticamente igual.

Quais são minhas referências? Os dados do Disque Direitos Humanos foram informados pelo Centro Regional de Atenção aos Maus-Tratos no ABCD e se referem a dados nacionais. Os dados do Sinan podem ser encontrados e analisados na obra *Mapa da violência 2012: Crianças e adolescentes no Brasil*, de Julio Jacobo Waiselfisz.

Gostaria de lembrar que esses dados se referem a notificações, não representam a realidade, já que há reconhecida subnotificação no Brasil. Isso significa dizer que os números da violência contra a criança são ainda maiores. As crianças continuam a ser desrespeitadas em seus direitos como seres humanos, com base em argumentos frágeis, como "bato para educar". Geralmente, quem usa esse argumento também apanhou, o que mostra a primeira e mais clara consequência da violência contra a criança: a naturalização e a perpetuação da prática. A vítima do passado se torna a agressora do presente, produzindo possíveis agressores no futuro.

Todos os dados que mencionei se referem à realidade brasileira. As crianças no Brasil são violentadas e as diferentes formas de violência são mais que naturalizadas, são aceitas de bom grado por pessoas que ainda não aprenderam novas formas de educar.

O Brasil não é a Suécia. No Brasil, as crianças continuam a ser violentadas. São violentadas sem problematização ou questionamento pela maior parte das pessoas, o que ajuda a explicar a violenta sociedade brasileira. As pessoas que ainda não problematizaram a questão, não se interessaram, nem não foram atrás de formas não violentas de educar, sentem-se aliviadas e, de certa forma, endossadas na perpetuação de práticas violentas ao se deparar com notícias que colocam a educação positiva em xeque para apoiar, subliminarmente, a violência contra a criança. Como se a violência contra a criança, neste país tão violento contra elas, precisasse de ainda mais apoio.

Estou falando de uma matéria sobre a Suécia divulgada em 2014 aqui no Brasil, que questiona o fato de não se usar palmadas na sociedade sueca, associando a falta de palmadas a uma suposta geração de "mimados". Se tivermos um mínimo de senso crítico, perceberemos claramente a mensagem: *palmadas evitam crianças mimadas*. Quem leu a matéria só não sabe de uma coisa: foi originalmente publicada na França e, por incrível que pareça, o texto original não fala sobre palmadas, fala em educação familiar.

Quem percebeu isso foi Andréia C.K. Mortensen, minha amiga e companheira na defesa da educação não violenta e da disciplina positiva, cujos comentários sobre o tema estão a seguir.

Queremos verdadeiramente que a informação chegue a quem precisa ou, pelo menos, que chegue a uma parte dessas pessoas. Convidamos todos à leitura e à divulgação desses comentários da Andréia.

> Em 2014, andou rolando uma matéria na mídia (original da agência francesa de notícias, APF) sobre educação infantil na Suécia, que foi traduzida para o português e publicada em várias agências de notícias brasileiras. Um fato curioso é que o artigo original não discute palmadas, mas, sim, educação familiar. Curiosamente, por algum motivo, a palavra "palmada" e a lei que proíbe castigos físicos acabaram no título da matéria. Podemos pensar em vários motivos para isso. Podemos pensar, por exemplo, que uma lei que proíbe castigos físicos na França estivesse em tramitação na época. E, sim, estava. Então, chamar atenção ao fato seria uma jogada política para tentar manipular a opinião pública naquele país. Ou, outro motivo: talvez seja o

fato de o psiquiatra sueco entrevistado, Dr. David Eberhard, ter escrito e lançado recentemente um livro sobre educação infantil e essa pudesse ser uma estratégia de *marketing* para sua venda.

São especulações, mas o fato é: Dr. Eberhard *não* está argumentando que se deva reintroduzir o uso de palmadas nas famílias suecas, como muitas pessoas estão interpretando. Ele está criticando, isso sim, o modo de educação sueco de uma maneira generalizada. Mais importante ainda: ele não realizou absolutamente *nenhum* estudo científico epidemiológico sobre o tema, portanto, a matéria é opinativa, não científica. Não foi realizado estudo algum que pudesse estabelecer uma relação causal entre a lei contra castigos físicos e o estilo de educação realizado nos dias atuais (lembrem-se, 30 anos depois da lei!). Nenhum questionário foi feito, aplicado nem interpretado, em que fatores confundidores (outros fatores que podem interferir no resultado final) fossem bem controlados. Nada disso.

Não se enganem! O psiquiatra apenas deu sua opinião e citou o caso de algumas poucas famílias problemáticas para respaldá-la. Podemos entrevistar outros psiquiatras, ou outros profissionais de áreas afins, e angariarmos vários outros tipos de opiniões. Sem um estudo bem-feito, tudo isso não passa disso mesmo – opinião –, não é fato.

A Suécia tem uma lei que proíbe castigos físicos em crianças desde 1979. Foi o primeiro país a adotar essa lei e, desde então, mais países a adotaram – no total, 33 países no mundo todo. Na América do Sul, somente Venezuela e Uruguai adotaram lei semelhante. Mas a tendência evolutiva é que mais e mais países reconheçam o direito das crianças de serem educadas com respeito e inteligência.

A lei sueca de 1979 demorou décadas para se concretizar: em 1920, houve a primeira sistematização dos direitos das crianças; em 1958, proibiram-se castigos físicos em escolas; então, nos anos 1970, após alguns casos de "espancamentos disciplinatórios", em 1977, o parlamento sueco criou o comitê para discutir os direitos das crianças. Antes da lei de 1979 se tornar oficial, foi explicado à população que a lei não resultaria em punição aos pais (o que foi até traduzido para várias línguas e impresso em caixas de leite) e que as crianças devem ser tratadas com respeito pela pessoa e pelo indivíduo que são e merecem uma boa educação, sem punições corporais ou qualquer outro tratamento humilhante.

Em 1965, metade dos suecos acreditava que era preciso bater em crianças para educá-las. Em 1981, somente um quarto achava isso. Em 1994, 11% da população apoiava o uso de punição corporal. Estatísticas criminais indicaram que houve uma diminuição no número de adolescentes entre 15 e 17 anos envolvidos em vários tipos de crime, incluindo roubo, crimes por narcóticos, estupros e outros, entre 1983 e 1996. O uso de álcool e drogas e o índice de suicídio também diminuíram entre 1971 e 1997.[1]

Estudos feitos em 2000, com entrevistas a pais de 1.609 crianças, e um questionário nacional preenchido por 1.764 crianças entre 11 e 13 anos, e uma pesquisa nacional respondida por 1.576 pessoas de 20 anos revelaram que, em comparação com estudos anteriores, menos crianças (20%) relataram apanhar e 4% das crianças entre 11 e 13 anos e 7% de jovens de 20 anos relataram punições corporais severas com objetos. Entrevistas com pais revelaram que, em 1965, 53% apoiavam palmadas, e somente 10% deles o faziam em 1999. A proporção de crianças que aceitavam punições corporais também diminuiu de 50% em 1995 para 25% em 2000 (S. Janson. *Children and abuse: Corporal punishment and other forms of child abuse in Sweden at the end of the second millennium – A scientific report prepared for the Committee on Child Abuse and Related Issues, Ministry of Health and Social Affairs, Sweden*, 2000. Disponível na internet: www.regeringen.se/content/1/c4/11/98/b1ebdfe0.pdf). Existem muitos dados, relatórios e estudos, mas vamos parar por aqui, pois acreditamos que os benefícios da aplicação da lei na Suécia estão explícitos.

---

1. J. Durrant (1996). "The Swedish ban on corporal punishment: Its history and effects". Disponível na internet: www.nospank.net/durrant.htm.
_____ (2000a). "A generation without smacking: The impact of Sweden's ban on physical punishment". Disponível na internet: www.endcorporalpunishment.org/pages/pdfs/GenerationwithoutSmacking.pdf.
_____ (2000b). "Trends in youth crime and well-being since the abolition of corporal punishment in Sweden". *Youth and Society*, v. 31, n. 4, pp. 437-455. Disponível na internet: www.radford.edu/~junncver/articles/sweden.pdf.
J. Durrant e G. Olsen (1997). "Parenting and public policy: Contextualizing the Swedish corporal punishment ban". *Journal of Social Welfare and Family Law*, v. 19, n. 4, pp. 443-461.

Agora, temos de tocar em outro ponto. Quando se fala em abolir castigos corporais, não se fala em abolir os limites, em abolir a educação. O problema é que a maioria dos pais não sabe dar limites sem ser batendo e só conhece dois caminhos extremos, da tirania da palmada à total permissividade. Como se houvesse somente dois aspectos na educação infantil – permissividade e autoritarismo. Enganam-se. Na verdade, são quatro estilos: autoritarismo (com uso de castigos físicos e psicológicos), negligência, permissividade e autoridade amorosa (disciplina positiva).

Convido os leitores a lerem este texto e compreenderem a diferença entre os quatro estilos, para assim tomarem uma decisão consciente sobre isso. Entenderão que ensinar limites passa longe da palmada. Crianças mal-educadas sempre existirão, simplesmente porque sempre existirão pais malpreparados.

Se seguíssemos a linha da matéria, poderíamos fazer uma reportagem com crianças brasileiras que desrespeitam professores, ameaçam-nos fisicamente, e dizer que a culpa é da educação por palmadas. Cabe aos pais se envolver, se conectar com seus filhos e educar sem agressões. Cabe a eles se comunicar com seus filhos, em vez de ficar nos seus eletrônicos ou na frente da TV. O fato é que os pais já não estão envolvidos com os filhos, e não que não batam neles. Eles estão ignorando os filhos e, quando algo dá errado, punem, em vez de ensinar.

Uma criança mal-educada é produto de seu ambiente. Assim, uma criança particularmente "mimada" diz mais a respeito dos seus pais do que dela mesma.

Novamente, enfatizamos: punição não tem *nada* a ver com educação. O que tem a ver é conexão, envolvimento com os filhos, exemplos, respeito mútuo. Se a Suécia está errando pelo lado da permissividade, o Brasil está errando pelo lado do autoritarismo com o uso de castigos físicos. Em um país onde 15 crianças são espancadas por hora, e todos, absolutamente *todos* os espancadores, justificam seu péssimo comportamento com o argumento de "estar educando", está mais do que na hora de refletir, evoluir e se envolver mais na educação respeitosa e inteligente de nossos filhos.

FILHOS SAUDÁVEIS NÃO BROTAM NO JARDIM

Nas aulas de genética do ensino médio, ouvimos falar em um monge chamado Mendel, que fez um experimento com ervilhas, e ouvimos as palavras "alelos", "fenótipo" e "genótipo". Provavelmente, quem não seguiu uma carreira biomédica não ouviu mais falar no assunto.

Esse é um tema cuja relevância permeia a vida de todos nós, desde que éramos fetos no útero de nossas mães. E será importante até nossa velhice. Se somos mães ou pais, é bom que saibamos que esse assunto também tem a ver com nossos filhos, mais que isso: com a vida que eles levam e com as experiências que vivem, dentro e fora de casa, mas principalmente dentro, onde se concentra a maior parte das experiências da vida de uma criança.

Há algum tempo, circulou uma matéria interessante, que diz respeito diretamente a quem tem crianças, cuida de crianças e vê na forma de cuidado que oferece a elas uma maneira de intervir na sociedade – presente e futura. Essa matéria aproxima a genética do cuidado diário que oferecemos a nossos filhos. O título é "Pioneiro da epigenética fala sobre relação entre ambiente e genoma" e aborda uma questão fundamental: a qualidade do cuidado parental nos primeiros anos de vida e a exposição a maus tratos na infância perduram ao longo da vida.

Que tipo de alterações os cuidados negativos promovem no indivíduo que é maltratado? Na matéria, são apresentados os resultados e conclusões das principais pesquisas realizadas por Moshe Szyf, professor de Farmacologia e Terapêutica da Universidade McGill, no Canadá. Ele foi um dos primeiros cientistas a sugerir que "os hábitos de vida e o ambiente social em que uma pessoa está inserida poderiam modular o funcionamento dos seus genes". Em outras palavras, foi um dos primeiros a propor que aquilo que o indivíduo vive tem a capacidade de alterar sua genética. Não altera a constituição genética em si, mas a forma como ela funciona. A consequência seria uma alteração profunda e duradoura no comportamento futuro. É de Moshe Szyf, também, a afirmação de que o processo pelo qual o genoma controla o funcionamento do corpo humano depende do ambiente e acontece desde a vida uterina. Em última análise, significa dizer que a qualidade da gestação já seria o primeiro fator de cuidado materno/parental capaz de modificar para sempre o indivíduo.

Em um dos experimentos, Szyf e sua equipe compararam dois grupos de ratas: aquelas que haviam recebido lambidas frequentes das mães, quando ainda bebês, e aquelas que não haviam recebido qualquer tipo de cuidado materno. O resultado: os animais que receberam cuidados maternos sadios se transformaram em animais adultos mais tranquilos quando comparados com os que não receberam, porque o bom cuidado materno foi capaz de produzir mudanças cerebrais que permitiram a regulação dos níveis dos hormônios do estresse ao longo de toda a vida adulta.

Vamos repetir a ordem dos fatores, usando outras palavras: o carinho, a atenção e o cuidado que os filhotes recebem vão alterando a maneira como seu cérebro se forma, molda, organiza. Essa mudança permite que, na idade adulta, não dê uma "louca" nos níveis dos hormônios do estresse, ou seja, o carinho produz seres mais equilibrados física e mentalmente.

Podemos estar rindo, dizendo que isso não tem nada a ver conosco, afinal, somos seres humanos e não ratos. Se batemos em nossos filhos, se os humilhamos ou ridicularizamos, se não estamos nem aí para uma gravidez, isso é um problema nosso e não tem nada a ver com essa coisa de rato. Saibamos que há muito de rato em nós e muito de nós no rato.

Sem metáforas. O mesmo vale para todos os outros mamíferos, porque, evolutivamente, somos todos irmãos e funcionamos de maneira muito parecida, principalmente genética e neurofisiologicamente, de forma que o funcionamento biológico de um pode servir como modelo para o funcionamento biológico do outro.

Se ainda não estivermos convencidos, saibamos que esses pesquisadores se uniram a um grupo de neurocientistas do Canadá e a outro de Cingapura, com o objetivo de analisar os cérebros de suicidas. Buscaram o histórico dessas pessoas, entrevistaram membros da família e conseguiram identificar quais haviam sofrido abuso severo na infância (verbal, físico ou sexual). Observaram que, entre as que sofreram abusos, os genes que regulavam a expressão dos hormônios do estresse estavam 40% menos ativos do que os demais ou os de pessoas que morreram por outras causas. A conclusão, podemos supor, é: maus-tratos na infância deixam o cérebro mais vulnerável ao estresse. Se é o cérebro que controla e regula o comportamento emocional dos indivíduos, podemos supor, portanto, que a reação das pessoas que viveram maus-tratos quando criança diante de episódios de estresse será muito diferente das que não foram maltratadas. Além disso, os pesquisadores mostraram que o mesmo acontece quando a mãe vive situações de estresse durante a gravidez.

Isso significa que, mesmo que nossos filhos tenham a melhor seleção de nossos genes, que tenham herdado somente genes que em condições normais os ajudariam a ser física e mentalmente equilibrados, isso de nada vale se a criança não for amada, cuidada e preservada incondicionalmente durante a infância. Maltratar uma criança pode mudar para sempre sua vida e isso não é crendice, superstição ou papo alternativo, é ciência atual, publicada nas melhores revistas científicas do mundo.

Por que divulgar esse assunto? Para que, como disse o pesquisador, tenhamos mais consciência da consequência de nossas escolhas, para que a ciência, mostrando os reais efeitos da violência, possa ajudar as pessoas a mudar suas escolhas, suas alternativas, a adotar novas formas de viver e de lidar com os outros seres, principalmente as crianças, que estão se formando e que podem ter uma vida plena e saudável pela frente quando cuidadas com amor e desvelo, sem violência.

Ressaltamos uma frase dita pelo pesquisador:

> Quando eu era um pai jovem, a ideia predominante era deixar a criança chorar para ela aprender a se virar sozinha. Hoje, não fazemos isso, porque temos medo do estresse que vai causar e de suas consequências. Da mesma forma, temos feito fertilização *in vitro*, barriga de aluguel, cesarianas desnecessárias, sem pensar muito sobre as consequências disso para a criança. Precisamos começar a avaliar o custo-benefício e tomar decisões conscientes, com base em informações.

Então, se consideramos tudo bem dar palmadas para ensinar (palmadas que assustam, humilham, envergonham e ferem, dia a dia, a autoestima de uma criança); se consideramos tudo bem deixar chorar até dormir (e produzir aflição e sensação de abandono e desamparo em um bebê que acabou de chegar ao mundo e que, tão cedo, está aprendendo que não adianta chamar, porque a mãe e o pai não o atenderão); se consideramos tudo bem trocar o peito por mamadeira, ainda que a mãe tenha total condição de amamentar (não permitir que o filho se alimente dela e tenha momentos da mais pura intimidade, cumplicidade e conexão); se consideramos tudo bem marcar uma cesariana antes que o bebê esteja pronto para nascer; se consideramos tudo bem tudo isso, estamos no nosso direito, mas isso não faz desaparecer o que sabemos hoje. Isso não anula o futuro. Isso não protege nossos filhos das consequências de nossas escolhas.

Se queremos filhos responsáveis, conscientes da relação entre a causa e a consequência de seus atos, de nada adianta dizermos que é de exemplo que eles precisam. Já passou da hora de abandonarmos as desculpas e assumirmos os efeitos de nossas escolhas. Filhos saudáveis não brotam no jardim. Somos nós que os plantamos e cultivamos.

POR QUE AS PESSOAS BATEM NOS FILHOS?

Por que você bate no seu filho?
Porque ele mereceu. Já cansei de falar para não fazer isto ou aquilo, mas ele insiste em fazer.

✿

Por que você bate no seu filho?
Porque é bom que se ensine limite desde cedo.

✿

Por que você bate no seu filho?
Porque apanhei quando criança, aprendi, sobrevivi e sei que não faz mal.

✿

Por que você bate no seu filho?
Porque não adianta conversar com ele.

✿

Por que você bate no seu filho?
Porque, se eu não fizer isso hoje, a polícia fará amanhã e eu prefiro bater hoje do que ver meu filho preso no futuro.

✿

Por que você bate no seu filho?
Porque minha religião diz que é preciso corrigir a criança com vara.

✿

Por que você bate no seu filho?
Porque perco a paciência.

✿

Por que você bate no seu filho?
Porque sempre foi assim, as crianças precisam apanhar para aprender a se comportar.

✿

Por que você bate no seu filho?
Porque eu sou o pai, ou a mãe, e eu tenho autoridade pra isso.

❈

Por que você bate no seu filho?
Porque eu sou a mãe, sei o que é melhor para ele.

❈

Por que você bate no seu filho?
Porque esse negócio de conversar com criança não leva a nada. Criança não entende conversa, entende força, ordem.

❈

Por que batemos em nossos filhos?
Porque não nos preparamos para educá-los de fato.
Porque demonstramos incapacidade para lidar com situações-limite.
Porque nos consideramos superiores física e moralmente.
Porque somos mais fortes, sabemos que a criança é fisicamente mais fraca e usamos essa desigualdade para amedrontar (se não, bateríamos nos amigos, nos vizinhos, no padeiro, no policial, mas não batemos, porque sabemos que receberemos o troco).
Porque confundimos medo com educação.
Porque não conhecemos (ou ignoramos) outras formas de educar.
Porque vim de uma educação violenta, apanhamos e não fomos capazes de usar nossa experiência para aprender outras formas de educar.
Porque acreditamos que a violência serve para uns (como os filhos), mas não para outros (nós).
Porque não nos importamos de infligir dor física em nossos filhos e usamos o argumento hipócrita de que "dói mais em nós do que neles", embora sejam eles a ficar marcados, sentir dor e chorar.
Porque acreditamos na violência como forma de punição.
Porque não sabemos quais as consequências emocionais da agressão física.
Porque acreditamos que, nas penitenciárias, estão pessoas que receberam total amor e educação não violenta, afinal, se tivessem apanhado, não estariam lá (mal sabemos que muitas estão lá porque sempre viveram em ambiente hostil, opressor e violento).
Porque somos incapazes de tratar criança como ser humano, digno dos mesmos direitos que nós.

Porque usamos o que está escrito nas escrituras para justificar nossa incapacidade, embora ignoremos todos os trechos que falam de amar ao próximo como a si mesmo.

Porque, batendo, não precisamos nos dedicar afetivamente a nossos filhos em momentos difíceis.

Porque nos esquecemos de que as crianças imitam os adultos e acharão que bater é normal.

Porque não temos autocontrole.

Porque não estamos preparados para educar de fato e fugimos disso por meio da violência.

Porque subjugamos nossos filhos.

Porque ainda não percebemos que amor e violência são coisas excludentes.

✤

Luana (esse não é o nome dela) é uma menina de sete anos. Cresceu com tapas e palmadas "educativas", que existem apenas para que os adultos justifiquem a própria tendência violenta, além de receber puxões de orelha quando fazia algo que os pais reprovavam. Vive em um bairro de classe média, estuda em escola particular. Apanhar – "educativamente" – é rotina em sua vida. Os pais se orgulham das palmadas – "educativas" –, que dão na frente de todos, dos puxões de orelha e das ameaças de "vou pegar a cinta". Tudo educativo, em prol da "boa educação". Dizem, orgulhosos, que a filha sabe com quem está lidando e que está crescendo bem-criada. Dizem que passaram da palmada "educativa" para a cinta porque perceberam que as palmadas já não surtiam efeito, ela havia se acostumado com elas.

Luana, aos seis anos, desenhou com canetinha na parede recém-pintada do apartamento, depois de muitos avisos de que não era para pintar ali, e tomou a primeira surra de cinta. Nunca mais desenhou. Os pais consideram isso eficiente, repetem a dose sempre que ela faz alguma coisa que foi avisada para não fazer.

Num jogo de futebol, Luana corria com os filhos dos amigos dos pais pela sala do apartamento, quando, sem querer, chutou um copo apoiado no chão. Impulsivamente, porque isso já fazia parte da rotina, o pai lhe deu um tapa, mas saiu mais forte do que esperava, pegou na orelhinha esquerda da menina, que desatou a chorar. A mãe a pegou no colo, disse que era para prestar mais atenção por onde corria e que já estava bom, que já podia parar de chorar. Luana foi para o quarto e ficou lá, chorando. Teve uma febrinha depois, mas "nada demais", disseram os pais. Desde aquele dia, Luana ficou mais retraída e brincou menos com os amigos. Não se envolve muito nas aulas. Não dá ouvidos à professora. Finge não ouvir os pais.

Luana não finge. Luana perdeu a audição do ouvido esquerdo, em consequência do tapa que recebeu. O tapa educativo.

COMO SE CRIA UM ATIRADOR?
REFLEXÕES SOBRE TIROTEIOS EM ESCOLAS

Quem consegue se colocar no lugar das famílias que perderam filhos no tiroteio da escola primária Sandy Hook, em Connecticut, nos Estados Unidos, em 14 de dezembro de 2012, não fica indiferente a uma tragédia como aquela. Sabemos que, infelizmente, tiroteios em escolas não são raros nos Estados Unidos, lembremos de Columbine e Virginia Tech, e estão acontecendo em outros lugares, inclusive no Brasil.

Como tantas outras pessoas, peguei-me pensando no que leva um jovem a entrar em escolas e atirar contra outros jovens. O que contribui para isso? Quais são as causas? Há causas? Por que isso acontece tanto nos Estados Unidos? Por que também já acontece em outros lugares? Há algum aspecto da criação desses jovens que os tenha influenciado? É válido construir um "perfil" do atirador? O que esses acontecimentos tão terríveis nos dizem, além de comover, por sabermos que tantas crianças perderam a vida violentamente?

Esses não são questionamentos feitos a esmo. Pensar sobre esse assunto leva a tentarmos evitar que essas tragédias continuem a acontecer.

Li alguns textos para entender o fenômeno um pouco melhor e encontrei um artigo bastante interessante, com o título "De Columbine a Virgínia Tech: Reflexões com base empírica sobre um fenômeno em expansão", de Timóteo M. Vieira, Francisco D.C. Mendes e Leonardo C. Guimarães, publicado em 2009 na revista *Psicologia: Reflexão e Crítica*.[1] É um artigo relevante, que analisa a

---

1. Disponível na internet: http://www.scielo.br/scielo.php?script=sci_arttext &pid=S0102-79722009000300021.

criação dos filhos, o ambiente em que vivem as crianças, os estímulos aos quais estão expostas, entre outras questões importantes. É preciso mencionar que a tragédia da Escola Municipal Tasso da Silveira, em Realengo, no Rio de Janeiro, em 7 de abril de 2011, ainda não tinha acontecido quando esse artigo foi publicado, o que mostra a validade das extrapolações dos autores.

Ocorrência em outros lugares além dos Estados Unidos

De acordo com os autores, tragédias como essas não são exclusivas dos Estados Unidos, ao contrário do que se pensa. No Brasil, por exemplo, já aconteceu, em 1999, quando o estudante de medicina Mateus da Costa Meira atirou contra a plateia de um cinema em São Paulo, matando três pessoas e ferindo quatro. Lembram que, entre os eventos de Columbine e Virginia Tech, outros semelhantes ocorreram na Alemanha, na Suécia e no Canadá.

Ambiente familiar, desenvolvimento psicossocial e estilo de cuidado parental

Como já bem sabido e discutido, a ausência de interações saudáveis entre pais e filhos pode afetar o desenvolvimento das crianças e seu preparo para enfrentar a vida social. Isso já foi amplamente demonstrado em diferentes estudos observacionais realizados em todo o mundo. Quando não há relacionamentos estáveis e saudáveis entre as crianças e seus cuidadores, as chances de más adaptações comportamentais são grandes, especialmente diante de situações estressantes. Os autores afirmam que um estilo parental autoritário, marcado por punição física, moral e emocional frequente, está relacionado a prejuízo no desenvolvimento emocional das crianças.

Não menos prejudicial é o estilo parental indulgente, quando há uma combinação entre baixo nível de controle e alta responsividade. Os autores afirmam que "pais indulgentes são afetivos e se comunicam bem com os filhos, porém, não os monitoram e atendem prontamente a suas demandas, não estabelecendo regras nem limites e demandando pouca responsabilidade e maturidade". Ambos os estilos caracterizam pais que permanecem distantes da rotina dos filhos e não os orientam sobre comportamento de maneira assertiva.

A influência de modelos comportamentais apresentados pela mídia

O artigo ressalta a influência nociva da mídia sobre o comportamento das crianças, citando diferentes autores que corroboram essa observação. Crianças expostas frequentemente a programas televisivos violentos são menos sensíveis à dor alheia, de acordo com um relatório da Associação Norte-americana de Psicologia. Lembram, ainda, que alguns programas infantis chegam a apresentar até 20 cenas de agressão por hora, sem falar dos jogos eletrônicos, nos quais é possível escolher o papel do bandido, ou jogos em que o jogador é estimulado a infringir regras sociais. Citam diferentes estudos que já mostraram que crianças pré-escolares apresentam aumento de comportamentos agressivos após serem expostas a filmes violentos ou com lutas, o que demonstra a forte relação entre o ambiente e o comportamento infantil.

Ambientes sociais inadequados e o desenvolvimento de psicopatologias

Os autores citam pesquisas realizadas em 2005, ao se oporem à estratégia utilizada por instituições de combate ao crime de criar "perfis emocionais" para supostos atiradores, uma vez que isso representaria uma explicação determinista, que precisa ser evitada. Mais do que criar perfis para futuros atiradores seria necessário criar perfis dos meios em que essas pessoas vivem e a que estão expostas:

> (...) após cada tragédia nos Estados Unidos, alguns psiquiatras e psicólogos clínicos, vários deles ligados ao Federal Bureau of Investigation (FBI), apresentam relatórios sobre o perfil psicológico dos assassinos, destacando características de personalidade e psicopatologias. Não raro, rótulos assim provocam uma série de problemas de discriminação e de procedimentos constrangedores por parte de escolas, criando um ambiente tenso e gerando ainda mais complicações para alguns indivíduos, que passam a ser identificados como socialmente inaptos e assassinos em potencial. Para Killingbeck (2001),[2] medidas drásticas de segurança acabam gerando mais problemas e provocando uma percepção distorcida por parte da população, que compreende as tragédias através da mídia. Revistas em estudantes, em busca de armas, policiamento dentro das escolas e mesmo o aparecimento de empresas especializadas em segurança nas escolas (...) não têm ajudado a evitar as tragédias.

Embora não seja aconselhável a construção de um perfil psicológico de supostos jovens atiradores, o artigo chama a atenção para o fato de que parece ser frequente que esses jovens sejam pessoas com dificuldade de lidar com perdas significativas e falas pessoais, de nutrirem grande interesse por mídia violenta, de serem vítimas de *bullying* severo e de já terem pedido ajuda a pais ou professores de alguma maneira.

■ Reflexões gerais

Embora os pesquisadores considerem importante a participação familiar na constituição emocional dos jovens atiradores, afirmam que não é possível culpar as famílias pelas tragédias:

---

2. D. Killingbeck (2001). "The role of television news in the construction of school violence as a 'moral panic'". *Journal of Criminal Justice and Popular Culture*, v. 8, n. 3, pp. 186-202.

(...) o investigador responsável pelo trabalho policial em Columbine declarou que os pais dos adolescentes atiradores eram pessoas dóceis, amáveis, e não os monstros que se poderia imaginar; mas uma análise cuidadosa dos vídeos gravados pelos adolescentes é bastante reveladora.

Nos vídeos, os adolescentes mostram remorso em relação aos pais, pedem perdão e afirmam que eles são bons pais e em nada poderiam ter evitado a tragédia. Porém, os relatos dos adolescentes são contraditórios, pois as evidências apontam para pais indulgentes que, apesar de manter um relacionamento afetivo aparentemente positivo com os filhos, não os monitoravam nem estabeleciam limites e orientações significativas (Cecconello, Antoni e Koller 2003).[3] Isso complexifica a análise, ao levantar a suspeita de que a manutenção do afeto positivo, em si, não é contribuição suficiente dos pais para o desenvolvimento dos filhos (apesar de necessária). O monitoramento, o estabelecimento de limites e as orientações claras parecem ser imprescindíveis. Uma forte evidência disso são as descrições que aparecem nos vídeos das armas e bombas que os adolescentes guardavam em seus próprios quartos, de forma absurdamente fácil de serem encontradas (Fjällström 2007).[4] Para Fjällström, o que os adolescentes chamam de bons pais pode significar exatamente essa distância.

✿

Quando as evidências apontam para pais indulgentes, que não monitoram os filhos ou os orientam, parece haver mesmo um distanciamento entre pais e filhos, que não representa um relacionamento afetivo positivo. É essa distância a que Fjällström se refere.

Os autores sugerem que os cuidadores estejam atentos para a qualidade da interação social que crianças e jovens vivem no ambiente escolar. Alertam para a má influência da mídia sobre o comportamento dos jovens, bem como dos jogos eletrônicos aos quais estão sendo

---

3. A.M. Cecconello, C. Antoni e S.H. Koller (2003). "Práticas educativas, estilos parentais e abuso físico no contexto familiar". *Psicologia em Estudo*, v. 8, pp. 45-54.
4. E. Fjällström (2007). "The high school shooting at Columbine seen from Francie Brady's perspective". Monografia inédita. Luleå: Luleå University of Technology.

expostos. Além disso, sugerem que a própria mídia jornalística mude a forma de cobrir eventos como esses, que, muitas vezes, acabam inspirando outros jovens que possam estar passando por dificuldades emocionais.

Que a dor que sentimos por saber que tantas crianças foram assassinadas por jovens nos leve a refletir sobre o ambiente em que nossas crianças estão crescendo e sobre o preparo e a disponibilidade emocional de quem as está criando. De que forma somos todos corresponsáveis pelas tragédias sociais que vivemos?

OS "BEM-CRIADOS" E AS "AMÁBILES"

O cotidiano é um pote farto de histórias. Acompanhando meu pai a um hospital público, tomei um interminável chá de espera, que me permitiu vivenciar diferentes situações e colocar a leitura de coisas úteis e fundamentais em dia: devorei dois livros de tirinhas dos insubstituíveis Calvin e Haroldo. Muito do que ia lendo, ia vendo ao vivo no livro de crônicas que é o cotidiano hospitalar. Aqui estão alguns esquetes dessa *vida real*.

■ Cena 1: Os bem-criados

Estou imersa na leitura fascinante de Calvin e Haroldo, meu pai faz amizade com metade da população flutuante do hospital. Sentada ao lado, uma senhora que ora costurava uma linda colcha de *patchwork* para o Natal, ora cochilava com a agulha na mão. Logo à frente, uma menininha linda da idade da Clara começa a chorar sentida. Do choro passa aos berros, acordando a senhora ao lado.

> – "Ah, essa lei da palmada... Agora não pode bater e dá nisso" – disse, olhando em minha direção, por cima dos óculos. Obviamente, mantive o silêncio, pensando: "Minha Nossa Senhora da Militância, me impeça do ativismo. Grata". Não conseguindo comentário de minha parte, a senhora agulheira continuou:
> – Pense se eu tive filhos que choraram assim em público. Mas nunca! Foram sempre muito bem-criados, porque educação a gente dá assim, no dia a dia.

Imagine, chorar assim. Isso aí é falta de laço!

Comecei a conversar com ela:

– Então, a senhora tem filhos bem-criados, bem-educados, é? Que coisa boa!

– Eu? Imagine! Gente da melhor qualidade, disciplinada, muito bem-educada. Nunca fizeram esse papel aí.

– E como a senhora os educou? Eu tenho uma filhinha de um ano, é sempre bom compartilhar experiência.

– Ah, minha filha, era um olho na criança, um olho na cinta, que criança a gente tem que manter ali, na ponta da vara. Pense se eles fizeram esse escândalo público aí alguma vez!

✾

A pequenininha chorava cada vez mais alto, aquele choro sentido, que dá até soluço. Eu já estava quase me levantando para tentar ajudar, oferecer o *sling* que sempre levo na bolsa, mesmo quando minha cria não está comigo, quando uma moça sentada ao lado dela fez exatamente isso. Levantou-se com um *sling* de argolas, ofereceu para a avó da menininha, que aceitou na mesma hora, pegou a guria dos braços da mãe, que já não sabia o que fazer e, com a ajuda da moça desconhecida, colocou a criança no *sling* e saiu passeando. A senhora agulheira não demorou:

– Ah lá, a frescura. Se passou o choro, era frescura. Vê se no meu tempo tinha esses trecos esquisitos aí. Esse povo é muito cheio de nove-horas.

– O que a senhora fazia quando seus filhos choravam assim?

– Eles *não* choravam assim, minha filha – disse a senhora enfaticamente –, ou era couro no lombo.

– Sei.

Silêncio.

– A senhora está aguardando algum procedimento?

– Sim, vou fazer uma cirurgia das vistas. E tu?

– Eu estou acompanhando meu pai. Ele também vai fazer essa cirurgia.

– Ah, ó lá. Isso é que é filho. Larga o que tá fazendo pra acompanhar um pai ou uma mãe.

– A senhora tá sem acompanhante?

– É, filha, tô sozinha. Diz que alguém vem aí mais tarde, mas duvido.

– Mas e os filhos da senhora, os bem-criados?
– Ah, esses... esses aí mal falam comigo. Depois que cresceram, ganharam asa, minha filha, mal lembram que têm mãe. Pra tu vê, né? A gente se esforça pra dar o de melhor pra eles e quando crescem nem te recompensam.
– Ô, essa lei da palmada, né?
– Ô, minha filha! Se eu tivesse boa, era couro no lombo de novo.

■ Cena 2: As Amábiles

Eu continuava nas minhas tirinhas de Calvin, quando percebi um rostinho por cima do meu ombro direito. Olhei para trás e vi uma menininha linda, espiando as folhas do livro que eu estava lendo. Ela me viu olhando e ficou sem graça:

– Oi – digo eu.
– Oi.
– Tudo bem?
– Tudo.
– Como é seu nome?
– É Amábile.
– Amábile? Que nome lindo! Como o da Madre Paulina!
– Isso mesmo! – diz a mãe da menina, feliz por alguém ter reconhecido a intenção – Você conhece o Santuário da Madre Paulina?
– Sim, estive lá neste ano com minha família.
– Você é católica?
– Não.
– Eu também não sou. Dei o nome Amábile em homenagem a uma enfermeira que me atendeu quando ela nasceu – apontou para a menina –, que se chamava Amábile em homenagem à Madre Paulina.
– Ai, que lindo! Ela deve ter sido ótima pra você, né?
– Ótima? Ela me salvou!
Silêncio. Imagine minha cara.
– Essas coisas é que valem a pena, né? Saber que não importa o que estejamos vivendo, sempre tem alguém que pode estar disposto a nos ajudar.

— Foi uma santa, aquela mulher. Foi ela que me ajudou o tempo inteiro. Muito amável mesmo, como o nome.

Eu, toda emocionada, enquanto a pequena Amábile folheava o livro que eu havia emprestado.

— Por que você está lendo história de criança se é adulta? – pergunta a pequena Amábile.

— Porque eu sou uma adulta que gosta muito de criança.

— Vai ver que você é uma criança disfarçada de adulta, né?

— Eu acho que sou mesmo, Amábile.

— E o que você vai pedir pro Papai Noel?

— Não sei.

— Pede, então, pra minha mãe ficar boa.

Soco no estômago.

— Sua mãe está doente?

E a mãe começa a chorar ali atrás.

— Está.

— O que ela tem?

— Não sei, ela não me diz. Pra mim, ela finge que não está, mas eu sei que está.

— Pode deixar, Amábile, esse vai ser o meu pedido pro Papai Noel. Vou fazer uma cartinha hoje.

— E, junto, você pede um fantoche? Pra mim, esse.

— Peço, sim. Vou pedir um pra você e outro pra minha filha.

— Você tem filha?

— Eu tenho, bem pequeninha, menor que você.

— Tem uma foto?

Mostro a ela uma foto de Clara no meu celular.

— Que linda que ela é, né?

— Eu acho, muito fofinha.

— Não fica doente, senão ela vai perceber e vai ficar muito triste.

— Mas sabe, Amábile, se eu ficar doente, vou fazer de tudo pra melhorar, pra poder cuidar dela muito tempo. E eu tenho certeza de que ela, estando junto de mim, vou melhorar mais rápido.

— Isso! É assim que tem que pensar. Viu, mãe? Não precisa se preocupar. É só fazer *tuuuudo* pra melhorar. E eu já estou com você, vai ser rápido.

Nesse momento, recebi da mãe o olhar mais cúmplice que já recebi até agora na minha experiência como mãe.

Mães existem de todos os tipos, de todos os credos, saudáveis ou doentes, amáveis ou agressivas, felizes ou tristes, realizadas ou frustradas, que deixam a vida de mãe passar como um simples e corriqueiro evento ou que se dedicam ativamente a ela. O importante é lembrar sempre que o caminho que percorremos numa vida como mães somos nós mesmas que pavimentamos. Esse chão pode ser ladrilhado de pedacinhos coloridos ou pode ser, simplesmente, um asfalto grosso, cinza e impermeável. Quem escolhe e constrói o chão do caminho somos nós, as mulheres que viraram mães. Mas quem percorre o caminho que vamos ladrilhando são eles, as pessoas que nos foram emprestadas para serem amadas e cuidadas, nossos filhos. Se, lá na frente, percebermos que nosso caminho se tornou também o caminho dos nossos filhos, foi porque fizemos um bom trabalho, mas isso só saberemos adiante. Enquanto isso, ser mãe é essa coisa que aprendemos sendo, todos os dias.

VIOLÊNCIA CONTRA A CRIANÇA:
NÃO HÁ MEIO-TERMO

Houve um tempo em que a punição física sofrida pelas crianças, na forma de palmada, surra ou outro castigo corporal, era considerada não só desejável como também pedagógica. Isso lá pelos séculos XVII, XVIII, e mesmo antes disso. Naquela época, as crianças não eram vistas como seres que precisavam de amparo, apoio e proteção. Eram vistas como miniadultos e ponto-final. Trabalhavam em regime de 8 a 12 horas nas indústrias, principalmente nas indústrias têxteis na Inglaterra, e estudavam à noite. Faz muito tempo.

Houve um tempo, também, em que 18 mil crianças eram agredidas por dia no Brasil. Dias cinzentos, em que 750 crianças, no mínimo, eram vitimizadas por hora, 12 por minuto, segundo a Sociedade Internacional de Prevenção ao Abuso e Negligência na Infância. Nesse mesmo tempo, homens entendidos de leis defendiam o trabalho infantil, utilizando argumentos de ordem social. E, ainda nesses tempos, editoras cediam espaço e emprestavam seus nomes e suas ferramentas editoriais para divulgar ideias que incentivavam a prática da agressão e punição física por pais despreparados, para tristeza das crianças, que deixavam de ser educadas com amor e afeto, para serem disciplinadas no tapa. Tristemente, isso não faz muito tempo.

Esse tempo cinzento que menciono não é um tempo de outrora. É o tempo de hoje. Instituições respeitadas em todo o mundo comemoram conquistas importantes no respeito à infância, à criação e à educação com amor e sem violência; pessoas, de maneira despretensiosa, porém solidária, trocam imagens nas redes sociais para lembrar que existe uma questão que não pode passar em branco, a da violência contra a criança; delegados vêm a público pedir que se denuncie a violência, qualquer que seja ela, passeatas reúnem milhares de pessoas contra a violência, ao passo que pessoas e instituições com objetivos duvidosos de autopromoção, ou outro qualquer, *insistem em querer se promover com base na polêmica, prestando um desserviço a toda comunidade, mas principalmente às crianças.*

Em 25 de outubro de 2011, a revista *Carta Capital* postou uma matéria relatando a defesa do trabalho infantil pelo desembargador e presidente da Associação dos Magistrados Brasileiros, Nelson Calandra, que garante não haver inconstitucionalidade nas mais de 33 mil autorizações concedidas por juízes e promotores, entre 2005 e 2010, para que crianças a partir dos 10 anos trabalhem. Lendo a matéria, o argumento do desembargador parece muito coerente, a não ser por um detalhe: *permitir o trabalho infantil para que a criança possa ajudar a família a subsistir é tirar do Estado a obrigação de garantir condições mínimas a essa família e a essa criança.* Ao ser perguntado sobre isso, o desembargador responde que o juiz *até pode* fazer isso, mas seria difícil fazer cumprir a sentença. Se não me engano, não é para desempenhar tarefas fáceis que os desembargadores são nomeados ou existe outra explicação para os vultosos salários que recebem, pagos pelos cidadãos, tenham ou não condições? Não, ter excelente formação acadêmica e profissional não é a justificativa para os salários de cinco dígitos. Eu também tenho boa formação e meus ganhos mal alcançam quatro algarismos.

Também é recente a publicação de um livro de base muito duvidosa, que, a despeito de sua autora vir a público para dizer que não incentiva a violência, *incita pais despreparados à prática da palmada, do tapa no bumbum, como forma de educação.* Ela é terapeuta infantil, pasme. Uma prova inconteste de que formação acadêmica não diz absolutamente nada sobre o preparo de um indivíduo para cuidar de outros indivíduos. Em entrevista, ao discutir formas de violência, essa terapeuta infantil menciona o fato de que "a criança brasileira está prostituída na rua, está na cracolândia". Eu, por livre associação, continuo a frase dela: "que mal há num tapinha, então, minha gente?". Ela continua:

> A criança brasileira está chegando ao quinto ano do ensino público sem saber fazer uma conta de subtração. Isso é violência. Agora, o congresso quer criminalizar a palmada que toma um filho que olha para o pai e diz "cala a boca, seu idiota"? O pai que não coloca limites no filho está criando um monstro.

❀

Essa autora absolutamente despreparada como profissional simplesmente pega o filho que xinga o pai, isola-o do contexto onde foi criado, ignora a educação e a atenção que recebeu, e diz "Tapa nele!", afirmando que *dar limite é dar tapa*. Ela nem sabe definir limite, nem mesmo tem limite, porque esse livro é de um abuso e de uma obsolescência sem limites. Ela conclui a entrevista:

> Para dizer a verdade, no meu convívio profissional, o que eu mais conheço, graças a Deus, são profissionais a favor de umas palmadinhas para educar. Eu vinha escrevendo o livro desde 2009. Quando deu o *boom* sobre o assunto, por conta do projeto de lei, comecei a correr para terminar.

❀

Quando deu o *boom* sobre o assunto, viu a chance de ganhar um dinheirinho e de ter a foto na mídia, falando bobagem. Bobagem de que, com toda certeza, muitas mães e pais despreparados estão lançando mão: "Viu, não sou tão louco assim. Eu bato, mas pode".

Muita gente bate nos filhos e usa a frase "Eu sei o que é melhor pro meu filho!", como quem quer colocar um ponto-final na conversa. Sabe o que é melhor, nada! Algumas dessas pessoas até batem no peito, por ter coragem de bater nos filhos, como King Kong, o gorila; outras pensam que convencem ou que minimizam sua participação no processo violento de antissocialização de suas crianças, usando argumentos que parecem bem-elaborados; outras, ainda, afirmam que também apanharam e dizem "Tô aqui, sobrevivi". Desde quando o objetivo era sobreviver? Era para matar, então?

Bater em mulher é agressão. Bater em homossexual é homofobia. Bater em pessoas de cor de pele que não a sua é discriminação. Bater em criança é educação?

Entrei em contato com a editora que publicou esse livro. Uma pessoa querer escrever algo assim nem é tão ultrajante, afinal, tem gente para tudo nesse mundo, mas uma editora publicar? Nos dias de hoje? Dias de incentivo à conscientização sobre a não violência e de incentivo à argumentação inteligente, embasada e pacífica, em busca de soluções afetuosas para as questões da infância? A editora me respondeu o seguinte:

> Prezada Ligia,
> Agradeço o *e-mail*. O livro realmente é polêmico. Porém, no entender da editora, não existe apologia à violência. Não é essa a intenção da obra. A própria entrevista já deixa isso claro, assim como o livro é claramente contra qualquer tipo de violência contra a criança.
> Creio que as raríssimas manifestações de repúdio à obra aconteçam pelo desconhecimento de seu conteúdo. De qualquer forma, acho extremamente saudável esse debate, para criarmos pais mais conscientes de seus atos.
> Atenciosamente.

❧

Respondi, afirmando que não são raríssimas as manifestações de repúdio. Tenho conhecimento de pelo menos três redes e instituições que estão se mobilizando contra a publicação, sem falar nas centenas de mães e pais indignados que estão buscando formas de expressar seu desagrado. E, mesmo que fosse apenas uma manifestação de repúdio, onde está o bom senso?

O livro não é, nem de longe, contra qualquer tipo de violência infantil. Tapa é considerado violência, sim, combatido até em lei. Uma coisa é suscitar o debate. Outra, bem diferente, é abrir espaço para que uma profissional que, supostamente, deveria coibir esse tipo de atitude, possa defendê-lo. É triste saber que, na visão da editora, não existe apologia à violência, pois ela está estampada na obra, deixando-nos com a certeza de que há um claro interesse comercial na discussão e na polêmica. Com certeza, o debate é pertinente, para conscientizar os pais sobre a importância de seus atos. Esse debate poderia ter sido gerado sem incitar a violência, mostrando os inúmeros benefícios da educação com afeto.

Não há mais ou menos violência. Não há violência fraca e violência forte. Não há gradação. Há violência ou não violência. Há os que prezam e divulgam ações de respeito à criança e há os que fazem apologia da violência contra as crianças, ainda que usem de jogos de palavras.

Há os que são contra a violência e há os que são a favor. E você? De que lado está?